AF304343

Laura Nieland lebt mit ihrer Familie im Rheinland. Als ausgebildete Fremdsprachenassistentin und Großhandelskauffrau ist ihr beruflicher Werdegang vielleicht weniger literarisch, dennoch begleitet das Schreiben sie seit ihrer Kindheit. Besonders gern liest und schreibt sie im Genre Urban Fantasy. Aber zu einem guten Thriller oder einer Liebesgeschichte mit einer ordentlichen Prise Drama würde sie auch nicht „Nein" sagen.

LAURA NIELAND

Erstausgabe September 2021

© 2021 dp Verlag, ein Imprint der dp DIGITAL PUBLISHERS GmbH

Made in Stuttgart with ♥
Alle Rechte vorbehalten

Witches of Stanhope

ISBN 978-3-96817-935-3
E-Book-ISBN 978-3-96817-886-8

Covergestaltung: Anne Gebhardt
Umschlaggestaltung: ARTC.ore Design
Unter Verwendung von Abbildungen von
shutterstock.com: © Joan Vadell, © faestock, © muratart, © Nuttawut Uttamaharad, © Chris Howey, © Ekaterina Jurkova, © Jim Cumming, © ElessarDesign, © Vadym Pasichnyk
elements.envato.com: © M-e-f, © Eldamar_Studio
Lektorat: Lektorat Reim
Satz: dp DIGITAL PUBLISHERS GmbH
Druck und Bindung: Books on Demand GmbH, Norderstedt

Sei wild. Sei furchtlos. Sei unnachgiebig.

Sei frei.

Für dich, K.

Kinder der Magie, gebt gut acht,
wenn der Neumond im Oktober erwacht.
Ein Auserwählter, um das Opfer zu bringen,
Schatz seines Herzens wird er verschlingen.
Kinder der Magie, gebt gut acht,
sonst versinkt die Welt in dunkler Nacht.

Kapitel 1

Der Oktober war angebrochen. Stanhope wurde bereits seit zwei Wochen vom Herbst geküsst, sodass die Kleinstadt umgeben war von einem Meer aus goldenen und roten Baumkronen. Obwohl sich eine schwere Wolkendecke über die schiefen Dächer legte, leuchtete die Stadt und war erfüllt vom Treiben der Menschen, die über das Kopfsteinpflaster der engen Gassen eilten.

Der Wind trieb den Geruch der feuchten Erde gemeinsam mit dem Duft der Cafés und Bäckereien durch die Straßen, um den Brunnen im Ortskern mit den Altbauten herum. Stanhopes Parfum tanzte mit den rotgefärbten Blättern an den Gewürz- und Geschenkeläden vorbei, wehte die Gassen und Straßen hinauf. Auf einer Anhöhe in der Nähe des Zentrums befand sich die Turner Hall Community School, die beinahe ebenso alt war wie die Eichen, die sie umgaben. Ihre knorrigen Äste bogen sich schützend über den Innenhof.

Ihren Tagträumen nachhängend schlenderte Emilia durch die langen Korridore zu ihrem Geschichtskurs. Gerade hatte die letzte Stunde begonnen. Der Flur leerte sich und Stille nahm den Platz des steten Lärms der Schüler ein, bis das Geräusch von zu Boden fallenden Büchern Emilia aus ihren Gedanken riss. Sie fuhr herum und sah Oliver am Ende des Flurs. Seine hagere Gestalt bückte sich. Er schob sich die Brille zurück auf die Nase und klaubte die Bücher unter dem höhnischen Gelächter von Sophie Hall, Brianna Turner und ihren Freunden Ethan Combs und Jacob Smith zusammen.

„Was ist los, Oli, sind die Bücher zu schwer?" Sophie warf sich kichernd ihr schwarzes Haar über die Schulter. Ihre karamellfarbenen Augen fixierten das Buch, das Oliver mit all seiner Kraft aufzuheben versuchte. Es schien, als klebte es am Boden fest.

Emilia biss die Zähne aufeinander, krampfte die Finger um ihre Umhängetasche und eilte ihrem besten Freund zur Hilfe. Je näher sie der Truppe kam, desto deutlicher flimmerte die Magie in der Luft. Emilia liebte den Oktober, denn dann besaß sie wieder ihre Kräfte und konnte diesen Idioten auch magisch die Stirn bieten.

Dem Kribbeln in den Fingern folgend, löste Emilia Sophies Zauber auf. Oliver, der über dem Buch hockte und es vom Boden zu reißen versuchte, fiel mit einem Schlag hintenüber. Ganz zur Belustigung der vier.

Sophie sah wenig überrascht auf und hob eine Braue. „Walsh, war ja klar, dass du deinem kleinen Freund zur Seite springst.“

„War ja klar, dass du dich wieder an Schwächeren vergreifst, damit du dich besser fühlst, Hall“, gab Emilia zurück und half Oliver auf die Beine.

Dieser strich sich sein blondes Haar glatt. „Danke.“ Er löste sich von ihr.

Sophie schnaubte und baute sich mit verschränkten Armen vor Emilia auf. „Die Schwachen und die Starken, Walsh, er stand mir im Weg. Die Schwachen müssen weichen.“

Emilia kniff die Augen zusammen. „Du bist ekelhaft.“

Sophie musterte sie von oben bis unten, ehe sie ihr wieder in die Augen sah. „Du könntest zu den Starken gehören, wählst aber immer die Schwachen ... und die Menschen.“ Ihre Augen glommen auf, sodass sie wie pures Gold schimmerten. „Du weißt ja, was wir davon halten, nicht wahr? Weiß Roxanne davon?“ Sie wandte sich zu ihren Anhängern um. „Kommt.“ Und zu Emilia sagte sie: „Wir sehen uns gleich in Geschichte.“

Damit rauschten sie an Emilia vorbei. Während Brianna sie keines Blickes würdigte und an Sophies

Hintern zu kleben schien, bohrten sich Ethans eisblaue Augen in Emilias Haut, ehe Jacob einen kleinen Wirbelsturm heraufbeschwor.

Ein weiteres Mal flogen Olivers Bücher durch die Luft und flatterten zu Boden.

„Arschlöcher!", schrie sie ihnen hinterher und sah zu Oliver, der sich auf die Knie fallen ließ, um noch einmal die Bücher vom Boden zu klauben. „Es tut mir so leid", seufzte Emilia und half ihm. „Warum lässt du dir das immer gefallen? Warum setzt du nicht deine Magie ein?", wisperte sie.

Oliver schob wieder seine Brille auf die Nase. „I-ich halte mich an die Regeln."

Der vorwurfsvolle Blick war ihr nicht entgangen. Sie verdrehte die Augen. „Oli, sie brechen ebenfalls die Regeln. Wenn es keiner der Menschen bemerkt, solltest du dich wehren."

Oliver öffnete den Mund, doch bevor er antworten konnte, kam Ryan auf sie zugelaufen.

Augenblicklich setzte Emilias Herz einen Schlag aus. Ihr Hals wurde trocken und die Handflächen feucht. Sie hatte sich letztes Jahr in ihn verliebt. An dem Tag, an dem sein bester Freund Cole Emilia mit einem Ball die Nase blutig geschossen hatte. Ryan hatte nicht eine Sekunde gezögert, die orientierungslose Emilia zum Spielfeldrand getragen und sein Shirt ausgezogen. Das Erste, das Emilia nach seinem Sixpack wahrgenommen hatte, waren seine braunen Augen gewesen. Sanft hatte er ihr über die Wange gestrichen, während er ihr sein T-Shirt unter die Nase gedrückt hatte.

Bei dieser Erinnerung strömte wieder der volle Waldgeruch in Emilias Nase. Sie genoss das Flattern in ihrer Brust. Seit diesem Vorfall waren sie Freunde. Freunde, die sich dieser besonderen Anziehung zwischen ihnen bewusst waren. Aber keiner traute sich, den ersten Schritt zu wagen.

„Was ist passiert?", fragte Ryan, hob das letzte Buch auf, klappte es zusammen und legte es auf Olivers Stapel, von dem er ihm die Hälfte abnahm.

„Bin ausgerutscht", murmelte Oliver, bevor Emilia für ihn antworten konnte.

Sie erhob sich langsam und spürte die Hitze in sich aufwallen. „Danke."

„I-ich muss zum Matheunterricht", sagte Oliver und verstaute die Bücher im Spind, nahm Ryan den Stapel ab und sah zu Emilia. „Wir sehen uns." In geduckter Haltung verschwand er.

Mit einem Seufzen sah Emilia ihm nach und fuhr sich durch das rote Haar. Dabei dachte sie an den letzten Sommer zurück, in dem ihre Freundschaft noch so unbeschwert gewesen war. Doch seit diesem besonderen Tag im Oktober hatte Oliver sich schlagartig verändert. Ihr gegenüber war er ausweichend geworden, verschlossen. Nun wirkte er auf Emilia wie eine Tür, die plötzlich zu klemmen schien und die sie nicht mehr öffnen konnte, egal wie fest sie rüttelte.

„Es waren wieder Sophie und ihre Truppe, oder?", sagte Ryan und riss Emilia aus ihren Gedanken. Er lehnte am Spind, die Hände in den Hosentaschen vergraben.

Emilia nickte und sah ihm in die Augen. Sein Blick schien immer mitfühlend und so intensiv, als tauchte er durch sie zum Grund ihrer Seele. Emilia verhakte ihre Finger ineinander. „Oh – wir – der Unterricht hat angefangen", sagte sie, kurz bevor sie drohte, sich in diesem Moment zu verlieren.

Sie spürte die Luft, die wie eine angenehme Frühlingsbrise um sie herumschlich. Gerade wollte sie loseilen, als sich Ryans Finger um ihr Handgelenk schlossen. Die Wärme seiner Haut durchdrang sie. „Warte."

Emilia stoppte und wandte sich um. „Was ist?"

Ryan senkte den Blick und starrte auf seine Schuhe. Er tat einen Schritt auf sie zu, sodass sie nur wenige Zentimeter voneinander entfernt standen. Auf seinen Lippen zuckte ein nervöses Grinsen. Sein Duft umhüllte Emilia. Sie fühlte sich gefangen. Gefangen in diesem kribbelnden Gefühl, das jede Faser ihres Seins durchfuhr.

Ryan öffnete den Mund, seine Finger lösten sich von ihrem Handgelenk. Er war nun genauso nah wie damals in der Sporthalle. „Ich habe mich gefragt, ob wir – " Er hielt inne und holte tief Luft. Der sonst lässige Ryan wirkte verunsichert. „Was ich dich schon seit Wochen fragen wollte –"

„Ms Walsh und Mr Miller, Sie sind ganze zehn Minuten zu spät!", donnerte die Stimme von Mr Finnigan durch den inzwischen leeren Korridor.

Emilia und Ryan stoben auseinander und eilten zum Klassenraum. Gerade als sie sich an Mr Finnigan vorbeistehlen wollten, knallte der die Tür vor ihren Nasen zu. Er stellte sich zwischen Emilia und Ryan. „Ms Walsh", polterte er und blickte über seine runde Brille auf sie hinab. „Ich dulde es nicht, wenn man zu spät zu meinem Unterricht erscheint."

Emilias Mund öffnete sich, schloss sich aber gleich wieder, als sie bemerkte, dass Mr Finnigan noch nicht fertig war. „Sie besuchen jetzt schon über zwei Jahre meinen Kurs." Emilias Blick glitt an Mr Finnigan vorbei zu Ryan, der direkt hinter ihm stand und ihn nachäffte. Er zog Grimassen und bewegte die Lippen, wenn Mr Finnigan sprach. Emilia konnte sich ein Kichern nicht verkneifen.

Ihr Lehrer schnaubte empört und wirbelte herum. „Und Sie, Mr Miller, kommen Sie noch einmal zu spät, lasse ich Sie nachsitzen." Damit riss er die Tür auf.

Ryan, der Probleme hatte, seinen Lachanfall zu unterdrücken, nickte und gewährte Emilia den Vortritt.

Normalerweise fiel sie nie negativ auf, was ihr nun die Hitze ins Gesicht jagte. Unter den missbilligenden Blicken von Sophie und Ethan setzte sie sich auf ihren Platz, ohne die beiden aus den Augen zu lassen. Sie saßen dicht hintereinander. Ethan hatte sich zu Sophie vorgebeugt und flüsterte ihr etwas ins Ohr.

„Jetzt, da alle da sind, können wir ja mit dem Unterricht beginnen", verkündete Mr Finnigan und kritzelte das Thema an die Tafel.

Währenddessen schweifte Emilia in ihre Tagträume ab, die sich nun um Ryan drehten. Aus dem Augenwinkel konnte sie ihn sehen. Er saß weiter vorn, den Kopf auf eine Hand gestützt und die langen Beine ausgestreckt. Emilia hatte sich schon oft in Schwärmereien für andere Jungs verloren, doch diese war anders, tiefer, intensiver und es machte sie ganz hibbelig, sodass es ihr nicht möglich war, sich auf den Unterricht zu konzentrieren.

Sie versuchte es dennoch und starrte auf Mr Finnigan, der wild fuchtelnd vom Mittelalter schwärmte.

Nach wenigen Minuten gelang es ihr, Ryan größtenteils aus ihrem Kopf zu verbannen, als ein Zettel auf ihrem Tisch landete. Blinzelnd sah Emilia zu ihm herüber. Ihre Blicke trafen sich, als er verstohlen über seine Schulter spähte.

Mit zittrigen Fingern entfaltete Emilia das Papier.

Was ich dich gerade fragen wollte: Willst du mit mir nach der Schule einen Kaffee trinken gehen? (Wenigstens stottere ich nicht so dämlich beim Schreiben)

Das breite Lächeln ließ sich nicht mehr unterdrücken. Ohne Kontrolle darüber zu haben, spannte es sich zwischen ihren heißen Ohren. In ihrem Magen flatterten Hunderte Kolibris.

Ryan, der sie zu beobachten schien, grinste schief, wobei sich Lachfältchen um seine Augen bildeten. Dabei fiel ihm sein wildes Haar in die Stirn. Emilia nickte, während sie den Zettel in ihrem Etui verschwinden ließ.

Obwohl sie um das Verbot wusste, stimmte sie zu und verschwendete in dieser Sekunde keinen Gedanken daran.

Ryan formte ein *Danke* mit den Lippen, dann richtete er seinen Blick wieder nach vorn.

Nun war es vollkommen um Emilia geschehen. Die Nervosität, die nun wie Tante Roxannes Froschsuppe in ihrem Inneren brodelte, machte es ihr unmöglich, ein Wort von Mr Finnigan aufzunehmen. In ihrem Kopf wirbelten Tausende Fragen umher. Worüber würden sie reden? Als Freunde hatten sie immer ein Thema gefunden, aber das schien nun über Freundschaft hinaus zu gehen. Was wenn nur peinliche Stille zwischen ihnen herrschen würde?

Ein weiterer Zettel, der wie ein Schmetterling auf ihren Tisch flatterte und sich automatisch entfaltete, riss Emilia aus ihren Gedanken. Sie sah zu Sophie. Zorn wütete in ihren Augen.

Das aufgeregte Beben ließ nach und ihre Stimmung kühlte ab. Sie hasste es, wenn Sophie ihre Magie vor Menschen benutzte, auch wenn sie darauf achtete, dass niemand sie sah. Emilia fand, es war arrogant.

Widerwillig las sie die filigran geschriebenen Worte:

Man riecht aus zehn Metern Entfernung, was zwischen euch ist. Was würde der Zirkel sagen, wenn er davon erfahren würde? Du solltest dich von deinen Menschenfreunden fernhalten. Von ihm und von Tara.

Emilias bebende Hand zerdrückte den Zettel. Doch sie ließ es sich nicht nehmen, eine Antwort zu schreiben.

Misch dich nicht in meine Angelegenheiten ein. Du solltest besser aufhören, die Mitglieder des Zirkels zu schikanieren.
PS: Lass deine Tricks.

Mit einem Schnauben warf sie ihn Sophie zu. Diese schnappte ihn aus der Luft und entfaltete ihn mit einem selbstgefälligen Schmunzeln.

Die Antwort folgte prompt.

Die Menschen sind blind. Sie würden Magie nicht einmal erkennen, wenn sie ihre Hintern in Flammen aufgehen lassen würde.
Deine engen Beziehungen zu Menschen gehen mich sehr wohl etwas an. Jeden von uns. Und wenn du den Grund für das Verbot kennen würdest, würdest du es verstehen.
Aber das wirst du. Deine Zeremonie findet Ende dieser Woche statt. Freust du dich schon?

Der letzte Satz triefte vor Ironie. Die Kolibris in Emilias Magen hatten sich schon längst in Luft aufgelöst. Was blieb, war Wut, die sich wie heißes Metall durch sämtliche Organe fraß. Sie wusste von dem Verbot. Jede Hexe und jeder Hexer wusste davon. Doch den Grund dafür erfuhr man erst mit der vollen Aufnahme, der Weihe. Emilia hatte schon mehrmals ihrer Tante gegenüber erwähnt, wie bescheuert sie diese Regel fand. Doch die Gesetze des Zirkels waren eisern.

Warum sagst du mir nicht, warum es diese Regel gibt? Was passiert, wenn ich dagegen verstoße?

Sophie sah Emilia ernst an, ehe sie eine Antwort kritzelte.

Auch wenn ich dürfte, würde ich dir den Grund nicht verraten. Du wirst es bei der Zeremonie erfahren. Du willst die Strafe nicht erleben, die dir blüht, wenn du das Gesetz brichst.

Es fühlte sich an, als hielte der Winter in Emilias Brust Einzug. Ihr Herz schien so zerbrechlich wie hauchdünnes Eis. Sie umschloss den Zettel mit ihrer Hand und ließ mit unscheinbarer Magie die Worte verschwinden, als hätten sie nie existiert. Aber sie existierten in Emilias Kopf. Und das genügte, um sie aus dem Konzept zu bringen, auch, wenn sie sich weiter zwang, Mr Finnigans Unterricht zu folgen.

In ihr schmolz die Wut auf den Zirkel das Eis der Angst fort. Emilia war sich sicher, dass dieses Verbot von der Arroganz der Hexen von Stanhope herrührte. Sie wollten unter ihresgleichen bleiben. Sie waren überheblich und voreingenommen. Besonders die älteren Hexen und Hexer hielten die Menschen für schwache niedere Wesen. Und Emilia hasste dieses Denken, dieses Verhalten. Schließlich waren sie nicht besser. Sie waren wie Menschen, nur mit besonderen Fähigkeiten gesegnet. Das war alles.

Kapitel 2

„Emilia", hallte Taras Stimme über den Lärm der Schüler hinweg.

Emilia wandte sich um und winkte ihrer besten Freundin zu, die sich durch eine Gruppe Jungs auf dem Korridor quetschte. „Hey."

Tara sortierte ihr lockiges Haar und schnaubte. „Bin ich froh, dass dieser Montag vorbei ist. Was ist, gehen wir zusammen nach Hause?" Sie stupste ihr in die Seite.

Emilia nestelte an der Knopfleiste ihrer Bluse. Die Flammen der Aufregung züngelten in ihrer Brust. „Heute nicht", sagte sie, wobei sie sich das breite Grinsen nicht verkneifen konnte. „Ich treffe mich mit Ryan."

Tara blieb stehen und sah ihre Freundin mit großen Augen an. „Is' nicht wahr." Sie lachte. „Habt ihr euch endlich einen Ruck gegeben? War ja nicht auszuhalten. Ich dachte schon, dass ihr ewig in dieser Friendzone stecken bleibt."

Emilia knuffte Tara auf den Oberarm. „Er hat mich heute gefragt."

„Das freut mich so für dich." Tara schlang einen Arm um Emilias Schulter und gab ihr einen Kuss auf die Wange. „Ruf mich später auf jeden Fall an."

„Mach ich."

Damit verabschiedete Tara sich und verschwand in der Schülermenge, die durch die große Tür nach draußen drängte.

Dort wartete Ryan bereits, an das Treppengeländer gelehnt, die Arme verschränkt. Als er Emilia erblickte, verzogen sich seine vollen Lippen zu einem breiten Lächeln.

Emilia löste sich aus der Menge und trat auf ihn zu. Sie verhakte ihre Finger ineinander, da sie nicht wusste, was sie tun sollte. Sollte sie ihn umarmen? Einen freundschaftlichen Stups geben?

Doch noch bevor sie sich für etwas entscheiden konnte, zog Ryan sie in seine Arme, umhüllte sie mit seinem schweren beruhigenden Duft und der Wärme seines Körpers. Diese Umarmung war anders als die, die er ihr sonst gab. Diese Umarmung war innig und lang. „Ich bin froh, dass du zugesagt hast", murmelte er in ihr Haar.

„Ich auch." Das Kribbeln auf Emilias Kopfhaut breitete sich in ihrem gesamten Körper aus. Sie drohte, vor Aufregung zu zerspringen, und wünschte sich, Ryan würde sie weiter zusammenhalten. „Wollen wir?"

Sie folgten den mit Kopfstein gepflasterten Straßen in Richtung Ortskern. Reihenhäuser, die sich lediglich durch die Farbe ihrer Türen unterschieden, säumten ihren Weg. In der Stadt wechselte das Bild. Stanhope war verschlafen. Hier gab es mehrere kleine, aber unabhängige Bäckereien, deren Duft über den Marktplatz mit der alten Kirche schwebte. Es gab gut besuchte Buchhandlungen, Schreibwarenläden und Cafés. Manchmal fühlte Emilia sich, als stünde in Stanhope die Zeit still. Kein Tesco oder andere Supermarktketten verirrten sich hierher, was das Zusammenleben ruhiger und idyllischer gestaltete.

Aber Emilia und Ryan blieben nicht im Zentrum. Sie verschwanden in eine der vielen Seitenstraßen, in denen sich ebenfalls Cafés und Süßwarengeschäfte aneinanderquetschten. In ihrem Lieblingscafé holten sie sich einen Coffee to go und schlenderten durch die verlassenen Gassen, die am Rand des Waldes vorbeiführten. Dieser umgab Stanhope und war älter als die Stadt selbst.

Ryan ging neben Emilia, eine Hand in die Tasche seiner Hose vergraben. Die Krawatte seiner Uniform hatte er bereits gelöst und die ersten Knöpfe seines Hemds geöffnet. „Ich kann nicht atmen in diesen Dingern“, stöhnte er.

Emilia kicherte. „Ja, es gibt Bequemeres. Eine Jogginghose und Schlabberpulli.“ Sie trank einen Schluck ihres Pumpkin Spice Lattes.

Ryan schaute mit einem Schmunzeln zu ihr herunter. „Jetzt fällt mir ein, dass ich dich noch nie ohne Uniform gesehen habe. "Sein Blick wurde durchdringend, als wollte er ihre Gedanken lesen. „Doch, einmal.“

Emilia sah auf. „So?“

„Im Buchladen deiner Tante.“ Kurz kniff er die Augen zusammen, als er sich zu erinnern versuchte. „Eine Jeans und diese blau-karierte Bluse, die dir so gut steht.“

Emilia zog beeindruckt die Mundwinkel nach unten. „Dir scheint nichts zu entgehen, Sherlock. Aber ich habe dich noch nie in unserem Laden gesehen.“

Ryan schmunzelte. Dabei blickte er die Straße hinab. „Ich habe ihn nicht betreten. Hab dich vom Fenster aus gesehen. Ich war zu schüchtern.“

Emilia gluckste ungläubig. „Ja, klar.“

Ryan sah ihr in die Augen. „Nein, ehrlich. Ich kann dich nicht einmal fragen, ob du mit mir einen Kaffee trinken gehen willst. Wie soll ich dir da sagen, was für ein Buch ich haben will?“

Emilia lachte laut auf, dass es von den Hauswänden widerhallte. „Du liest Bücher?“, fragte Emilia dann, ehe sie sich die Hand vor den Mund schlug. „Oh, tut mir leid, ich wollte nicht … Das sollte nicht –“

„Ja, ich lese Bücher. Ich kann zwar nicht sprechen, aber lesen kann ich“, witzelte Ryan und stupste sanft ihre Schulter. Ihre Handrücken streiften sich.

Emilia spürte, wie die Muskeln ihres Herzens zitterten. Ryans Mundwinkel zuckten, als bemerkte er, welche Wirkung er auf sie hatte.

„So schüchtern wirkst du auf mich aber gar nicht", sagte sie dann und reckte frech das Kinn.

Ryan gluckste und legte den Kopf in den Nacken, ehe er sie wieder ansah. „Ja, da bin ich wohl so ein bisschen wie Jekyll und Hyde. Wenn wir als Freunde miteinander reden, traue ich mich mehr, als wenn wir ..." Er brach ab.

„Ich höre?", bohrte Emilia nach, wissentlich, dass sie ihn damit in Verlegenheit brachte.

„Ich habe vergessen, was ich sagen wollte." Ryan zwinkerte.

Emilia sah die leichte Röte, die seine Wangen überzog, was sie dazu veranlasste, das Thema zu wechseln. „Also", sagte sie und trank den letzten Schluck ihres Kaffees, ehe sie den Becher in einer Mülltonne versenkte. „Was möchtest du über mich wissen, um mich noch besser kennenzulernen?"

Sie spazierten immer weiter durch die verwinkelten Gassen Stanhopes. So konnte Emilia etwas aufatmen und ihr normales Leben genießen, ohne fürchten zu müssen, dass ihnen ein Zirkelmitglied über den Weg lief. Die meisten, besonders die älteren, hielten sich unter ihresgleichen auf; also in den von Hexen und Hexern geführten Läden.

Ryan schnaubte amüsiert und schob seine Hände in die Hosentaschen. „Ich denke, ich kenne dich inzwischen sehr gut."

Emilia konnte sich ein Kichern nicht verkneifen. Sie wirbelte herum. Rückwärts lief sie vor Ryan her und hob erwartungsvoll die Brauen. „Bist du dir da sicher, Miller?"

Ryans Lippen verzogen sich zu einem Schmunzeln. „Ziemlich, ja", gab er zurück und machte einen Satz auf sie zu.

Emilia trat einen Schritt zurück, doch Ryan folgte ihr auf den Fuß. Sie stieg in das Spiel ein, wich ihm aus, bis sie mit dem Rücken gegen die Wand stieß. Er überwand den letzten Meter zwischen ihnen und stützte sich mit einer Hand neben ihrem Kopf ab.

Er sah zu ihr herunter, sodass sich ihre Nasen beinahe berührten. „Ich kenne dein Wesen", sagte er und sein Blick fixierte ihren. „Du bist ein guter Mensch. Humorvoll, klug, bescheiden und …" Sein Zeigefinger glitt über die zarte Linie ihres Unterkiefers.

Emilia hielt die Luft an. „Und?"

Ryan verengte die Augen und schmunzelte, dann stieß er sich ab. „Geheimnisvoll."

Emilia versuchte, diesen leichten Stich in ihrer Brust zu ignorieren, nachdem sie wieder einige Schritte mehr von Ryan getrennt war. Sie genoss die Wärme seiner Nähe. „Also kennst du mich doch nicht so gut, wie du denkst." Da war sich Emilia mehr als sicher.

Ryan kickte einen Stein gegen die Hauswand. „Ich sagte, ich kenne dein Wesen. Ich habe nicht gesagt, dass ich all deine Geheimnisse kenne. Und das ist auch nicht wichtig, oder?" Seine Augen glänzten. Er sah so verletzlich, so ehrlich aus. „Ich mag dich wegen dem, was du bist, nicht wegen dem, was du verbirgst."

Emilia, die noch immer an der Wand lehnte, verschränkte die Hände hinter ihrem Rücken. „Wer sagt, dass ich etwas vor dir verberge?"

Ryan lachte leise und kam wieder näher. „Jeder verbirgt etwas. Und ganz besonders du. Was geht in deinem Kopf vor, Emilia Walsh?"

„In meinem Kopf?"

„Ja, in deinem Kopf. Ich wüsste zu gern, was da los ist. Manchmal wirkst du so gedankenverloren oder weichst aus. Manchmal verschwindest du einfach so oder tuschelst mit Oliver.“

Emilias Nervosität steigerte sich augenblicklich ins Unermessliche. Sie vertraute Ryan und zu gern hätte sie ihm all ihre wahren Gedanken offengelegt, aber sie musste das tun, was sie schon seit Jahren tat: lügen. Inzwischen war es ihr in Fleisch und Blut übergegangen. Sie tat es nicht gern, denn es sorgte immer für eine gewisse Distanz. Und jetzt, da sie Ryan so nah war, wollte sie keine Distanz schaffen. Aber ihr blieb keine andere Wahl. „Ach, das Übliche“, sagte sie mit einem Achselzucken und wich seinem Blick aus. „Die Schule, die Zukunft.“

Ryan zupfte an Emilias roter Locke, die ihr in die Stirn gefallen war. Sie fürchtete, er könnte ihr Herz hämmern hören. Also hielt sie die Luft an, während Ryans Blick den ihren suchte. „Wie soll deine Zukunft aussehen? Was sind deine Träume?“

Träume. Noch nie hatte jemand nach Emilias Träumen gefragt. Für die Mitglieder des Hexenzirkels war es selbstverständlich und eine Pflicht, ein Leben lang in Stanhope zu bleiben. Wen interessierten da schon ihre Wünsche und Träume für die Zukunft? Emilia würde nicht studieren können wie andere oder die Stadt verlassen oder das Land, zumindest nicht für immer. Dabei war es genau das, was sie sich wünschte: Sie wollte reisen, in eine Großstadt ziehen, wo sie Archäologie studieren würde. Aber das war nicht möglich, weshalb sie diese Dinge für sich behielt.

Sie zuckte mit den Schultern und blickte auf ihre verschränkten Finger. „Ich werde irgendwann den Buchladen von meiner Tante Roxanne übernehmen.“

Ryan verengte die Augen zu Schlitzen, als glaubte er ihr nicht. Zärtlich steckte er die verirrte Strähne hinter ihr Ohr und presste die Lippen aufeinander.

„Und du?“, fragte Emilia.

„Hm." Er legte den Kopf in den Nacken. Emilia sah die leicht gebräunte Haut seines Halses und den regelmäßigen Puls pochen.

In ihr regte sich das Bedürfnis, das Ohr an seine Brust zu legen und seinem Herzschlag zu lauschen. Das Zittern der Luft zwischen ihnen war inzwischen nicht mehr zu ignorieren. Es kribbelte auf ihrer Haut und elektrisierte ihre Muskeln.

Ryan sah sie wieder an und stand dicht bei ihr. Sie spürte die Wärme seiner Hände und seiner Beine. „Ich will später Autor werden und vom Schreiben leben können."

„Du schreibst Geschichten?", fragte Emilia und ihre Augen leuchteten. „Warum hast du nie davon erzählt?"

Ryan, dessen selbstbewusstes Lächeln einem erschrockenen Ausdruck wich, so als hätte er nicht gemerkt, was er da gesagt hatte, wollte wieder zurückweichen, doch Emilia hielt ihn fest. „Ich … ja …", stammelte er und rieb sich den Nacken. „Ich behalte es eigentlich eher für mich."

„Ich würde gern etwas von dir lesen."

Ryan wurde blass. „Ich … ich habe noch nie jemandem gezeigt, woran ich schreibe."

Emilia spürte, wie unangenehm ihm das zu sein schien, und zuckte mit den Schultern. „Du musst es mir nicht zeigen." Sie kaute auf der Unterlippe. „Was ist dein Lieblingsessen?"

Ryan, der sie nun mit einer Mischung aus Amüsement und Dankbarkeit betrachtete, prustete los. „Das ist der schlechteste Themenwechsel, den ich je gehört habe."

Emilia räusperte sich. „Ich wollte dich nicht in Verlegenheit bringen."

Ryan beugte sich etwas zu ihr hinab, sodass sein Gesicht näher an ihrem war. Seine dunklen Augen schimmerten in der goldenen Nachmittagssonne. „Du bringst mich nicht in Verlegenheit, eher um den Verstand."

Seine Lippen näherten sich ihren. Emilias Finger krampften sich um seine Unterarme, sie lehnte sich ihm entgegen, begierig seine Lippen zu kosten. Sein Atem kitzelte ihre Haut und sein Duft ließ sie glauben, in einem tiefen Wald zu stehen, nicht an eine kalte Hauswand gelehnt.

Doch noch bevor ihre Münder miteinander verschmelzen konnten, ließen Gespräche jüngerer Schüler Emilia zurückweichen. Sie wirbelte herum. Ihr Herz raste. Sie hoffte, dass es niemand vom Zirkel war.

Drei Jungen im Alter von elf trotteten die Gasse entlang. Jede ihrer Stupsnasen klebte an einem leuchtenden Display. „Mann, jetzt hast du mich gekillt", fluchte der rothaarige Junge in der Mitte.

Es war Max, ausgerechnet Max.

Emilia packte Ryan am Kragen und riss ihn mit sich bis zum Ende der Straße, wo sie um eine Ecke bog.

„Hey", gluckste Ryan und löste sanft ihre verkrampften Finger von seinem Kragen. „Was ist los? Hast du Angst davor, dass drei kleine Jungs sehen, wie wir uns küssen?"

Emilia biss sich fest auf die Unterlippe und trat auf der Stelle, während ihr Blick immer wieder an Ryan vorbei glitt.

In der Zwischenzeit verdunkelte sich Ryans Gesichtsausdruck. Er hob nachdenklich einen Finger. „Oder ... hast du vielleicht ... Angst –"

„Das war mein Bruder Max", krächzte Emilia atemlos. „I-Ich habe die Zeit ganz ... vergessen. Ich muss ... gehen ... muss los." Sie stellte sich auf die Zehenspitzen, um ihm einen Kuss auf die Wange zu hauchen. „Es war sehr schön", sagte sie und drückte seine Hand.

Ryan fiel es offensichtlich schwer, seine Enttäuschung zu verbergen, und zwang sich zu einem Lächeln. Bevor Emilia sich losreißen konnte, zog er sie noch einmal zurück. „Du hast ein Geheimnis." Er streichelte zärtlich ihre Wange. „Aber vergiss nicht, ich mag dich für das, was du bist." Er grinste breit, dann ließ er sie los und Emilia machte sich auf den Weg nach Hause.

Der Laubmatsch unter ihren Schuhen schmatzte. Emilia ließ die Hand an dem gusseisernen Zaun entlangfahren. Dabei glitt ihr Blick über den Friedhof mit den unzähligen Grabsteinen, die wie trostlose Gestalten in der Erde steckten, krumm und schief. Die zwei großen Eichen, die die einzigen Bäume auf dem Gelände waren, hatten ihre Blätter bereits abgeworfen, sodass sie ihre knorrigen Finger gen Himmel streckten. Emilia spürte die Energien der Geister, die zwischen den Gräbern spazierten. Durch ihre Ruhelosigkeit schien es, als würde den ganzen Tag eine dichte Nebelsuppe über dem Friedhof wabern.

Emilia lief an einigen kleinen Häusern vorbei, ehe sie das Cottage ihrer Tante erreichte, direkt gegenüber von dem Tor, das auf den Friedhof führte. Emilia betrachtete den Garten, den Roxanne mit Blumen und Kräutern verschiedenster Arten überwuchern ließ. Eine Brise strich über ihr Gesicht und ein Gefühl von zu Hause erfüllte sie wie ein warmes Getränk im Winter.

Emilia öffnete das Tor, das zusammenzubrechen drohte, wenn man es auch nur schief ansah, und schritt den von Unkraut überwachsenen Weg entlang. Auf der Treppe befanden sich bereits die festlich geschnitzten Kürbisse für Emilias Weihe. Sie grinsten ihr zu. „Da kommt ja der Star der Woche", krächzte einer der Kürbisse.

„Kämm dir mal die Haare", rief ein anderer.

Emilia ignorierte das sprechende Gemüse und stampfte die Stufen zur Veranda hinauf, wobei sie einem der Gewächse zu nah kam, sodass dieses nach ihrem Stiefel schnappte. Gerade noch rechtzeitig zog sie den Fuß zurück.

Der Kürbis machte heisere Laute wie ein Hund, dem man die Stimmbänder entfernt hatte.

„Kleines, was ziehst du denn für ein Gesicht?", grunzte ein anderer. Emilia musste den Drang unterdrücken, dem Kürbis einen Tritt zu verpassen, damit er die Stufen hinunterkullerte. Wenn sie das täte, würde sie nicht nur Roxannes Wut auf sich ziehen, sondern auch eine Pechsträhne riskieren, wenn der Kürbis sie verfluchte.

Unter Rufen wie „Schätzchen, gib mir ein Küsschen" oder „Ich fühle mich so leer und ausgehöhlt", gefolgt von Gelächter, das wie das Scheppern mehrerer Töpfe klang, schloss Emilia die Tür auf und betrat das Haus.

Sie war nicht einmal ganz in den geräumigen Eingangsbereich mit den Orientteppichen und den knarrenden Holzdielen getreten, da schlug ihr schon der Duft der Kürbissuppe entgegen.

„Die Schlampe kocht unser Innerstes!", kreischte einer der Kürbisköpfe.

„Mörder!", schrien die anderen, ehe Emilia mit einem genervten Schnauben die Tür zuschlug, was allerdings nicht das laute Gegacker der aufgedrehten Kürbisse ersticken konnte.

Sie ging geradeaus an der Treppe vorbei und betrat die Küche, aus der der herrliche Duft strömte. Emilia ließ den Blick über die Herdplatte gleiten, auf der verschieden große Töpfe standen, in denen je ein anderes Gericht brodelte. Von der Decke baumelten Kräuterbündel, die die Luft mit ihrem würzigen Geruch schwängerten. Die weiße Küche im Landhausstil wirkte wie ein Schlachtfeld.

Während Roxanne um die Kochinsel herumwuselte, wuschen sich die unzähligen Töpfe und Teller selbst. Sie tauchten in das Schaumwasser, während eine Bürste sie bearbeitete, ehe sie abtropften und dann von einem Handtuch getrocknet wurden. Dann stapelte sich das saubere Geschirr auf der anderen Seite.

„Emilia", rief Roxanne mit dem gewohnt herzlichen Lächeln auf den Lippen. Heute jedoch verrieten die zuckenden Mundwinkel ihre Anspannung.

„Hey, Tante Rox." Emilia stützte sich mit den Händen auf der Kücheninsel ab und nickte in Richtung Haustür. „Die Kürbisse haben sich wieder aus ihrem Lähmzauber befreit."

Tante Rox schloss mit einem Stöhnen die Lider. „Verdammte Quälgeister", zischte sie. „Ich kümmere mich gleich darum." Sie winkte ab.

Emilia schmunzelte vor sich hin. Tante Rox belegte die Kürbisse mehrmals in der Woche mit einem Lähmzauber, damit sie kein Aufsehen bei den Menschen erregten. Es kamen nicht oft welche an ihrem Garten vorbei. Das Problem bestand vielmehr darin, dass die Kürbisse kein Gespür dafür hatten, ihre Magie zu verbergen. Besser gesagt: Es war ihnen egal.

„Wie war die Schule, Schätzchen?", riss Tante Rox Emilia aus ihren Gedanken. Ihr langes rotbraunes Haar hatte Roxanne zu einem unordentlichen Dutt geknotet, der ihre hohen Wangenknochen noch besser zur Geltung brachte. Sommersprossen übersäten ihr Gesicht. Roxanne musterte Emilia mit ihren grauen Augen, während sie sich mit dem Handrücken die Schweißperlen von der Stirn wischte.

Emilia vermutete, dass Roxanne nervöser war als sie selbst. Da sie keine Kinder hatte, war es für sie das erste Mal, dass sie eine Weihe vorbereitete, was einige Tage in Anspruch nahm.

Für Jason, Emilias großen Bruder, hatten es noch ihre Eltern gemacht, bevor sie gestorben waren. Bei diesem Gedanken zog sich Emilias Herz zusammen wie an dem Tag, an dem sie es erfahren hatte. Hastig schüttelte sie den Kopf. „Gut", antwortete sie knapp, da ihr trockener Mund nicht mehr Worte entlassen wollte. Ihre Gedanken kreisten immer noch um Ryan und ihren Beinahe-Kuss … und Max. Sie hoffte so sehr, dass er sie nicht gesehen hatte.

Roxanne wuselte in Richtung Esstisch, auf dem bereits die Kürbissuppe stand. „Los, setz dich." Sie zwinkerte Emilia zu. „Ich bin mir sicher, dass deine Nervosität mit einem vollen Magen vorübergehen wird."

Emilia ließ sich auf einen der Holzstühle sinken und starrte in ihre Suppe, die Roxanne mit einem Fingerwisch in die Teller füllte.

„Jason! Max!", dröhnte ihre Stimme durch das Cottage.

Wenige Sekunden darauf erschien Max, wie immer mit seinem Smartphone in den Händen. Konzentriert starrte er auf den Bildschirm.

Emilia beneidete seine Sorglosigkeit. Er hatte noch fünf Jahre bis zu seiner eigenen Weihe. Obwohl das Ritual eine große Ehre bedeutete, war es gleichzeitig eine schwere Bürde. So sagte es zumindest jede wichtigtuerische Hexe.

„Max, bitte! Dein Handy!" Mit einem Schnipsen ließ Roxanne das Smartphone verschwinden. Stattdessen erschien ein Löffel in Max' Hand, was ihn endlich dazu veranlasste, aufzusehen.

Er besaß dieselben blauen Augen, die Emilia und er von ihrer Mutter geerbt hatten, ebenso wie das feuerrote Haar und die von Sommersprossen übersäte Haut. Viele in Stanhope dachten, dass Roxanne ihre leibliche Tante war, da sie sich nicht unähnlich sahen. Doch dem war nicht so. Sie waren nicht blutsverwandt und dennoch band sie ein Blutschwur an die Verantwortung für drei Teenager.

Während Max sich seiner Suppe widmete – seit dem Tod ihrer Eltern sprach er nicht mehr viel – marschierte Jason mit stolz erhobenem Kinn in die Küche. Manchmal schmerzte es Emilia, wenn sie ihn sah, denn mit seinem schwarzen Haar und den dunklen Augen ähnelte er ihrem Vater. In seiner Hand hielt er eine Flasche mit einer grün-blauen Flüssigkeit, die er zwischen den Fingern schwenkte. Dabei lag ein verschmitztes Grinsen auf seinen Lippen. Er schnippte mit dem Finger, sodass ein bläulicher Dunst aus dem Flacon emporstieg. „Endlich Oktober!" Er prostete Emilia, Roxanne und Max, der nicht aufsah, zu.

Roxanne verengte die Augen. Kein gutes Omen. „Was ist das, Schätzchen?", fragte sie, wobei das Misstrauen ihre Stimme um drei Oktaven hochschnellen ließ.

„Das, meine liebe ahnungslose Familie, ist der Armor-Trank", verkündete Jason feierlich und machte eine alberne Handbewegung über dem Glas wie ein Zauberer, der im Begriff war, ein Kaninchen aus dem Hut zu ziehen.

Gut, dachte Emilia, war er ja streng genommen auch. Sie verdrehte die Augen, während Roxanne die Hände in die Hüften stemmte und die Brauen hob. „Jason Walsh." Ihre Stimme war binnen Sekunden von butterweich zu schneidend gewechselt. „Was habe ich dir zu solchen Dingen gesagt?"

Jason stöhnte auf. „Tantchen."

Emilia stützte den Kopf auf die Hand und reckte das Kinn. „Roxanne mag es einfach nicht, wenn du versuchst, Mädels mit Magie flachzulegen."

Roxanne schnippte, sodass im nächsten Moment Emilia die Krawatte ihrer Schuluniform ins Gesicht schlug.

„Tante Rox", schnaubte Emilia.

„Rede nicht so." Roxanne richtete den Finger nun auf Jason. „Und du kippst das weg. Sofort."

Jason schlurfte murrend zum Spülbecken, wo er die dickflüssige Pampe entsorgte. Dann setzte er sich.

Emilia kicherte. „Bist du so ein Loser, dass du einen Zaubertrank trinken musst, damit Mädchen auf dich abfahren?" Blitzschnell wich sie einer weiteren Klatsche des Schlipses aus.

Jason lachte ein humorloses Lachen. „Nein, aber mein Äußeres wirkt eher einschüchternd."

Emilia hob die Brauen. „Oh, so sagt man das heute, wenn man hässlich ist?" Ein Lachen entrang sich ihrer Kehle, was ihr jedoch augenblicklich stecken blieb, als ein weiteres Schnipsen ertönte. Mit einem festen Ruck zog sich die Krawatte zu. Erschrocken röchelte Emilia nach Luft.

„Ihr wisst doch ganz genau, dass ihr eure Kräfte nicht dafür missbrauchen dürft." Roxanne schob ihren Teller von sich, als hätten Jason und Emilia ihr den Appetit verdorben.

„Tante Rox, ich bin froh, dass du deine Kräfte fürs Kochen missbrauchst", feixte Jason, der sich das freche Grinsen nicht verkneifen konnte.

Es ertönte kein Schnipsen, aber dafür ein dumpfes Klatschen, als Roxanne ihm mit der flachen Hand einen Klaps auf den Hinterkopf gab. „Du solltest nicht so große Töne spucken, sonst erzähle ich Samantha, was du treibst." Dann musterte sie Jason. „Außerdem solltest du die Finger von Menschen lassen, du kennst die Regel."

Jasons Gesichtsausdruck verfinsterte sich, während er sich einen Löffel Suppe in den Mund schob.

„Wer war dann dieser Junge?", fragte Max und blickte Emilia direkt in die Augen.

Es fühlte sich an, als schnürte die Krawatte ihr erneut die Luft ab. Emilia schluckte schwer und blickte zu

Roxanne, die ihren Blick fragend erwiderte. Emilia spürte die Wut in der Luft flimmern. In diesem Moment hasste sie ihren kleinen Bruder. „Ich weiß nicht, was du meinst", stammelte sie, blinzelte und widmete sich ihrer Suppe.

Doch Roxanne ließ sich weder abwimmeln noch mit irgendwelchen Taktiken der Verleugnung abspeisen. Geräuschvoll knallte sie den Löffel auf die Seite. „Welcher Junge?"

Emilia atmete tief ein und warf Max einen vernichtenden Blick zu. Noch wütender machte sie die Tatsache, dass sie ihm nicht einmal böse sein konnte. Inzwischen hatte er sich wieder seinem Teller Kürbissuppe gewidmet.

Nach Worten ringend wandte sich Emilia Roxanne zu. „Niemand. Ein Freund aus der Schule, nichts weiter."

„Sie haben sich fast geküsst."

„Max!", stieß Emilia hervor und sprang auf, die Hände zu Fäusten geballt.

Max hielt den Blick gesenkt und zauberte sein Smartphone hervor, um sein Spiel zu spielen.

Roxanne hatte sich ebenfalls erhoben. „Fast geküsst?" Es war deutlich zu hören, dass sie den schrillen Unterton zu unterdrücken versuchte. „Emilia, sag, dass das nicht wahr ist."

Emilia sah zu Jason, der schuldbewusst die Lippen schürzte, als hätte er die Bombe platzen lassen.

Die Anspannung knisterte in der Luft, sodass sich ein Kloß in ihrem Hals bildete. „Es ist wahr."

Roxanne schlug sich die Hände vor das Gesicht. „Emilia."

„Was? Ihr lasst uns auf normale Schulen gehen und erwartet, dass wir unter uns bleiben? Wie soll das funktionieren? Ich bin sechzehn, natürlich verliebe ich mich." Sie schnaubte. Normalerweise keifte sie

Roxanne nicht so an. Doch mit den letzten Jahren hatten sich die Ketten des Zirkels fester und fester um ihre Gelenke geschnürt, denn je älter sie geworden war, desto strenger behandelte man sie. Aber sie wollte sich nicht bevormunden lassen.

Roxanne fuhr sich durch das rotbraune Haar und schüttelte den Kopf. „Das ist nicht von Belang!" Ihr Blick war eisern. „Es sind ganz einfache Regeln: Lasst euch nicht auf die Menschen ein. Bleibt unter euch."

Emilia spürte die Magie wie Funken um ihre Finger springen. „Ihr stellt diese bescheuerten Regeln auf und erklärt nicht einmal, warum."

Roxanne schlug mit der flachen Hand auf den Tisch. Selten hatte Emilia sie so wütend gesehen und wenn, war es nie gegen sie oder ihre Geschwister gerichtet gewesen. „Verdammt, Emilia. Brauchst du einen Grund, um Regeln zu gehorchen? Du wirst ihn am Ende der Woche bei deiner heiligen Weihe erfahren."

„Ich will ihn nicht erfahren. Weil ich mich dieser blöden Regel nicht beugen will. Ich habe mich verliebt, ja, und ich kann es nicht abstellen." Dass Emilias beste Freundin noch dazu ein Mensch war, ließ sie unerwähnt.

Ihre Worte schienen Roxanne bereits jetzt an den Rand des Wahnsinns zu treiben. Sie packte Emilia an den Schultern. „Du musst!"

Emilia schnaubte. „Nicht jeder kann sich einfach jedem Gefühl entziehen wie du", platzte es aus ihr heraus.

Mit Wirkung. Als hätte Emilia sie mit einem Messer verletzt, zuckte Roxanne zurück und sah sie mit großen Augen an. Ihre Wut verpuffte und sie schluckte.

Bevor sie etwas entgegnen konnte, schob sich Jason dazwischen. „Okay, das reicht. Bevor jetzt noch etwas gesagt wird, was ihr beide bereut, solltet ihr euch erst einmal beruhigen."

„Fein", sagte Emilia, wirbelte herum und stampfte die Treppen empor in ihr Zimmer, wo sie die Tür mit voller Wucht hinter sich zuknallte.

Sie schleuderte ihre Schultasche auf den Schreibtisch in der Ecke und warf sich auf ihr großes Bett, auf dem eine mit Blumen bestickte Tagesdecke lag.

Emilia legte ihre noch immer zu Fäusten geballten Hände überkreuzt auf ihren Bauch, um nicht die nächstbeste Vase zerspringen zu lassen. Sie hatte in den letzten Jahren die Regeln nicht mehr so ernst genommen und sich mit Menschen angefreundet. Und mit den Monaten kamen die Zweifel am System des Zirkels. Was sollte das alles bewirken? Vollkommene Isolation. Wozu? Hielten sie sich für etwas Besseres oder lag es daran, dass die Geheimhaltung eine hohe Priorität hatte? Mit diesen Zweifeln und Gedanken, die seit einiger Zeit Wurzeln in ihrem Kopf schlugen, fühlte sie sich einsamer als je zuvor. Noch schlimmer war, dass sie sich niemandem anvertrauen konnte, außer Oliver, der es allerdings nicht wagte, irgendeine Regel infrage zu stellen.

Emilia blickte aus dem Fenster, das auf den Friedhof hinausging, und dachte an ihre Weihe. Von den anderen Hexen im Zirkel wusste Emilia, dass es eine ehrenvolle Sache war, geweiht zu werden. Von Oliver wusste sie, dass es jedes Jahr im Oktober einen Auserwählten gab, der die wichtigste Aufgabe in der Neumondnacht übernahm. Was auch immer sie dann in dem Wald taten. Angeblich handelte es sich um eine schmerzvolle Bürde, auserwählt zu werden. Zwar wusste sie noch nichts von diesem Verfahren, denn dieses Wissen wurde strikt vor den Nicht-Geweihten verborgen. Am Ende dieser Woche würde sie es erfahren. Doch nun war sie sich nicht mehr so sicher, ob sie es noch wollte.

Wie so oft in ihrem Leben wünschte Emilia sich, normal zu sein. Was auch immer das bedeutete.

Menschlich sein. Ohne magische Fähigkeiten, ohne dämliche Regeln. Die letzten Monate vor diesem Oktober waren ihre letzten gewesen, in denen sie ihre Magie nicht nutzen konnte. Denn alle Hexen und Hexer vor der Weihe hatten nur im Oktober magische Kräfte. Nach ihrer Weihe ging die Magie vollständig auf sie über. Dennoch war der Oktober der Monat, in dem die Magie sich wie eine Blume entfaltete, kräftiger, stärker, ehe sie am Ende verblasste.

Das Summen ihres Handys riss Emilia aus ihren Gedanken. Eine Nachricht von Ryan.

Hey Emilia, es war sehr schön heute mit dir. Du bist nur so schnell verschwunden. Lag es an mir? Habe ich etwas falsch gemacht?

Unwillkürlich schlich sich ein Lächeln auf Emilias Lippen. Gleichzeitig bohrte sich eine Speerspitze in ihre Brust, als sie an Roxannes Worte dachte. Sie schüttelte sie ab und tippte eine Antwort.

Ryan, es tut mir leid, dass ich so schnell losmusste. Es hat nichts mit dir zu tun. Ich hätte dich sehr gern geküsst …

Noch einmal dachte sie daran zurück, wie nah sie sich gewesen waren. Seine Lippen hatten beinahe ihre berührt. Sein Duft, der sie in eine andere Welt entführt hatte. In diesem Moment hatte es nur sie beide gegeben. Nur sie. Zwei Menschen.
Ein weiteres Summen.

Dann hoffe ich, dass wir beim nächsten Mal nicht gestört werden.
Emilia grinste breit. Ein weiteres Summen.

Ich mag dich echt gern, Em. Wirklich sehr.

Emilia rollte sich auf den Rücken und genoss das Flattern in der Brust, das sich wie ein Frühlingssturm anfühlte, welcher Tausende Blütenblätter mit sich trug, die sie wie Schmetterlingsflügel kitzelten. Sie seufzte verliebt, ehe sie Jasons und Roxannes Stimmen vernahm.

Sofort sprang sie auf und öffnete die Tür einen Spalt. Ihr Bruder und Roxanne standen im Eingangsbereich vor der Treppe und diskutierten.

„... mach dir keine Sorgen, sie wird es verstehen", wisperte Jason. „Du kennst sie doch auch. Sie würde nie zulassen, dass so etwas geschehen würde."

„Ich kann dieses Risiko nicht eingehen. Nicht noch einmal", zischte Roxanne. „Du wirst herausfinden, mit wem sie sich trifft, und diese Beziehung torpedieren."

Eine erneute Welle des Zorns schwappte über Emilia und sie bohrte ihre Finger in den Türrahmen.

„Roxanne, bist du übergeschnappt?" Ihm fiel es schwer, das Beben in seiner Stimme zu dämpfen. „Weißt du, was du da von mir verlangst?"

Kurze Stille, in der Emilia die Luft anhielt, da sie fürchtete, sie könnten ihre schnelle Atmung hören.

„Es tut mir leid", seufzte Roxanne dann. „Die Weihe ist nicht mehr weit und bis zur Neumondnacht sind es noch einige Tage. Vielleicht fügt es sich von alleine."

„Ich gehe davon aus. Sie mag Oliver. Das wird es leichter machen."

Emilia runzelte die Stirn. Was hatte das nun zu bedeuten? Doch noch bevor sie sich in Grübeleien stürzen konnte, hörte sie, wie Jason die Treppe emporstieg.

Hastig drückte sie die Tür wieder zu und warf sich auf ihr Bett. Das Handy schob sie vorsichtshalber unter das Kopfkissen.

In derselben Sekunde klopfte es an der Tür und Jason steckte den Kopf durch den Spalt. „Hey“, sagte er. Seine Mundwinkel zuckten.

Emilia setzte sich im Schneidersitz auf ihr Bett und nestelte an ihren Ringen. „Hey.“

Auch wenn Jason ein ziemlicher Spaßvogel war, so war er auch der beste große Bruder, den Emilia sich je hätte wünschen können. Er fand immer die richtigen Worte, um sie zu besänftigen, ließ ihr allerdings auch den Freiraum, den sie brauchte, um ihre Gefühle auszuleben.

„Alles okay?“, fragte er und öffnete die Tür ein Stück mehr, um sich an den Rahmen zu lehnen.

Er sah gut aus mit seinen markanten Gesichtszügen und gleichzeitig kindlichen Augen, die von dunklen Wimpern umrahmt wurden. Seine Haut war zwar blass, aber seine Wangen immer etwas gerötet. Auf seinen Lippen trug er stets ein Schmunzeln, als könnte nichts und niemand ihm etwas anhaben. In der Schule war er der Mädchenschwarm schlechthin gewesen, was es für Emilia noch schwieriger zu begreifen machte, wie er sich nie in eines dieser Mädchen hatte verlieben können.

„Was geht dir durch den Kopf?“, fragte er.

Emilia verhakte die Finger ineinander. „Warst du jemals verliebt … in einen Menschen?“

Jason sah kurz über seine Schulter, schloss die Tür und setzte sich dann neben Emilia. „Ja“, sagte er und streckte die langen muskulösen Glieder. „Einmal.“ Er grinste sie schief an.

„Und was ist passiert?“, fragte sie und wandte sich ihm neugierig zu. Es war selten, dass Jason Dinge über sich offenbarte.

Jason zuckte mit den Schultern. „Nichts. Sie … sie wollte mich nicht, also war ich ein paar Monate traurig und hab sie dann irgendwann vergessen.“

Emilia kniff die Augen zusammen. Etwas in ihr zweifelte an dieser Version der Geschichte. Aber sie stellte es nicht infrage. „Und jetzt bist du mit Samantha zusammen."

Samantha Shannon war ebenso hübsch wie Jason und ebenfalls eine Hexe des Zirkels. Allerdings trafen die beiden sich nicht oft und Jason hatte bereits angedeutet, dass sie so etwas wie eine offene Beziehung führten. Es passte zu ihm. Er war nicht der Typ, der sich band. Noch nicht, das sagte zumindest immer Roxanne, gefolgt von: „Er muss sich nur ein bisschen die Hörner abstoßen."

„Ja", sagte Jason und wirkte dabei so gefühlvoll wie ein Roboter.

„Bist du nicht glücklich?"

Jason musterte Emilia, dann setzte er ein schiefes Grinsen auf. „Klar." Er sprang auf. „Und wenn ich dir einen Rat geben darf, dann halte dich von Menschen fern. Sie werden dich nicht glücklich machen."

„Woher willst du das wissen?"

Jason drehte sich vor der Tür noch einmal um. „Ich weiß es einfach." Dann seufzte er traurig. „Aber es ist deine Entscheidung. Nicht meine, nicht Roxannes. Es ist deine." Zur Verabschiedung klopfte er gegen den Türrahmen, sodass der Ring an seinem Finger ein hölzernes Geräusch abgab.

Emilia ließ sich rücklings ins Bett fallen. Typisch Jungs, dachte sie. Ein Menschenmädchen bricht ihm das Herz und er schiebt es auf die gesamte Menschheit.

Um sich vom Streit mit Roxanne zu erholen, lenkte Emilia sich den Rest des Tages mit Hausaufgaben ab, ehe sie in einem Buch schmökerte, während sie am geöffneten Fenster saß. Sie genoss den Wind, der mit den Blättern spielte, das Knarzen der Bäume und zuckte zusammen, wenn die Kürbisköpfe wieder einmal der

Katze in den Schwanz bissen. Das lautstarke Fauchen schallte durch den gesamten Garten.

Ein ganz normaler Oktobertag also.

Wenig später riss ein Klopfen Emilia aus der Fantasiewelt, in die sie zwischen den Zeilen ihres Buches eingetaucht war. Sie blickte auf und Roxanne steckte den Kopf durch die Tür. „Kann ich reinkommen?"

Emilia ließ ihr Buch sinken und nickte.

Als würde sie ein Löwengehege betreten, schob Roxanne sich durch den Spalt und stellte sich vor das Bett. Ihre schlanken Finger trommelten auf dem Bettpfosten.

Emilia deutete aus dem Fenster. „Die Kürbisse -", begann sie, um die Stille zu füllen.

„Ich weiß", seufzte Roxanne. „Ich kümmere mich gleich um diese Biester." Sie rang sich ein Lächeln ab, blinzelte. „Deswegen bin ich nicht hier. Ich wollte ... Es tut mir leid", sagte sie. „Ich war etwas forsch und unsensibel und ..." Sie suchte nach einem Wort.

„Wütend?"

Roxanne blinzelte. „Nein", sagte sie und trat um das Bett herum auf das Fenster zu. „Nein, wie könnte ich wütend sein? Ich habe Angst." Sie ließ ihren Blick durch den Garten schweifen. „Um dich."

Emilias Muskeln entspannten sich, sie lehnte sich vor. „Aber warum?"

Roxanne presste die Lippen zusammen.

Emilia atmete geräuschvoll ein und verdrehte die Augen. „Ich verstehe schon." Langsam ging es ihr auf die Nerven, dass niemand sagen konnte oder wollte, was das alles zu bedeuten hatte.

„Ich möchte einfach nicht, dass du unglücklich wirst."

„Der Zirkel macht mich unglücklich."

„Emilia", sagte Roxanne mahnend, als fürchtete sie, eine alte Kräuterhexe des Zirkels könnte unter dem

Fenster stehen und lauschen. „Der Zirkel will nur das Beste für uns."

Emilia schnaubte. Die Luft, die vorher noch so angenehm frisch gerochen hatte, wurde säuerlich und schwer.

„Du wirst es verstehen", sagte Roxanne wie auch die anderen vor ihr. Versöhnlich legte sie eine Hand auf Emilias Knie und lächelte. „Ich will nur das Beste für dich. Das glaubst du mir doch, oder?"

Emilia blickte ihr in die Augen, die in der Nachmittagssonne glänzten. Sie vertraute Roxanne. Seit dem Tod ihrer Eltern war sie es gewesen, die sich ein Bein ausgerissen hatte, um sich um sie und ihre beiden Brüder zu kümmern. Soweit Emilia wusste, war das ein weiterer Kodex des Zirkels, der sich damit brüstete, für alle Eventualitäten vorbereitet zu sein.

Roxanne war die beste Freundin ihrer Mutter und damit auch die Patin für sie alle gewesen. Niemals würde Roxanne Emilia oder Max und Jason etwas Böses wollen. „Natürlich glaube ich dir", sagte Emilia und erwiderte Roxannes Lächeln. Und dennoch krampfte sich ihr Magen zu einer harten Kugel zusammen, wenn sie an den Zirkel, die Regeln und ihre Weihe dachte.

Draußen erklang ein Scheppern, gefolgt von dem erneuten Fauchen der Katze und dem dreckigen Lachen der Kürbisse.

Roxanne warf die Hände in die Luft. „Ich knöpf sie mir vor."

Kapitel 3

Mit einem Lächeln auf den Lippen tippte Emilia die Antwort in ihr Handy, als eine Tasche vor ihr auf den Tisch knallte. Tara.

„Hallo, du offensichtlich verliebtes Ding. Warum hast du mich nicht angerufen?" Tara ließ sich auf den Platz neben Emilia plumpsen.

Emilia lachte und spürte die Röte, die in ihr Gesicht stieg.

„Oh, so wild ging es also zu", schlussfolgerte Tara und grunzte.

„Nein." Emilia kicherte. „Es war schön. Aber es ist nichts passiert."

Tara stützte den Kopf auf ihre Hand und grinste Emilia breit an. „Einzelheiteeen."

Bevor Emilia erzählen konnte, was passiert war, stürmte ihre Mathelehrerin das Klassenzimmer. Eine drahtige Frau, die immer wirkte, als hätte sie bereits zehn Tassen Kaffee intus. „Morgen. Bitte Ruhe, damit wir direkt loslegen können." Sie sah Tara mahnend an.

Diese lehnte sich mit einem genervten Seufzer zurück, als Mrs Collins sich der Tafel widmete.

Emilia verträumte den Großteil des Unterrichts, was sie sich in Mathe nicht wirklich leisten konnte. Doch ihre Gedanken schwebten nur um Ryan, seinen Duft und ihren Beinahe-Kuss, den sie unbedingt wiederholen wollte. Doch so leicht würde das nicht funktionieren. Denn ihre Tante hatte sie für den Rest der Woche dazu verdonnert, ihr im Buchladen auszuhelfen, damit sie Emilia so gut wie möglich von Menschen fernhalten konnte. Dachte sie zumindest.

In der Pause trafen Emilia und Tara sich mit Oliver, der – wie immer – stundenlang über Comicbücher redete. Wäre Tara nicht hier, würden er und Emilia sich über magische Dinge unterhalten. Er teilte ihre Meinung über den Zirkel, wagte es jedoch nicht, dies vor anderen auszusprechen oder eine Regel zu brechen.

Und gerade, als Tara beinahe gelangweilt über ihrem Essen einschlief, weil Oliver zum gefühlt hundertsten Mal Stan Lees Lebensgeschichte zum Besten gab, passierte es. Seine Milchtüte explodierte wie durch Magie. Die weiße Flüssigkeit ergoss sich über sein gesamtes Gesicht und seine Haare.

Er hielt abrupt in seiner Erzählung inne und schloss die Augen. Emilia konnte nur zu gut spüren, wie sein Herz sich schmerzhaft zusammenzog.

„Wie zum Teufel konnte das passieren?", krächzte Tara mit großen Augen und reichte Oliver eine Serviette.

Dieser nahm sie dankend entgegen.

Emilia hatte ihre Augen bereits auf Sophie und ihre Clique geheftet. Jeder trug ein amüsiertes Grinsen auf den Lippen, während die halbe Kantine in lautes Gelächter ausbrach.

„Ja, wie konnte das bloß passieren, Oliver?" Sophie kicherte.

„War der Druck zu groß?", rief Jacob und stieß Ethan mit einem lauten Lachen in die Seite.

„Oh, wow, ja, ihr seid so unglaublich lustig", rief Tara so laut, dass es jeder hören konnte. Ihre Stimme triefte vor Abscheu.

Oliver, der sich mit der Serviette trocken tupfte, sagte nichts. Er hielt den Blick gesenkt, die Lippen zu einer schmalen Linie zusammengepresst.

Brianna musterte Tara, als wäre sie ein ekelerregendes Insekt. „Was willst du traurige Gestalt denn?"

Tara sprang auf. „Diese traurige Gestalt versohlt dir gleich den Hintern.“

Emilia sprang ebenfalls auf, versuchte aber, die Situation zu deeskalieren. „Sophie, nimm deine Chihuahuas und verschwinde.“

Ethan grunzte. „Sie vergleicht uns mit Chihuahuas.“ Seine blauen Augen glänzten hasserfüllt. „Nicht dass gleich deine Milchpackung explodiert, Walsh.“

Emilia blieb ruhig und verdrehte die Augen. „Ich lass es drauf ankommen.“

„Ouuhhh“, feixte Ethan, zuckte jedoch kaum merklich zurück, als Emilia die Finger spreizte. Eine Bewegung, die keiner um sie herum wahrzunehmen schien, da sie auch nicht sonderlich bedrohlich wirkte. Doch für Hexen war das was anderes.

„Könnt ihr bitte einfach gehen?“, stieß Oliver mit dünner Stimme hervor. Er hielt die Hände sich ergebend in die Luft. Emilia konnte deutlich erkennen, wie er das Zittern zu unterdrücken versuchte. Dabei fragte sie sich, ob es die Wut war, die er zu unterdrücken versuchte, oder die Magie.

Sie hingegen gab sich nicht die Mühe, sie zu unterdrücken. Während die Clique einen Abgang machte, wobei sie tuschelten und gackerten, konzentrierte sie sich auf Briannas Schnürsenkel. Die Magie entfachte ein Kribbeln in ihren Fingern, die sie nun in heimlichen Bewegungen wie ein Dirigent kreisen ließ. Die Bänder ihrer teuren Sneaker lösten und verknoteten sich mit denen des anderen Schuhs.

Ein weiterer Schritt und Brianna stolperte. Mit einem schrillen Schrei krallte sie ihre Fingernägel in Sophies Schulter und riss sie mit sich zu Boden. Ethan und Jacob, die sich noch immer gegenseitig Honig ums Maul schmierten, verloren den Halt und fielen auf die beiden Mädchen.

Ein lautes Brüllen lachender Schüler hallte durch die Kantine und sogar Oliver grinste amüsiert vor sich hin. Dankbar blickte er zu Emilia, die sich nun zufrieden ihrem Salat widmete und in sich hinein schmunzelte.

„Das geschieht ihnen Recht", sagte Tara und strich Oliver über die Schulter. „Mach dir nichts draus, das sind Idioten. Wir können froh sein, dass wir sie nur in der Schule sehen."

Oliver lächelte gequält. „Ja, zum Glück", sagte er und warf Emilia einen bedeutenden Blick zu.

„Hey, Em." Ryans Stimme ließ Emilia zusammenfahren und jagte gleichzeitig wohlige Schauer über ihren Rücken.

Sie drehte sich um und blickte zu Ryan empor, der sich zu ihr hinabbeugte, ein schiefes Grinsen auf den Lippen.

Tara stupste Oliver an, dessen Miene sich augenblicklich verfinsterte, und zwinkerte Emilia zu.

Ryan blickte die beiden erst an, als er sich hinsetzte. Dann schob er ein Shirt über den Tisch zu Oliver. Dieser hob fragend den Kopf. „Ein trockenes Shirt, ich hatte noch eines in meinem Spind hängen."

„Danke", sagte Oliver heiser und nahm es zögerlich entgegen.

Emilias Herz klopfte heftiger in ihrer Brust. Es erfüllte ihre Venen mit einem flüssigen Glücksgefühl, dass Ryan sich so um Oliver kümmerte. Das war nicht selbstverständlich, denn für die meisten war er entweder unsichtbar oder ein geeigneter Punchingball.

„Kein Problem." Er blickte zu Sophie und Brianna, die sich bereits wieder aufgerappelt hatten und sich auf dem Weg zum Ausgang befanden, nicht ohne Emilia verhasste Blicke zuzuwerfen. „Hör nicht auf sie. Sie haben kein Problem mit dir, sondern eher mit sich selbst. Ich glaube, sie sind sehr unglücklich." Er beugte sich weiter über den Tisch. „Unter uns: Ich habe gehört, dass ihre Beziehungen von ihren Eltern arrangiert wurden."

„Oh, echt?", sagte Oliver. Er saß nun kerzengerade und setzte ein überraschtes Gesicht auf.

Emilia legte den Kopf schief und musterte ihren besten Freund genau. Er blinzelte viel zu viel, seine Mundwinkel zuckten. Für Emilia war es nicht schwer zu erkennen, dass er alles andere als überrascht war.

Oliver schien das zu spüren und wich ihrem bohrenden Blick aus.

„Is' nich wahr", sagte Tara und lachte trocken. „Arme Würstchen. Das ist ja sowas von Mittelalter."

Ryan zog die Mundwinkel nach unten und nickte bestätigend.

Emilia blieb skeptisch. „Woher weißt du das?"

Plötzlich spürte sie, wie sich Ryans Finger unter dem Tisch um ihre Hand schlossen. Sie sah ihm direkt in die Augen.

Er schmunzelte und entblößte die weißen Zähne. „Meine Mutter hat mit einer Nachbarin darüber gesprochen und ich habe es zufällig mitbekommen. Sie sagten etwas von finanziellen Interessen."

Emilia öffnete den Mund, um zu antworten. Doch was konnte sie dazu schon sagen? Sie hatte keine Ahnung, ob es stimmte, wobei Oliver sich so verhielt, als wäre es die Wahrheit.

Stattdessen funkte Tara dazwischen. „Das ist ja wirklich interessant", sagte sie schnell, so wie sie es immer tat, wenn sie das Thema wechseln wollte. Sie legte das Kinn auf ihre gefalteten Hände und grinste Ryan breit an. „Habt ihr Halloween schon etwas geplant?"

Oliver schien zunächst dankbar für den Themenwechsel, ehe er sich wieder zu einem Eiszapfen versteifte. Dieses Mal verkrampfte aber auch Emilia. Dieses Jahr fiel die Neumondnacht auf Halloween. Zwar wusste Emilia nur sehr wenig über die Traditionen in der Neumondnacht, aber die Ernsthaftigkeit, mit der die geweihten Hexen und Hexer über sie sprachen, hatte immer etwas Furchteinflößendes. Dabei verhielten sich die Zirkelmitglieder gegenüber den Ungeweihten meist verschwiegen, zogen sich tuschelnd zurück. Einmal hatte Emilia gesehen, wie Roxanne von einer Neumondnacht zurückgekehrt war, gekleidet in Schwarz und ihre Augen von Tränen gerötet.

„Ist an Halloween nicht Neumond?" Ryan riss Emilia aus ihren Gedanken. Sein Griff um ihre Hand hatte sich verfestigt. Er schien ihre Anspannung zu spüren, weshalb er ihr aus dem Augenwinkel ein aufmunterndes Lächeln zuwarf.

Tara grunzte und zuckte mit den Schultern. „Na und?" Sie schob sich einen Keks in den Mund. „Hast du Angst, dass es zu dunkel wird?"

Ryan gluckste. „Nein." Er beugte sich wieder verschwörerisch nach vorn. „Kennt ihr nicht die verrückten Legenden und Geschichten rund um die Neumondnacht?"

Oliver, der gerade an seinem O-Saft nippte, verschluckte sich und verfiel in einen wilden Hustenanfall, während Emilia unruhig auf ihrem Platz herumrutschte. Tara hob die Brauen. „Was?"

Ryan lehnte sich vor. „Sag mir nicht, du hast noch nie eine Geschichte über die Neumondnacht gehört? Die Nacht, in der grünes Licht im Wald schimmert und ein merkwürdiger Gesang durch die Straßen geht."

Oliver hörte nicht auf zu husten.

Tara blickte zur Decke, als überlegte sie. „Oh, ernsthaft, Miller? Das sind Geschichten, um kleinen Kindern Angst zu machen, damit sie pünktlich nach Hause kommen."

Ryan setzte ein düsteres Lächeln auf. „Und warum berichten seit Jahren immer wieder Leute davon? Es sollen sogar vor Jahren Menschen verschwunden sein, aber das ist nicht bestätigt."

Tara blickte drein, als hätte sie etwas Schlechtes gegessen. „Woher willst du das wissen?"

Inzwischen hatte Oliver seine Stimme wiedergefunden. „D-das sind doch alles nur G-Gerüchte", sagte er mit einem unsicheren Blick zu Emilia.

„Thomas hat es letztes Jahr gesehen und gehört, als er von einer Party nach Hause kam."

„Thomas ist ein Schwätzer", stieß Tara mit einem Schnaufen hervor. „Wisst ihr noch, als er vor zwei Jahren verbreitet hat, Emilia hätte ihm mit Telekinese die Hose runterrutschen lassen? Wochenlang hat er das behauptet. Sie hätte ihn schief angeguckt und daraufhin wäre ihm die Hose mit einem Ruck bis in die Kniekehlen gezogen worden." Tara lachte bei dieser Erinnerung. „Wenn du mich fragst, ist er ein bisschen –" Sie kreiste mit dem Finger an ihrer Schläfe und zog eine Grimasse.

Emilia kicherte. Oliver hielt nun die Hand vor den Mund und tat es ihr gleich.

Emilia konnte sich noch lebhaft daran erinnern. Damals hatte sie Thomas beim Spannen in der Mädchenumkleide erwischt, woraufhin sie sich in der Pause gerächt hatte. Die ganze Schule hatte seine Feinrippunterwäsche sehen können. Wenn Emilia nun darüber nachdachte, tat Thomas ihr leid, besonders, weil er seitdem von den anderen Schülern schief angeschaut wurde und den Namen *Feinripp* trug. Das hatte sich auch nicht verbessert, nachdem er ein Jahr darauf behauptete, in der Neumondnacht grünes Licht über dem angrenzenden Wald gesehen zu haben, und von einem mystischen Gesang berichtet hatte, der vom Wind durch die Straßen getragen worden war.

„Was sagst du dazu, Emilia?", fragte Ryan und hob die Brauen.

Emilia blickte auf ihren leeren Teller, um den bohrenden Blicken von Oliver und Tara zu entgehen. Sie wusste, dass sie beide die gleiche Reaktion von ihr erwarteten, wenn auch aus verschiedenen Beweggründen. „Ähm“, stammelte sie und zuckte mit den Schultern. „Vielleicht hat er etwas gesehen, was man logisch erklären kann.“

„Aber Thomas ist ja nicht der einzige“, sagte Ryan.

„Was soll das heißen?“, fragte Tara.

Ryan schmunzelte, amüsiert über ihr Verhalten. Bevor er antwortete, warf er Emilia einen Blick zu. „Jetzt sagt mir nicht, dass ihr die Legende von Stanhope nicht kennt?“

Emilia unterdrückte den Drang, die Augen zu verdrehen. Sie kannte diese Legende in- und auswendig. Und im Endeffekt war es genau das: eine Legende. Im Kern war sie wahr, das hatte Roxanne ihr einmal verraten. Dennoch war dieser wahre Kern zur Unterhaltung der Bewohner und besonders der Touristen über Jahrhunderte ausgeschmückt worden. „Ich kenne sie“, sagte sie gelangweilt.

Tara glucktse. „Ich kenne sie nicht, aber ich glaube auch nicht an so etwas.“

„Sagt man nicht, in jeder Legende steckt etwas Wahres?“

„Das einzig Wahre steckt gleich in meinem Hintern, wenn ich zu spät zum Kunstunterricht komme“ Tara lachte. „Es gibt nichts Furchteinflößenderes, als Mrs Letties Zorn auf sich zu ziehen.“

Erst jetzt fiel Emilia auf, dass sie die Letzten in der Kantine waren.

Als hätte man Ameisen in seine Hosen gezaubert, sprang Oliver auf. Mit dem Zeigefinger schob er seine Brille auf die Nase zurück. „Ich – ich komme zu spät zu M-Mathe“, sagte er, wandte sich um, hielt dann aber noch einmal inne und blickte über die Schulter zu

Ryan. Seine Augen glänzten. „Danke noch mal." Oliver entblößte seine Zähne mit einem seltenen Lächeln.

Ryan erwiderte es. „Kein Problem. Und achte das nächste Mal auf die richtigen Milchtüten."

Oliver nickte, dann eilte er aus der Kantine.

Als die Tür hinter Tara und ihm zufiel, wandte sich Ryan zu Emilia um und strich sanft eine verirrte Strähne hinter ihr Ohr. Ein Schmunzeln lag auf seinen vollen Lippen. Emilias Herz schlug fester gegen ihre Rippen.

Ryan beugte sich vor, sodass sein Gesicht nur wenige Zentimeter von ihrem entfernt war. Sein Duft umhüllte sie, während seine braunen Augen die Ruhe eines tiefen Kiefernwaldes bargen.

Seine Finger glitten über ihren Hals bis zur Wange. Zärtlich strich er mit dem Daumen über ihre von Sommersprossen gesprenkelte Haut. „Wir kommen schon wieder zu spät zu Mr Finnigans Unterricht", flüsterte er und legte die Stirn an ihre.

„Ja", presste Emilia atemlos hervor, während sie das aufgeregte Beben ihrer Glieder unter Kontrolle zu bringen versuchte.

Ryan umfasste ihr Gesicht fester, und entfernte sich etwas, um ihr tief in die Augen zu sehen. Sie konnte seinen Puls an ihrer Wange spüren. Er raste mit dem ihren um die Wette.

Emilia krampfte die Finger in den Stoff seiner Jeans, als fürchtete sie, er könnte wegrennen.

Langsam wie in Zeitlupe näherte Ryan sich. Seine Lippen waren nur wenige Millimeter von ihren entfernt. Sie konnte das Knistern auf ihnen spüren.

Plötzlich knallte die Kantinentür so heftig gegen die Wand, dass ein ohrenbetäubender Krach die beiden auseinanderriss.

„Mir dünkt es, dass Sie beide Unterricht haben. Jetzt. In meiner Klasse."

„Fuck", krächzte Ryan, der mehr frustriert darüber wirkte, dass er Emilia wieder nicht hatte küssen können, als die Tatsache, dass er nun nachsitzen musste. Ein breites Grinsen trat auf seine Lippen. „Um eine Minute mit dir zu verbringen, würde ich auch zehn Stunden nachsitzen."

Emilias Lächeln wurde breiter und sie spürte, wie ihr die Röte ins Gesicht stieg. Gleichzeitig eilten die beiden an Mr Finnigan vorbei, der seinen wulstigen Finger in Ryans Schulter bohrte. „Sie wissen, was das bedeutet, Mr Miller."

„Ich fürchte ja, Mr Finnigan." Doch er sah ihn gar nicht an. Er hatte nur Augen für Emilia.

Zum Glück war Emilia vom Nachsitzen verschont geblieben. Nur ungern hätte sie Roxanne erklären wollen, warum sie zu spät zum Unterricht erschienen war.

Nun stand sie in der kleinen Buchhandlung, in der es nicht nach neuen, sondern nach alten Büchern roch, nach Pergament, das versteckt vor dem menschlichen Auge im Hinterzimmer aufbewahrt wurde. Auch wenn sich nur selten Menschen hierher verirrten. Meistens waren es dann solche, die sich für okkulte Praktiken, Kräuter- oder Edelsteinkunde interessierten.

Die wirklich wichtigen Bücher für die Hexen des Zirkels bewahrte Roxanne im Hinterzimmer auf. Mächtige Zaubersprüche, Tagebücher berühmter Zirkelmitglieder und Lehrbücher für die jüngeren Hexen und Hexer.

Deshalb bestand die Kundschaft meistens aus den Hexen des Zirkels. Seit einigen Jahren half Emilia Roxanne immer wieder aus, ordnete Bücher in die Regale, entstaubte sie, beriet Kunden und verkaufte die Bücher.

Roxanne ging in der Zeit üblicherweise in die Stadt, um Einkäufe zu erledigen oder um sich um Max zu kümmern. Wenn sie gleichzeitig mit Emilia im Laden war, hielt sie sich im Lager auf oder erledigte die Buchhaltung.

Wie so oft saß Emilia an der Kasse und schmökerte in einem Kräuterbuch, als die Türglocke einen zarten Klang durch die Stille sandte, gefolgt von dem erdigen Herbstduft des Tages.

Emilia blickte auf. Sie legte das Buch nieder und seufzte genervt. „Was willst du?"

Sophie reckte das Kinn und ließ einen Finger über die Bücherrücken im vordersten Regal fahren. „Begrüßt man so zahlende Kundschaft?"

Emilia spitzte die Lippen und hob eine Braue. „Ich arbeite seit vier Jahren in diesem Laden und du warst nicht einmal hier. Abgesehen davon bezweifle ich, dass deine Augen je ein Buch gesehen haben, außer denen in der Schule." Emilia setzte ein breites Lächeln auf, so wie Sophie es gerade tat.

Sie stand nun direkt vor ihr, sodass nur noch der Tresen der Kasse zwischen ihnen stand, gemeinsam mit all den Vorurteilen, die sie gegeneinander hegten. „Du hältst dich wohl für ganz schlau, Walsh."

Emilias Blick blieb kühl. „Und du bist wie die Pest."

Sophie zuckte kaum merklich zusammen. Sie verengte die Augen zu Schlitzen und öffnete den Mund, doch Emilia kam ihr zuvor. „Ich weiß nicht, was Oliver euch getan hat, dass ihr euch ständig ihn als Opfer aussucht, aber das muss aufhören. Ich stehe hier im gesamten Wissen des Zirkels. Ich könnte euch problemlos in sabbernde Kreaturen verwandeln."

Sophie blinzelte, dann lächelte sie amüsiert. „Kann Oliver auch für sich selbst sprechen oder bist du sein kleiner Wachhund?"

Emilia knallte die Handflächen auf den Tresen und lehnte sich weiter zu ihr vor. „Es ist egal, wen ihr schikaniert. Hört auf damit."

Sophie verschränkte die Arme. „Sonst was? Willst du uns verpetzen? Keine gute Idee, wenn man sich auf einen Menschen einlässt und damit Gefahr läuft, selbst verpetzt zu werden."

„Bist du deswegen hergekommen? Um mir zu drohen?"

Sophie schlug mit spitzen Fingern einen Buchdeckel auf, als ekelte sie sich davor. „Nein", sagte sie gelangweilt. „Ich will dir einen Rat geben."

Emilia, die keine Lust mehr auf diese Unterhaltung hatte, nahm einen Stapel Bücher und lief durch die engen Regalreihen. Sophie folgte ihr auf dem Fuß. „Was für einen Rat kannst du mir schon geben?" Etwas fester, als sie es beabsichtigt hatte, knallte sie ein Buch in seine vorgesehene Lücke zurück.

„Du solltest die Finger von Ryan lassen."

„Du bist nicht meine Mutter, Sophie", stieß Emilia wütend hervor. Langsam hatte sie die Nase voll.

„Aber ..." Sie packte Emilia an den Schultern und wirbelte sie herum. „Um Ryans willen solltest du das beenden. Und auch die Freundschaft zu Tara ist -"

Emilia ließ die Bücher zu Boden fallen und warf die Hände in die Luft. „Ich habe es so satt. Diese starren mittelalterlichen Regeln des Zirkels gehen mir so auf die Nerven. Was ist denn los mit euch? Wo seid ihr hängen geblieben? Sag mir doch wenigstens, warum!"

„Das darf ich nicht", sagte Sophie und trat einen Schritt zurück. „Aber du wirst es am Freitag erfahren."

Emilia stürmte an ihr vorbei zur Tür und öffnete sie, um Sophie mit einer Handbewegung hinauszubitten.

Sie stolzierte an ihr vorbei, hielt aber noch einmal auf ihrer Höhe inne, um auf sie hinabzublicken. „Du wirst sehen, dass es besser ist, unter deinesgleichen zu bleiben, Walsh."

„Oh, ihr seid so fürchterlich arrogant, das ist nicht auszuhalten“, wetterte Emilia und schmiss die Tür hinter Sophie zu.

Sie blieb nachdenklich zurück. Was sollte diese ganze Geheimnistuerei des Zirkels? Sie hatte keine Lust, sich diesen bescheuerten Regeln zu beugen. Sie blickte aus dem Fenster auf den belebten Brunnenplatz der Stadt. Sie war mehr Mensch als Hexe und das Herz, das fest in ihrer Brust schlug, trommelte in Ryans Takt.

Kapitel 4

Als Emilia am Donnerstag die Augen aufschlug, spürte sie es in jeder Faser ihres Körpers. Die Nervosität. Wie ein unterschwelliges Beben erfasste sie Emilia und ließ sie nicht mehr los. In ihrer Brust steckte ein Keil, der sie nur flach atmen ließ.

Mit schweren Beinen schleppte sie sich aus dem Bett ins Bad, wo sie sich duschte und fertigmachte.

Nachdem sie sich angezogen hatte, taumelte sie die Treppe hinab. Max saß bereits am Frühstückstisch über seine Schüssel gebeugt, sah allerdings nicht auf. Auch Jason schlürfte die Cornflakes von seinem Löffel und grinste breit, als er Emilia sah. „Die Hexe der Woche, mit Augenringen bis zu den Knien und einem Vogelnest auf dem Kopf. So stellt man sich eine alte Kräuterhexe vor." Er lachte, was in einem nach Luft ringenden Hustenanfall endete, als Roxanne ihm das Kochbuch auf den Kopf schlug.

„Autsch, was soll das?"

Roxanne funkelte ihn an. Ihre Haare hatte sie heute zu einem strengen Zopf gebunden. „Du sollst nett zu deiner Schwester sein. Sie ist nur aufgeregt." Dann lächelte sie Emilia aufmunternd zu. „Das ist normal. Es wird vergehen. Ich konnte tagelang nicht schlafen vor meiner eigenen Weihe."

Emilia ließ sich mit einem Seufzen auf den Stuhl fallen. „Was ist, wenn ich mich weigere, geweiht zu werden?"

Jason ließ die Milch von seinem Löffel tropfen. Er sah sie mit offenem Mund an, als könnte er nicht glauben, dass sie das gerade gesagt hatte. Und auch Max blickte neugierig auf. Er schien die Spannung im Raum zu spüren. Roxanne verstummte und musterte Emilia, ehe sie laut loslachte. Emilia aber blieb ernst, sodass Roxannes Lachen augenblicklich erstarb. „Du meinst das ernst?“, krächzte sie. „Das ist die Nervosität, die aus dir spricht. Das ist normal.“

Emilia verschränkte die Arme. „Nein. Ich habe nachgedacht.“

Jason stöhnte auf und rieb sich das Gesicht. „O nein, sie hat nachgedacht.“

Emilia funkelte ihn böse an.

Roxanne, die gerade die windschiefe Torte mit getrockneten Rosen verzierte, hielt in ihrer Bewegung inne und setzte sich ans andere Ende des Tisches. Sie sah Emilia ernst an. „Du bist ein Mitglied dieses Zirkels, und es ist deine heilige Pflicht, diesem Ritual beizuwohnen.“

Alles in Emilia sträubte sich bei diesem Gedanken. Es fühlte sich an, als verkürzten die Ketten des Zirkels sich von Tag zu Tag mehr. Inzwischen war jegliches Hungergefühl verpufft und ihr Magen war erfüllt von Wut. „Und was ist, wenn ich kein Mitglied des Zirkels sein will?“

Jason spuckte die Cornflakes aus und sprühte so Max die Milch ins Gesicht. Dieser kniff die Augen zusammen. „Widerlich“, maulte er und rieb sich mit der Hand über Stirn und Wange.

Roxannes Hautfarbe wechselte sekundenschnell von blass zu purpur. „Du bist eine Hexe! Du brauchst den Zirkel.“

Noch bevor Emilia oder Roxanne etwas sagen konnten, hob Jason die Hand. „Okay, bevor das hier wieder im Streit endet, funke ich dazwischen.“ Er sah Roxanne an. „Sie ist nervös und denkt einfach viel darüber nach.“ Dann richtete er sich an Emilia, die den Mund protestierend aufgerissen hatte. „Und du! Du solltest nicht vergessen, dass der Zirkel deine Familie ist, und Familie geht über alles. Es ist nicht nur eine Ehre, geweiht zu werden, sondern auch deine Pflicht. Du wirst es jetzt noch nicht verstehen, aber dafür morgen. Morgen wirst du alles verstehen. Es ist deine Bestimmung, unser aller Bestimmung, und du glaubst gar nicht, wie wichtig das ist, dass wir ihr folgen."

Plötzlich fühlte Emilia sich, als schnürte sich ihr die Kehle zu. Sie bekam keine Luft mehr, während auf ihrer Zunge so viele Worte wie ätzende Säure brannten. Aber sie konnte nicht mehr sprechen.

Stattdessen sprang sie auf und rannte aus der Küche. Sie riss die Haustür auf und stürzte in den Vorgarten.

„Hey Kleines, warum so aufgebracht?", rief einer der Kürbisse.

Emilia blieb abrupt stehen, um das aufmüpfige Wesen mit einem festen Tritt von der Treppe zu befördern.

Verfolgt von den empörten Schreien und Rufen der anderen Kürbisse, stürmte Emilia davon. Sie rannte nicht in Richtung Schule. Sie rannte über den Friedhof mit den schiefen Grabsteinen und den Bäumen, deren Äste nach ihr zu greifen schienen.

Am Ende des Friedhofs sprang sie über das kleine Gatter und tauchte mit ihren Boots in das hohe nasse Gras der Wiese ein, die sich unmittelbar vor dem Waldrand erstreckte.

Als lockte er sie, umhüllte er sie mit seinem Duft nach Harz, Moos und Kiefern. Er schloss sie in die Ruhe seiner Arme. Am Rand des Waldes ließ sie sich auf eine modrige Bank nieder und zückte ihr Handy.

Kann heute nicht kommen. Bin krank.

Das schickte sie an Tara. Dann tippte sie eine Nachricht an Ryan.

Ich werde heute nicht zur Schule kommen.

Es dauerte nur wenige Sekunden, da antwortete er.

Was ist los?

Für einen kurzen Moment überlegte Emilia, ob sie ihm alles sagen und ihm ihr Herz ausschütten sollte. Doch sie entschied sich dagegen.

Ich bin krank.

Soweit ich mich daran erinnern kann, warst du noch nie krank. Was ist los? Du hast gestern schon so angespannt gewirkt.

Emilia legte den Kopf in den Nacken und blickte hinauf zu den Baumwipfeln der alten Eiche. Über ihr zogen die Wolken in aller Eile über den Himmel.

Wo bist du? Ich komme.
Zuerst wollte Emilia abblocken. Sie wollte sich ihm nicht aufdrängen. Doch etwas in ihr verlangte nach ihm, seiner Nähe, seiner Wärme. Also sagte sie ihm, wo er sie finden konnte, und wartete.

Nicht einmal 15 Minuten später stiefelte Ryan durch das hohe Gras auf sie zu. „Ich gebe zu", schnaufte er, „ich komme leider nicht auf einem weißen Pferd, aber trotzdem eile ich der holden Jungfrau in Nöten zur Hilfe." Er grinste.
Emilia erhob sich von der Bank. Sie nestelte am Saum ihrer Jacke und zwang sich ein Lächeln auf, was so schief und misslungen aussehen musste, dass Ryan die Stirn in tiefe Falten legte. Er trat auf Emilia zu und nahm ihr Gesicht in seine Hände. Die Wärme seiner Haut durchdrang die ihre, als wäre er der Wind, der eine glimmende Glut zu einem Feuer anfachte.

„Was ist los?", fragte er. „Willst du drüber reden?"
Seine Finger glitten von ihren Wangen.

Am liebsten hätte Emilia protestiert, doch sie schüttelte einfach nur den Kopf und ließ sich mit einem Schnauben auf die Bank fallen. Nachdenklich ließ sie den Blick über die Wiese und den Friedhof gleiten. Sie konnte die Fenster ihres Zimmers erkennen. Aber in diesem Moment wirkte es, als läge ihr Zuhause in unerreichbarer Ferne. Und doch war sie nicht allein. Ryan war da.

Sie klammerte die Hände neben ihren Beinen um die Sitzfläche der Bank und senkte den Blick auf ihre Füße. Sie wollte darüber reden. Der Frust und die Worte sprudelten wie eine nicht versiegen wollende Quelle. „Doch", sagte sie. „Ich will darüber reden."

„Du musst nicht." Ryan saß nun so nah neben ihr, dass sie seine Körperwärme spüren konnte. Sein angenehmer Duft kitzelte in ihrer Lunge.

Sie sah in seine braunen Augen, die eine Tiefe wie der Wald hinter ihr besaßen. Ihr Blick wanderte über seine Nase zu seinen vollen Lippen, die er leicht geöffnet und zu einem milden Lächeln verzogen hatte. Eine prickelnde Welle schwappte über sie hinweg.

Ryans Lächeln wurde schief. „Was?", fragte er und hob die Brauen.

Emilia lehnte sich vor. Dem Bedürfnis nach seiner Nähe nachgebend ließ sie sich an seine Schulter fallen, während er ihr entgegenkam. Seine Augen schienen jede Regung in ihrem Gesicht zu erfassen, als wollte er sichergehen, dass er die Zeichen richtig deutete.

Die Magie kribbelte in ihren Fingerkuppen. Emilia wollte explodieren. Ihre Gefühle bauschten sich in ihrer Brust auf, als wäre ein Vulkan in ihrem Inneren ausgebrochen. Sie schnappte nach Luft. Das Verlangen, seinen Geschmack auf ihren Lippen zu schmecken, war allgegenwärtig.

Ryan war nur wenige Zentimeter von ihrem Gesicht entfernt. Sein Atem kitzelte ihre Haut. Ihr Herzschlag rauschte in ihren Ohren und verschluckte die friedlichen Waldgeräusche.

Ein Gedanke schoss durch ihren Kopf wie ein Blitz. Wollte sie sich ihm in all ihrer Frustration hingeben? Sie fürchtete sich vor dem bitteren Nachgeschmack.

Nein, diesen Moment, den sie sich schon so lange herbeigesehnt und in ihrem Kopf durchgespielt hatte, diesen Moment wollte sie anders erleben. Nicht jetzt. Nicht hier. Nicht so.

Sie zuckte zurück. Ryan erschrak. Sein verträumter Blick wich der Enttäuschung. Er blinzelte und räusperte sich, als erwachte er aus einer Art Trance. „Wow", sagte er leise. „Das war Korb Nummer 2. Habe ich etwas falsch gemacht?"

„Nein, es ist einfach gerade nicht der richtige Zeitpunkt. Ich – es sollte ... Ich wollte, dass es etwas Besonderes wird. Nicht so."

Ryan schmunzelte und fuhr sich mit der Hand durch das Gesicht. „Hat dir schon einmal jemand gesagt, dass du ziemlich verschroben sein kannst?" Er hob wieder die Brauen.

Emilia lachte. Sie wusste, dass er recht hatte.

Im nächsten Moment fühlte sie seine Fingerspitzen unter ihrem Kinn. Er hob es an, sodass sie ihm direkt in die Augen sehen musste. „Genau das", sagte er und strich mit der anderen Hand sanft eine Strähne hinter ihr Ohr. „Genau das wollte ich sehen."

Emilia senkte den Blick wieder. Ihr Griff verfestigte sich um das Holz der Bank.

„Willst du mir erzählen, was los ist?"

Fieberhaft dachte Emilia nach, wie sie Ryan von ihrer Problematik berichten konnte, ohne ihm verraten zu müssen, dass sie eine Hexe war. Nicht, dass sie es nicht wollte. Nicht, dass die Regeln des Zirkels sie abhielten, da sie sie ohnehin schon gebrochen hatte. Vielmehr war es die Angst vor seiner Reaktion.

Sie befeuchtete die Lippen und atmete tief ein. „Es ist meine Familie."

Ryan legte die Stirn in Falten, sagte jedoch nichts. Er wartete geduldig, bis Emilia die Formulierungen gefunden hatte, die sie benutzen konnte.

„Sie wollen mich zwingen, ihren blöden Traditionen zu folgen. Ich soll in das Geschäft meiner Tante einsteigen, aber ich will nicht." Sie holte tief Luft. „Und das führt zu Streit, weil meine Tante nicht will, dass ich etwas anderes mache." Emilia wusste, dass es nicht ansatzweise ihrer Situation nahekam, doch sie hoffte, dass Ryan sie verstehen würde.

Er ergriff ihre Hand und drückte sie. Dabei warf er ihr ein umwerfendes Lächeln zu. „Und meine wilde Emilia lässt sich davon unterkriegen?"

Es kostete Emilia alle Kraft, sein Lächeln zu erwidern. In ihrem Inneren zerbrach jedoch ein Stück von ihr. Ja, sie musste sich unterkriegen lassen. Das war ihre Bestimmung, die sie nicht ablehnen konnte. Oder?

„Hör zu", sagte Ryan und riss sie aus ihren Gedanken. Zärtlich nahm er ihre Hände in seine. „Du musst nicht tun, was von dir erwartet wird. Das ist *dein* Leben."

Emilia schluckte schwer und nickte, als wäre das alles so einfach. Aber das war es nicht. Sie überlegte, wie sie es ihm verständlich erklären konnte, ohne ihr Geheimnis zu verraten. „Ich ... ich will sie aber trotzdem nicht enttäuschen", murmelte sie.

Ryan blähte die Wangen auf und ließ die Luft geräuschvoll entweichen. „Ich kenne das", sagte er und warf ihr einen Seitenblick zu, ehe er wieder Richtung Friedhof blickte. „Mein Dad und meine Ma würden die Krise kriegen, wenn ich ihnen sagen würde, dass ich lieber Schriftsteller werden will als irgendein erfolgreicher Sales Manager oder so ein Scheiß." Er zuckte mit den Schultern. „Deswegen schreibe ich heimlich. Aber ich weiß, dass der Tag kommen wird, an dem ich mich entscheiden muss: Wenn ich meine Eltern nicht enttäusche, dann werde ich mich enttäuschen." Er presste die Lippen zusammen. „Ich glaube, dass unsere Familien besser mit der Enttäuschung umgehen könnten als wir selbst."

„Vielleicht hast du recht." Er hatte recht. Aber dennoch war Ryans Situation nicht annähernd vergleichbar mit der ihren. Er war nicht Mitglied eines kontrollsüchtigen Zirkels. Also beließ Emilia es dabei.

„Mach dir keine Sorgen", sagte Ryan und zwinkerte ihr zu. „Sie wird es verstehen. Irgendwann."

Emilia schwieg. Eine Windböe erfasste ihr Haar und zerrte daran, riss die Blätter von den Zweigen und trug sie über die Wiese.

„So", sagte Ryan und stupste Emilia an. „Wenn wir schon schwänzen, dann auch anständig, oder?"

Sie blinzelte und runzelte die Stirn. „Was hast du vor?"

Ryan sprang auf und zog sie auf die Füße. „Komm, ich zeigs dir."

Ryan und Emilia waren in das Newgate Shopping Centre gefahren. Sie spazierten durch die hell erleuchteten Korridore, während zu allen Seiten Angebote lockten. Duftwolken von verschiedenen Parfums vermischt mit den verschiedenen Gerüchen des Foodcourts versuchten, jeden Besucher in eine andere Richtung zu lotsen.

Als Emilia und Ryan sich an den Menschen vorbeischoben, Männer, Frauen und Kinder und ältere Ehepaare, da spürte Emilia, wie ein tonnenschweres Gewicht von ihren Schultern abfiel. Sie waren hier fremd. Sie musste keine Angst haben, sich mit Ryan zu zeigen.

Augenblicklich fühlte sie sich leichter, wie ein Luftballon, der jeden Moment an die Decke schweben würde. Ihr entfuhr ein Glucksen.

Ryan, der mit den Händen in den Hosentaschen vergraben neben ihr her schlenderte, schaute sie an. „Was ist?"

„Nichts." Emilia kicherte und schüttelte den Kopf. „Ich dachte nur, dass du etwas Verrücktes vorhast."

Ryan blieb stehen und schmunzelte. „Schule schwänzen und ins Einkaufszentrum fahren ist dir etwa nicht verrückt genug?"

Emilia blickte zu ihm auf. „Nein, tut mir leid, das ist jetzt nicht so verrückt."

Ryan zog die Mundwinkel nach unten. Nachdenklich ließ er den Blick schweifen. „Du bist schwer zu beeindrucken." Er zwinkerte. „Ich mag Herausforderungen."

Emilia verschränkte die Arme. „Und was ist dir Verrücktes eingefallen? Willst du einem Kind den Luftballon klauen?"

Ryan blieb wieder stehen und riss die Augen weit auf. „Warum unterschätzt du mich so gnadenlos?"

Emilia lachte, dass es durch den Korridor schallte und Ryans Grinsen noch breiter wurde. „Du bist einfach nicht der Typ dafür."

Nun trat Ryan auf sie zu, sodass er ganz nah war. Sie musste ihren Kopf in den Nacken legen, damit sie ihn ansehen konnte. „Wieder eine Herausforderung, mh?"

„Sozusagen."

„Ich kann einer guten Herausforderung nicht widerstehen", sagte er.

Kurz überlegte Emilia, dann zog sie Ryan mit sich in ein Modegeschäft und in Richtung Umkleiden.

„Was soll das werden?", gluckste Ryan, während Emilia ihn in die Umkleide schob.

„Du wirst das anziehen, was ich dir gebe." Sie kicherte, riss den Vorhang zu und klaubte im Laden einige Sachen unter den argwöhnischen Blicken der Verkäuferin zusammen. Dann kehrte sie zurück und öffnete, ohne nachzudenken, den Vorhang.

Da stand er. Unweigerlich glitt ihr Blick von Ryans hübschem Gesicht hinab zu seinem durchtrainierten Oberkörper, ehe er letztlich an seinem Sixpack hängen blieb. Kurz vor dem Bund der zu tief sitzenden Boxershort stoppte sie und sah wieder in seine Augen.

Ryan verschränkte die Arme und lehnte sich an die Wand. Er sagte nichts, sah Emilia nur mit einem Blick an, den sie nicht deuten konnte und der gleichzeitig einen Sturm in ihrer Brust auslöste.

Sie öffnete den Mund, hielt ihm die Kleidung hin und schloss den Mund wieder.

„Was?", sagte Ryan. „Hat es dir die Sprache verschlagen?" Er nahm die Sachen entgegen und schloss den Vorhang.

Das gab Emilia einige Minuten, um die Hitze aus ihrem Kopf zu vertreiben. Als Ryan dann aus der Umkleidekabine trat, wurde sie von einem Lachanfall erschüttert, dass ihr beinahe die Beine den Dienst versagten.

Ryan sah mit einer Mischung aus Empörung und Stolz auf sie hinab. Dann stemmte er die Hände in die Hüfte und posierte vor ihr, was Emilia noch lauter lachen ließ. „Ich könnte Werbung für Calvin Klein machen. Ach, machen wir uns nichts vor. Ich könnte glatt für Victorias Secret laufen."

Emilia schnappte nach Luft. „Okay", gackerte sie, nachdem sie sich halbwegs gefangen hatte. „Und jetzt musst du eine Runde durch das Einkaufszentrum machen."

Ryan klappte der Mund auf. „Was?"

Emilia grinste. „Bist du doch nicht der verrückte Typ?", feixte sie.

Er kniff die Augen zusammen. Dann reckte er das Kinn. „Wenn das einer tragen kann, dann ja wohl ich", sagte er und zwinkerte ihr mit einem Grinsen zu.

Dann stolzierte er mit erhobenem Haupt durch den Laden in Richtung Ausgang.

Als er die Verkäuferin passierte, die gerade Kleidung auf einen Bügel hängte, riss diese mit großen Augen den Kopf hoch. „Hey", stieß sie hervor, nachdem sie ihre Stimme wiedergefunden hatte. „Was soll das werden?"

Ryan drehte sich kurz zu Emilia um, die Mühe hatte, sich das Lachen zu verkneifen. Dann rannte er los, nur mit einem BH und einem Brazilian Slip bekleidet, die seinen Hintern ziemlich gut zur Geltung brachte.

„HEY! Komm zurück!", schrie die Verkäuferin und rannte hinterher, merkte nach wenigen Schritten jedoch, dass sie zu langsam war und wirbelte herum. Ihr Blick suchte den Laden ab.

Emilia erschrak, klaubte Ryans Kleidung zusammen, und stürmte ebenfalls los.

„Hiergeblieben!", keifte die Verkäuferin und griff nach Emilia, als diese haarscharf an ihr vorbeistob. Sie erwischte ihre Bluse, bekam sie jedoch nicht ganz zu greifen.

Emilia schoss an ihr vorbei und raste in die Richtung, in die Ryan gerannt war. Adrenalin pulsierte durch ihre Adern und trieb ihre Beine zu Höchstleistungen an. Doch da war noch etwas anderes, das ihr Herz so fest wie einen Paukenschlag klopfen ließ. Es war pure Euphorie, die sich mit der Magie vermischte und wie ein Feuersturm durch ihren Körper fegte. Sie wollte hüpfen und springen.

Völlig außer Atem blickte sie über ihre Schulter. Unter dem Fluchen der Verkäuferin und den argwöhnischen Blicken der Passanten, gelang Emilia die Flucht.

Ein lautes Lachen drang aus ihrer Kehle, kurz bevor sie gegen etwas Hartes knallte.

Sie verlor das Gleichgewicht, taumelte und stürzte beinahe zu Boden, wären da nicht Ryans Hände gewesen, die sie an ihrer Taille packten und aufrecht hielten.

Lachend und nach Luft japsend starrte Emilia ihn an. Doch bevor sie etwas sagen konnte, riss Ryan ihr seine Kleidung aus dem Arm. „Falsche Richtung", stieß er mit einem Grinsen hervor und deutete über seine Schulter.

Ein korpulenter Security verfolgte ihn auf einem elektrischen Roller. „Stehenbleiben!", brüllte er, vollkommen außer Atem.

„Wir sehen uns gleich", sagte Ryan und rannte die Rolltreppen hinauf, gefolgt von Lachern und erschrockenen Schreien, als er knapp bekleidet an einigen Passanten vorbeiraste.

Der Security legte eine Vollbremsung vor der Rolltreppe hin, stieg ab und sah Ryan hinterher, dann stieg er wieder auf seinen Roller, als wüsste er nicht, wofür er sich nun entscheiden sollte. Letztendlich entschied er sich für die Treppe.

„Hey", hörte Emilia die Verkäuferin hinter sich keuchen.

Als hätte man ihr einen Stromschlag versetzt, rannte Emilia auf den Roller zu, stellte sich darauf, wendete ihn und fuhr an der Verkäuferin vorbei in die entgegengesetzte Richtung. Sie lachte und winkte ihr zu, während der Roller sie durch die breiten Korridore des Einkaufszentrums trug.

Emilia fuhr vorbei an den teuren Geschäften und genoss jede Sekunde des Hochgefühls, das wie aus einem Vulkan in ihrem Inneren hervorschoss.

Sie war noch nicht zur Hälfte im Kreis gefahren, da hörte sie Ryan schreien: „Emilia!"

Sie blickte über ihre Schulter. Ryan hechtete die Rolltreppen hinab, dicht gefolgt von dem erstaunlich

schnellen Sicherheitsbeamten. „Bleib ste-stehen!",
schnaufte er.

Leichtfüßig holte Ryan auf und hüpfte zu Emilia auf
den Roller. „Das war knapp. Er ist schneller, als er aus-
sieht."

Emilia lachte, genoss das Gefühl von Ryans Händen
um ihre Hüften. „Gut festhalten", sagte sie und holte alles aus dem Roller raus.

Der Sicherheitsbeamte holte derweil die letzten Kraft-
reserven aus sich heraus und schloss auf. Er hatte die
Hand nach ihnen ausgestreckt. Nur noch wenige
Schritte und er würde Ryan zu fassen bekommen.

Emilia sah zurück. Er war ganz nah, das hochrote Gesicht zu einer wütenden Fratze verzerrt. „Bleibt stehen!", knurrte er, während er zu einem letzten Sprung
ansetzte, um Ryan zu erwischen.

Aber Emilia hatte sich bereits auf den Gürtel seiner
Hose fixiert. Mit einem metallenen Geräusch öffnete
dieser sich und die Hose rutschte dem Beamten in die
Kniekehlen.

Er stolperte, taumelte, ehe er mit voller Wucht zu Boden knallte. „He! Halt!", prustete der Security und
schnappte gierig nach Luft. „Ihr verfluchten –"

Emilia und Ryan fuhren davon in Richtung Ausgang.
Er war nur noch wenige Meter entfernt, als plötzlich
zwei Polizisten durch die Türen traten.

Abrupt bremste sie ab. „Scheiße", stießen sie und
Ryan wie aus einem Munde hervor.

Als hätten die Polizisten diesen leisen Fluch gehört,
schnellten die Blicke in ihre Richtung. Gleichzeitig
stieß die Verkäuferin hinzu und zeigte mit dem Finger
auf die beiden. „Da. Das sind sie!"

Einer der Polizisten, der älter und erfahrener als sein
junger Kollege wirkte, runzelte die Stirn und lief dann
langsam auf Emilia und Ryan zu.

In diesem Moment riss Ryan sie aus ihrer Starre. „Hast du vor, Wurzeln zu schlagen?", krächzte er, verschränkte die Finger mit ihren und riss sie mit sich.

Der Polizist stieß einen genervten Laut aus. Emilia konnte die schweren Schritte und das Klappern seines Gürtels hören. „Stehenbleiben!", dröhnte seine Stimme, die kein Megaphon benötigte.

Die Euphorie und das Glücksgefühl wurden nun vom heißen Adrenalin abgelöst. Ihre Beine brannten. Emilia hatte Schwierigkeiten, mit Ryan Schritt zu halten. Er hatte lange Beine und war gut trainiert, dadurch war das für ihn wie ein Spaziergang.

Doch er ließ sie nicht los, zog sie immer wieder mit sich und näher zu sich heran, die Rolltreppen hinauf.

Er schlug Haken, änderte die Richtung, sodass der Polizist durch die Galerie von ihnen getrennt war. Ryan nutzte diesen Vorsprung und zog Emilia in den dritten Stock, wo sie ungesehen von anderen Passanten durch einige Personaltüren stürzten, ehe sie ins Treppenhaus gelangten.

Sie hechteten nach oben, immer zwei Stufen auf einmal nehmend, bis Emilia beinahe die Beine versagten. Ganz oben angekommen stieß Ryan die Tür auf.

Frische klare Herbstluft schlug ihnen entgegen und zerrte an Emilias roten Haaren. Lachend stürzten sie auf den Boden des Daches. Er war übersät mit kleinen Kieselsteinen, die sich nun in ihre Haut bohrten. Die Sonne brach durch die Wolken und warf ihre warmen Strahlen auf sie hinab, küsste ihre Haut mit Wärme und Licht.

Nach Luft japsend, wandte Emilia den Kopf in Ryans Richtung. Es traf sie wie ein Stromschlag, als sie direkt in seine Augen blickte. Ein Beben erfasste ihren Magen und erschütterte ihre Brust. Tausende Schmetterlinge stoben auf und kitzelten ihr Herz.

Ryan hielt ihre Finger noch immer umklammert, ein mildes Lächeln auf seinen vollen Lippen. Das dunkle Haar fiel ihm in Strähnen ins Gesicht und als das Sonnenlicht auf seine Augen traf, erkannte Emilia das zarte Grün in ihnen.

Eine laue Brise trug seinen Duft in ihre Nase. Sie atmete ihn tief ein, während Ryan sich auf die Seite drehte und zärtlich ihre Wange streichelte. Er suchte ihren Blick und sie erkannte seine Sehnsucht darin, die auch in ihrer Brust wie ein Loch klaffte. Unerfüllt. Gierig.

„Man könnte meinen, du bist schon trainiert darin, vor der Polizei wegzurennen", sagte Emilia, nachdem sie ihre Stimme wiedergefunden hatte.

Ryan lachte leise und rollte sich wieder auf den Rücken. Dabei stützte er mit einem Arm den Kopf ab. Mit der anderen Hand hob er die ihre an und spielte mit ihren Fingern. „Tja, du bist nicht die Einzige mit Geheimnissen", scherzte er, während seine Finger bis hin zu ihren Fingerkuppen glitten.

Emilia schloss kurz die Augen. „Also?", sagte sie dann.

Ryan drehte sich wieder auf die Seite, ein breites Grinsen zierte seine Lippen. Er ließ ihre Hand los und stupste ihre Nase an. „Die Wahrheit ist", begann er und kam noch näher, sodass sein Gesicht wenige Zentimeter vor ihrem schwebte. „Das ist nicht das erste Mal, dass ich für eine Mutprobe in Unterwäsche durch die Öffentlichkeit laufe." Ein schiefes Lächeln verzog seine Lippen. Emilia gluckste. „Aber es ist das erste Mal, dass ich es ohne zu zögern getan habe", fügte Ryan hinzu, rutschte näher an Emilia heran, sodass er halb auf ihr lag. Zärtlich strich er eine Strähne aus ihrem Gesicht und ließ die Hand an ihrer Wange verweilen. „Für dich würde ich so einiges tun. Ohne auch nur mit der Wimper zu zucken." Sein Blick nahm den ihren gefangen.

Sie wollte wegschauen, doch er fesselte sie. Ihr Herz klopfte fester gegen ihre Brust. Als könnte er es spüren, lächelte Ryan. Seine Nase berührte ihre und zwischen den wenigen Millimetern, in denen ihre Lippen voneinander getrennt waren, sprühten Tausend Funken, die die Atmosphäre in Schwingungen versetzte.

Nach Halt suchend, vergrub Emilia die Finger in den Kieselsteinen. Das Kribbeln der Magie war zu einem Rauschen in ihrem Körper angeschwollen. Sie spürte, wie sich die kleinen Steinchen unter ihr bewegten, bereit in der aufgeladenen Atmosphäre zu schweben. Eine sengende Hitze erfasste Emilias Körper. Sie hielt die Luft an, sah Ryan tief in die Augen. „Und wenn ich will, dass du mich küsst?"

Ryan lachte ein stummes Lachen und legte die Stirn auf ihre, dann hob er kurz den Kopf an, umfasste ihr Gesicht mit beiden Händen und legte seine Lippen auf ihre, zärtlich und gleichzeitig fordernd, während sein Gewicht auf ihr lag.

Eine ungewöhnlich warme Brise umspielte die beiden. Doch ihre Sinne waren wie berauscht, als Ryans Zunge über ihre Unterlippe fuhr.

Seufzend schlang sie die Arme um seinen Hals und vergrub ihre Finger in seinen Haaren, während Ryan sich zwischen ihre Beine schob. Sie spürte jeden einzelnen zitternden Muskel seines Körpers. Er bebte.

Emilia hatte noch nie jemanden so geküsst. Innig. Hungrig. Dennoch war sie sich sicher, dass es keine bessere Art zu küssen gab, keinen süßeren Geschmack in ihrem Mund, keinen verführerischeren Duft in ihrer Nase, kein reineres Hochgefühl, das nicht nur die Steine um sie herum schweben ließ.

Sie wollte, dass dieser Moment niemals endete. Dass dieser Tag niemals endete. Dass dieser Kuss niemals endete.

Keuchend löste Ryan sich. Die Steine fielen zu Boden. Zeitgleich schlugen sie die Augen auf. „Ich weiß nicht, was das ist, was du mit mir machst, aber so etwas habe ich noch nie gefühlt", sagte er heiser und drückte sich mit den Armen vom Boden ab, um sie genauer zu betrachten. „Als wäre etwas Magisches an dir."

Emilia lachte und ignorierte den bitteren Nachgeschmack auf ihrer Zunge. Heute wollte sie einfach nur glücklich sein.

Nachdem sie sich erfolgreich aus dem Kaufhaus geschlichen hatten, schlenderten sie weiter durch die Stadt, holten sich Coffee to go und streiften durch die Seitenstraßen, wo sie lauthals lachten und sich immer wieder leidenschaftlich küssten.

Emilia genoss jede Sekunde. Etwas in ihr sagte ihr, dass sie alles aufsaugen musste, jedes ihrer kribbelnden Gefühle, jeden Kuss. Dabei küsste sie Ryan langsam, voller Leidenschaft, als versuchte sie, sich jede Sekunde einzuprägen.

Als die Sonne ihre goldenen Strahlen über den Himmel reckte, spazierten sie bereits auf der breiten, mit Ahornbäumen gesäumten Straße unweit von Emilias Haus. Sie fürchtete sich nicht davor, dass Roxanne ihnen über den Weg laufen würde. Dennoch ließ sie den Blick immer wieder in alle Richtungen huschen. Die kleine Petze Max könnte überall lauern. Und das Letzte, das Emilia gebrauchen konnte, war ein Nervenzusammenbruch Roxannes so kurz vor der Weihe. Hastig schüttelte sie den Gedanken daran ab.

„Was ist los? Hast du Angst, dass die Polizei uns bis hierher gefolgt ist?"

Emilia schreckte aus ihren Gedanken. „Was?" Sie beschloss, ihm nicht das Gefühl zu geben, dass sie wieder einmal etwas vor ihm verheimlichte, und lächelte schwach. „Nicht jeder hat Erfahrungen mit der Polizei."

Ryan blieb stehen, die Hände in die Hosentaschen geschoben und schnaubte. „Du denkst, ich habe Erfahrungen mit der Polizei?"

Emilia schlenderte nun rückwärts vor ihm her. „Es wirkte so. Hast du?"

Ryan schmunzelte verschmitzt. „Nein, noch nie." Er blieb stehen und zerrte sie an ihrer Hand zu sich, sodass sie mit dem Kinn gegen seine muskulöse Brust prallte. „Man könnte sagen, du bist schlechter Umgang", scherzte er.

„Ach?" Emilia hob die Brauen und sah zu ihm auf. „Noch nie etwas geklaut?"

Ryan schlang die Arme um ihre Hüften und atmete tief ein, als genoss er es. Dabei zog er eine nachdenkliche Miene. „Doch", sagte er dann, ließ sie los, trat einen Schritt zurück und schob seine Hose ein Stück herunter, sodass sie seine Hüften und den V-Muskel sehen konnte. Und dann blitzte noch etwas anderes hervor: Die Unterhose, die er im Kaufhaus übergezogen hatte. „Ich hatte keine Zeit mehr, sie zu wechseln."

Emilia klappte der Mund auf, ehe sie laut lachte. Sie schlug die Hände vor das Gesicht. „O nein, ist das nicht fürchterlich unbequem?"

„Höllisch", jammerte Ryan lachend. „Wie könnt ihr solche Dinger überhaupt anziehen?"

Emilia kicherte und schlang die Arme um Ryans Hals. „Aber es steht dir ausgezeichnet." Dann sah sie ihm ernst ins Gesicht. „Du bringst die Sachen doch zurück, oder?" Der Gedanke, dass sie etwas hatten mitgehen lassen, verursachte – trotz des Spaßes, den sie hatten – ein mulmiges Gefühl der Scham in Emilias Eingeweiden.

„Klar. Aber vorher wasche ich das besser noch einmal", gluckste er.

Emilia lachte. „Das ist eine gute Idee."

Ryan packte ihre Taille und zog sie näher zu sich. „Vielleicht bist du doch nicht so ein schlechter

Einfluss", sagte er, ehe sein Blick wieder an Tiefe gewann. „Und dein Lachen ist die beste Belohnung."

Emilia grinste, stellte sich auf die Zehenspitzen und näherte sich seinem Gesicht. Er überwand die letzten Zentimeter. Als sich ihre Lippen berührten, durchfuhr die beiden ein stummer Donnerschlag, der jede Faser in ihren Körpern erbeben ließ.

Emilias klopfendes Herz sorgte dafür, dass die Blätter um sie herum aufwirbelten, um dann auf die beiden niederzutanzen.

Ryan löste sich atemlos und wuschelte sich das Laub aus dem Haar. „Argh." Er schüttelte sich.

Emilia kicherte, schob ihre Hände in die Gesäßtaschen ihrer Jeans und blickte die Nebenstraße hinauf, die zu ihrem Haus führte. „Also", begann sie, doch Ryan kam ihr zuvor.

„Was machst du morgen Abend? Hast du schon etwas vor?"

Emilias Brust zog sich schmerzhaft zusammen. Ein gequältes Lächeln zuckte über ihre Lippen. Der Gedanke an ihre Weihe schnürte ihr die Luft ab. „Ich ... ja, ich kann leider nicht", stammelte sie, während sie fieberhaft nach einer Ausrede suchte. „Morgen bekommen wir Besuch. Da muss ich leider dabei sein."

Ryan legte eine Hand auf ihre Wange, küsste ihre Stirn und sah sie dann grinsend an. „Die kleine Emilia und ihre Geheimnisse."

Die Hitze stieg ihr zu Kopf. Sie öffnete den Mund, um sich zu rechtfertigen, doch Ryan erstickte den Versuch mit einem Kuss. „Dann Samstagabend. Und morgen in der Schule sehen wir uns doch auch, oder?"

Plötzlich erhaschte das Rascheln eines Baumes nur wenige Meter von ihnen entfernt, ihre Aufmerksamkeit. Es war nur für den Bruchteil einer Sekunde, in der Emilia glaubte, einen großen Vogel mit schwarzem Gefieder und goldenen Augen gesehen zu haben.

„Emilia?" Ryan folgte ihrem ungläubigen Blick.

Sie schüttelte den Kopf. „Was?", krächzte sie. „Ja ... ja klar, sehen wir uns."

Ryans gerunzelte Stirn glättete sich und er strahlte sie an. „Okay, dann bis morgen", sagte er, verabschiedete sich mit einem zärtlichen Kuss und lief dann die Straße wieder zurück. Nicht jedoch, ohne sich mehrmals umzudrehen, mit einem breiten Grinsen im Gesicht.

Emilia winkte ihm noch einmal hinterher, dann blickte sie über die Schulter auf die Stelle, an der sie das merkwürdige Tier gesehen hatte. Es war verschwunden. Emilia schüttelte den Kopf. Vielleicht hatte sie nur einen Raben gesehen und die Fantasie hatte den Rest erledigt. Sie trat den Nachhauseweg an, ohne noch einmal daran zu denken.

Unter dem gewohnt dreckigen Gekicher der Kürbisse trat Emilia ins Haus und ließ die Tür geräuschvoll hinter sich ins Schloss fallen, um diese Quälgeister verstummen zu lassen. Sie fanden immer einen Weg, um sich aus dem Lähmzauber zu winden.

Emilia wurde begrüßt vom Duft süßer und deftiger Speisen. Pagan-Musik schrillte ihr entgegen, vermischt mit dem Klappern von Geschirr. Die Eingangshalle war bereits gesäumt von Tausenden Kerzen. Mit weißer Kreide hatte Roxanne heilige Runen auf den Boden gemalt. Türrahmen und Geländer waren mit schwarzer und weinroter Seide geschmückt.

Emilia drehte sich der Magen um. Das Flattern in ihrer Brust, das Ryan ihr verliehen hatte, verflüchtigte sich. Am liebsten wäre sie wortlos nach oben verschwunden, doch kaum hatte sie ihre Schuhe von den Füßen gekickt, reckte Roxanne ihren Kopf in den Flur. Ihr ausgelassener Gesichtsausdruck verkrampfte. „Oh", sagte sie und bemühte sich um ein Lächeln.

„Hallo, Em, wie gehts dir? Du warst den ganzen Tag nicht da?"

Unter normalen Umständen hätte Emilia eine Standpauke bekommen. Aber Roxanne schien von dem letzten Streit verunsichert, weshalb sie sich zögerlich vorantastete.

Der Hunger trieb Emilia in die Küche, in der das komplette Chaos herrschte. Max saß wie immer über seinen Teller gebeugt, die Augen klebten am Bildschirm, während Jason weinrote und schwarze Servietten zu einer komplizierten schneeflockenähnlichen Figur faltete. Als er Emilia erblickte, sah er sie flehend an. „Hilfe, sie zwingt mich, diese blöden Servietten zu falten ... mit den Händen!"

Emilia konnte nicht anders, als zu lachen. Sie schenkte ihrem großen Bruder eine innige Umarmung und trat dann zu Roxanne. Diese öffnete den Mund, doch Emilia erstickte ihre Worte mit einer Umarmung.

Plötzlich spürte Emilia, wie ausgelaugt sie war. Noch nie war sie so angespannt gewesen, noch nie hatte zwischen ihr und ihrer Tante eine solche Stimmung geherrscht. Diese negative Energie machte ihr zu schaffen. Also ging sie in die Offensive. „Es tut mir leid", flüsterte sie.

„Nein, mir tut es leid, Süße", sagte Roxanne und schluckte schwer, während sie mit den roten Locken ihrer Nichte spielte. Sie blinzelte die Tränen fort. „Manchmal vergesse ich, wie nervenaufreibend diese Weihe eigentlich ist." Ihre Mundwinkel zuckten. „Aber du wirst schon sehen, es wird alles gut." Sie rieb ihre Schultern und wandte sich um. „Zweifel gehören dazu, Emilia, ich kann das vollkommen verstehen, dass du nervös bist. Wir haben alle dasselbe durchgemacht. Du bist nicht die Erste und nicht die Letzte und du sollst wissen, dass wir bei dir sind."

Emilia nahm einen Teller von der Lasagne, den Roxanne ihr in die Hand drückte, und öffnete den Mund, um ihr zu sagen, dass sie nicht vorhatte, sich weihen zu lassen, doch ein kurzer Blick zu Jason, ließ ihr Vorhaben in Luft auflösen. Er schüttelte langsam den Kopf, ein warnendes Funkeln in den Augen.

Emilia senkte den Blick, nickte und rang sich zu einem Lächeln durch. „Danke." Das war alles, was sie über die Lippen brachte, ehe sie sich an den Tisch setzte und aß.

Jason stupste sie an. „Versuch, nicht so viel darüber nachzudenken." Er zwinkerte. „Wird schon. Morgen hast du es hinter dir." Er widmete sich wieder seinen Servietten, die Zunge angestrengt zwischen die Lippen geklemmt.

Emilia schluckte schwer. Sie wollte es nicht hinter sich haben. Sie wollte sich keinem Zirkel unterwerfen, der es ihr verbat, mit einem Menschen zusammen zu sein oder sich selbst zu entfalten. Dieser Gedanke ließ die Wände bedrohlich näher kommen.

„I-ich bin müde", sagte sie. „Und ich muss noch Hausaufgaben erledigen."

Roxanne wandte sich um. Noch immer lag etwas Versöhnliches in ihrem Gesicht. „Ruh dich aus, du wirst morgen sowieso nicht zur Schule gehen."

„Warum nicht?", krächzte Emilia erschrocken.

Roxanne blinzelte irritiert. „Deine Weihe ist ein ganztägiges Ereignis, Em, das fängt bereits mit dem Frühstück an und am Abend gehts richtig los." Sie rührte in einer Pfanne herum. „Ich dachte … ich dachte, das wüsstest du?"

„Partyyy", wieherte Jason und rutschte mit geschmeidigen Bewegungen auf seinem Stuhl herum.

Emilia verdrehte die Augen, ehe sie den Mund öffnete, um zu protestieren, doch Roxanne kam ihr zuvor.

„Ich habe dich bereits entschuldigt", sagte Roxanne hastig, um die Stimmung zu retten.

Emilia wägte ab, ob es sich lohnte, einen weiteren Streit zu riskieren. Doch sie war zu müde, um noch einmal mit Roxanne aneinanderzugeraten, und sie war zu müde von ihren kläglichen Versuchen, sie davon zu überzeugen, sich weihen zu lassen. Vielleicht war es besser, wenn sie es erst einmal für sich behielt. Resigniert seufzend zuckte sie mit den Schultern. „Also schön." Dann erhob sie sich. „Gute Nacht."

Ein Teil der Last fiel von Emilia ab, als sie endlich die Zimmertür hinter sich schloss. Sie atmete einige Male tief ein und aus, ehe sie sich ratlos umsah. Sie wollte sich ablenken, wusste aber nicht ganz wie, ehe sie beschloss, in ihrem Roman zu versinken, um sich in eine Welt zu träumen, die fernab von ihrer lag.

Es dauerte nicht lange, da dämmerte sie in einen leichten Schlaf, als plötzlich ein leises Klopfen an ihrem Fenster sie hochschrecken ließ.

Emilia fuhr zusammen. Ihr Buch fiel zu Boden. Sie setzte sich kerzengerade auf und starrte zum Fenster. Zunächst sah sie nichts als Dunkelheit.

Gebannt horchte sie in die Stille des Hauses. Offenbar waren die anderen ebenfalls Schlafen gegangen. Doch das Klopfen blieb aus.

Gerade, als Emilia den Blick vom Fenster wenden wollte, ertönte das Geräusch ein weiteres Mal und sie sah die großen goldenen Augen, die durch sie hindurchzustarren schienen.

Emilias Herzschlag setzte aus. Für einige Sekunden blieb sie einfach sitzen, regungslos, während sie in diese sonderbaren Augen blickte.

Dann glitt sie langsam aus dem Bett, ein Fuß vor den anderen tastete sie sich zum Fenster vor, bedacht, das Tier nicht zu verschrecken.

Vorsichtig öffnete sie das Fenster mit der Befürchtung, dass spätestens jetzt das Wesen verschwinden würde, doch es blieb auf ihrer schmalen Fensterbank sitzen und sah sie unentwegt an.

Die Kälte der Nacht kroch in ihr Zimmer. Als das Licht sich nicht mehr im Fensterglas spiegelte und sie dem Tier nah gegenüberstand, erkannte sie, worum es sich handelte.

Emilia klappte der Mund auf. Eine schwarze Eule mit goldenen Augen. Sie war ungefähr so groß wie Emilias Rumpf und legte nun den Kopf schief, während sie sanfte gurrende Töne von sich gab.

„Hey, Kleines", flüsterte Emilia und streckte vorsichtig einen Finger nach der Eule aus. Ihr nachtschwarzes Gefieder glänzte im warmen Schein ihrer Lampe.

Neugierig betrachtete die Eule Emilia, ehe sie sich an ihre Hand kuschelte. Ihr Gefieder war weich. Die Zutraulichkeit des Tieres ließ Emilia den Kopf schütteln.

Leise schuhute die Eule und flatterte wie selbstverständlich in ihr Zimmer, wo sie sich auf ihrem Bettpfosten niederließ.

Emilia blinzelte irritiert. „Äh ... nein", krächzte sie. „Du musst nach draußen." Halbherzig versuchte sie, den Vogel zu verscheuchen, doch die Eule flatterte nur mit den Flügeln, legte diese an und machte es sich auf dem Bettpfosten bequem.

„Was zum –", stieß Emilia aus. Ihr war bewusst, dass es sich nicht um eine gewöhnliche Eule handelte. Schwarze Eulen gab es nicht, soweit sie wusste. Handelte es sich also um ein magisches Wesen? Jedoch konnte sie sich nicht erklären, was es mit ihr auf sich hatte und warum sie sich gezielt ihr Zimmer aussuchte, um sich auszuruhen.

Sie gab ihren Versuch sie zu verscheuchen auf, schloss das Fenster und zog sich ihren Bademantel über. Die Arme um ihre Brust geschlungen, schlich sie aus dem Zimmer. Vielleicht wusste Jason, was das zu bedeuten hatte. Zaghaft klopfte sie an die Tür ihres großen Bruders. Eine Reaktion blieb jedoch aus.

Aber da das Licht durch den Türschlitz einen Teil des Flures flutete, schien er noch wach zu sein. Offenbar hörte er Musik mit seinen Kopfhörern wie so oft.

Emilia drückte vorsichtig die Tür auf und streckte den Kopf in das eher gewöhnungsbedürftige Zimmer ihres Bruders. Es war offenkundig, dass er ein Hexer war. Seine dunklen Wände waren mit Schutzrunen bemalt, Edelsteinketten baumelten vor dem Fenster und verschiedene Kräuter und Tinkturen standen auf seinem Schreibtisch. Er beschäftigte sich gern mit diesen Dingen, war belesen und schlauer, als er es manchmal durchblicken ließ.

Er saß an seinem Schreibtisch und wippte den Kopf rhythmisch auf und ab, während er lateinische Wörter in ein Heft kritzelte.

Emilia stupste ihm in die Schulter, sodass Jason wie eine Katze hochfuhr und herumwirbelte. Seine Kopfhörer fielen zu Boden, sodass die Musik leise zu hören war. „Verfluchte Scheiße, Em, hast du nichts von Anklopfen gehört?"

Emilia verschränkte die Arme. „Hab ich doch."

„Na, auf magische Weise", krächzte Jason und hob seine Kopfhörer auf. „Was ist los?"

Emilia trat auf der Stelle und nestelte an den Ärmeln ihres Bademantels. „Na ja. Da ist eine Eule in meinem Zimmer."

Jason runzelte die Stirn. „Warum im Namen der drei Teufelsschwestern ist eine Eule in deinem Zimmer?"

„Ich – sie saß auf der Fensterbank und klopfte mit dem Schnabel an die Scheibe. Und jetzt sitzt sie auf meinem Bett und will nicht mehr raus. Sie soll mir nicht ins Zimmer machen."

Jason verdrehte die Augen. „Manchmal glaube ich, du bist keine richtige Hexe." Er stand auf und stampfte Emilia hinterher in ihr Zimmer.

Die Eule saß noch immer da, öffnete die Augen und betrachtete die beiden neugierig.

Jason hingegen blickte fragend durch das Zimmer und zuckte mit den Schultern. „Offenbar ist sie wohl wieder weggeflogen. Problem gelöst und auf den Teppich hat sie dir auch nicht geschissen." Er wandte sich um und wollte das Zimmer verlassen, als Emilia seinen Oberarm packte und ihn wieder herumwirbelte.

Sie deutete auf den Bettpfosten. „Da sitzt sie doch", flüsterte sie. „Die schwarze Eule", wiederholte sie nachdrücklich, um sicherzugehen, dass Jason nicht an ihr vorbeisah – was ohnehin unmöglich war.

In diesem Moment erstarrte Jason. Seine Gesichtszüge entgleisten. Langsam sah er Emilia an. „Schwarz, sagst du." Seine Stimme klang dünn.

„Ja, schwarz. Da – auf meinem Bettpfosten."

Jason öffnete den Mund, klappte ihn aber wieder zu. Das wiederholte er einige Male, bis er offenbar die richtigen Worte gefunden hatte. „Em, ich kann sie nicht sehen. Das ist keine gewöhnliche Eule."

„Ach, was du nicht sagst. Mir war es jetzt nicht geläufig, dass es schwarze Eulen gibt."

Jason lächelte gequält.

„Was ist denn jetzt mit dir los?"

Er trat auf der Stelle, als Emilia klar wurde, was das Problem war. Sie rollte mit den Augen. „Schon klar. Du darfst es mir nicht sagen und ich werde es morgen erfahren."

Jason nickte und schluckte. Plötzlich schien es, als fiel es ihm schwer, die Kontrolle über seine Emotionen zu bewahren. „Ich ... willst du in meinem Zimmer schlafen? Kannst du ruhig, wenn sie dich stört." Er räusperte sich und kniff die Lippen zusammen.

Emilia sah von ihm zur Eule und wieder zurück. „Sie wird mich nicht umbringen oder sich in ein Monster verwandeln, sobald ich die Augen geschlossen habe?"

Dieses Mal entkam Jason ein ehrlicheres Lachen. „Nein, keine Sorge."

Emilia zuckte mit den Schultern. „Ist schon okay. Ich bin zu müde, um mir jetzt den Kopf darüber zu zerbrechen."

Jason zog sie in seine Arme und drückte sie fester an sich, als sie es gewohnt war. „Das wird schon wieder. Du wirst sehen."

Emilia drückte ihn von sich. „Ist ja gut, was ist denn jetzt los mit dir?"

„Nichts", sagte Jason und trat rückwärts aus ihrem Zimmer. „Es ... es macht die Weihe nur so real, und das ist immer sehr emotional ... für jeden von uns, verstehst du."

„Eigentlich nicht", gab Emilia müde zurück und rieb sich entnervt über das Gesicht. Sie hatte keine Lust mehr, die Leute um Antworten zu bitten.

Jason sah sie mitfühlend an, als wüsste er, was in ihr vorging. Doch Emilia glaubte, dass er keine Ahnung hatte. Gerade, als er sich zur Tür umwandte, platzte es aus ihr heraus. „Ich werde die Weihe ablehnen."

Jason hielt abrupt inne wie ein Auto bei einer Vollbremsung. Sein Kopf wirbelte in ihre Richtung. In seinem Gesicht stand pures Entsetzen. „Was?" Er lachte hohl auf. Offenbar glaubte er oder wollte glauben, dass sie scherzte.

Emilia blieb standhaft, versuchte es zumindest, während sie auf ihrer Unterlippe knabberte. „Ich ... ich will diese Bestimmung nicht annehmen."

Jason stieß mit einem erstickten Laut die Luft aus und schloss hastig die Tür. „Weißt du überhaupt, was du da redest?", zischte er mit gedämpfter Stimme.

„Versuche nicht, mich umzustimmen", fauchte Emilia und verschränkte die Arme. „Ich habe mich entschieden."

Jason machte zwei Schritte und ragte nun über ihr auf. Seine blauen Augen fixierten sie. „Du bist echt so naiv, Em. Denkst du wirklich, du hättest eine Wahl?" Er packte sie an den Oberarmen, damit sie ihm nicht ausweichen konnte. „Wegen diesem Jungen willst du dich mit dem Zirkel anlegen? Denkst du wirklich, du könntest dich dagegen entscheiden?"

Panik schnürte Emilias Kehle zu. „Was soll das heißen? Ich dachte –"

„Du dachtest, du hättest eine Wahl." Jason seufzte und schlug die Lider nieder. „Aber so läuft das mit Bestimmungen nicht. Nicht mit dieser, Em. Bitte, tu dir und uns das nicht an. Roxanne hat sich so ins Zeug gelegt."

Emilia glaubte zu ersticken. „Was ... was passiert –"

„Okay." Jason, der den Anflug einer Panikattacke spürte, drückte Emilia auf ihr Bett und setzte sich dazu, sodass die Eule kurz die Augen öffnete. „Glaub mir, wenn ich dir sage, dass jede Hexe und jeder Hexer dieses Zirkels diese Weihe ablehnen würde, wenn sie nur die Wahl hätten." Das erste Mal sah Emilia den Schmerz wie einen Schleier auf Jasons Augen liegen. Doch den genauen Grund dafür vermochte sie nicht zu greifen.

„Aber ... aber alle sprechen doch davon, was für eine Ehre das ist."

Jason lachte ein humorloses Lachen. „Ja", sagte er heiser und rieb sich das Gesicht. „Ist es im Grunde genommen auch, aber es ist auch gleichzeitig eine Bürde." Er atmete tief ein. „Es gab natürlich schon Hexen oder Hexer wie du, die sich – aus welchen Gründen auch immer – dagegen entscheiden wollten. Aber du musst verstehen, dass du in diesen Zirkel, in diese Bestimmung geboren wirst. Diese Bestimmung ruht auf einer uralten

Übereinkunft und sie kann und darf nicht gebrochen werden. Es ist …" Jason rang nach Worten. „Es ist wie ein Kartenhaus. Wenn eine wegfällt, bricht alles zusammen."

Emilia fuhr sich durch das Haar. „Was bedeutet das? Was wird dann passieren? Sie können mich doch nicht zwingen."

Jason sah ihr tief in die Augen. „Sie können und sie werden. Die einzige Wahl, die du hast, ist, ob du es mit stolz erhobenem Haupt tust oder auf Knien unter Schmerzen."

Emilia schluckte, um das brennende Gefühl in ihrer Kehle loszuwerden, doch es ließ sich nicht vertreiben. „Warum dann dieser ganze Aufwand? Diese Feierlichkeiten?"

Jason lächelte schwach. „Em, liegt es in der Natur des Menschen, einander zu töten?"

Emilia schüttelte zaghaft den Kopf. „Eigentlich nicht."

„Und doch wurden besonders damals Krieger gefeiert." Jason legte eine Hand auf ihre Schulter. „Du wirst morgen zu einer Kriegerin erkoren. Und das solltest du mit Stolz annehmen."

Emilia senkte den Blick auf ihre Hände, die mit dem Saum ihres Bademantels nestelten. Alles in ihr sträubte sich, diesem Druck nachzugeben. Doch die Wände ihres Zimmers waren nun schon ein gutes Stück herangerückt. Sie war bereits gefangen. Mit ihrer Geburt, ohne es zu wissen. Und nun hatte sie die Entscheidung, ob sie Schande über Roxanne und Jason brachte oder alles über sich ergehen ließ. Dieser Gedanke behagte ihr nicht. Ihr Herz wurde schwer.

Jason hob ihr Kinn mit zwei Fingern an. „Du wirst dich damit abfinden und du wirst sehen, es wird alles gut." Er rang sich zu einem Lächeln durch, das Emilia nur schwach erwiderte.

Sie nickte, wenn auch widerwillig.

„Gute Nacht." Jason küsste sie auf die Stirn und ging zur Tür.

„Gute Nacht."

Kapitel 5

Als Emilia am nächsten Morgen erwachte, war die Eule verschwunden. Sie fühlte sich ausgelaugt, als hätte sie die Lider gar nicht erst geschlossen gehabt. Kaum hatte sie sich aufgesetzt, rauschte auch schon Roxanne wie ein Wirbelsturm ins Zimmer, als hätte sie vor der Tür auf der Lauer gelegen.

In ihrer Hand wedelte sie mit einem qualmenden Kräuterbund durch ihr Zimmer. Der aufdringliche Lavendelduft kratzte in Emilias Hals und entlockte ihr ein Husten. Sie fuchtelte mit der Hand vor dem Gesicht. „Wenn du mich damit aus dem Bett scheuchen willst, hast du es geschafft", keuchte sie.

Roxanne räucherte jeden Winkel des Zimmers aus und sah zu Emilia. Ein breites Lächeln spannte sich über ihre Lippen. Emilia konnte die Freude in ihren Augen funkeln sehen. Die Freude, dass die Spannungen zwischen ihnen wie der Rauch um sie herum verblassen würden. „Ich reinige dein Zimmer, um negative Energien zu vertreiben."

Widerwillig stellte Emilia fest, dass es funktionierte. Ihre Nervosität, die sich in den letzten Tagen in ihren Magen gegraben hatte, verpuffte mit einem Schlag. Roxanne trällerte vor sich hin, offenbar hatte sie schon viel von dem Zeug eingeatmet. Emilia ließ sich auf die Bettkante nieder und schnappte sich ihr Handy, um Tara, Oliver und Ryan zu schreiben, dass sie auch heute nicht kommen würde. Dabei sah sie die Nachrichten, die Ryan ihr geschrieben hatte.

Ich kann nicht aufhören, an diesen Tag zu denken. So viel Spaß hatte ich schon lange nicht mehr. Du bist mir sehr wichtig, Emilia, vergiss das nicht. Ich freue mich, dich morgen in der Schule wiederzusehen und deine

Zunächst zierte ein Lächeln ihre Lippen. Doch dann erstarb es, als sich wieder dieses mulmige Gefühl in ihre Eingeweide grub, trotz der vernebelnden Wirkung des Kräuterrauchs.

„Kein Handy heute." Roxanne entriss Emilia das Telefon, bevor sie eine Antwort an Ryan tippen konnte. „Die sind pures Gift für deine Aura." Noch einmal wedelte sie mit dem Kräuterbündel um Emilia herum und löste einen Hustenanfall aus. Dann steckte sie das Handy in die Hosentasche und rauschte aus dem Zimmer. „Wasch dich gründlich und zieh an, was ich dir gleich an den Schrank hänge." Damit polterte sie die Treppe hinunter.

In der nächsten Sekunde lehnte Jason im Türrahmen, die Hände in den Hosentaschen vergraben. Sein schwarzes Haar fiel ihm fransig in die Stirn und in den Augen lag der gewohnte Schalk. Er hüstelte. „Sie rennt schon den ganzen Morgen mit diesem Zeug durchs Haus. Ich könnte schwören, sie hätte bei mir nicht halb so viel Aufwand gemacht." Er grinste. „Alles klar?"

Emilia zurrte ihren Bademantel enger um die Hüfte. „Ja", sagte sie und verscheuchte den Qualm mit den Händen. „Besser auf jeden Fall."

„Na siehst du." Jason zwinkerte. „Ich warte dann unten."

Der Nebel in Emilias Zimmer sorgte tatsächlich dafür, dass sie sich mit jedem Atemzug leichter fühlte. Die Beklemmungen der Nacht fielen vollkommen von ihr ab. Sorgten sie so dafür, dass die Hexen und Hexer tatsächlich ein gutes Gefühl in Bezug auf ihre Weihe hatten? Emilia konnte die Wirkung nicht bestreiten, und dennoch reichte es nicht aus, all ihre Zweifel, die sie wie kleine Dämonen piesackten, auszulöschen. Auch wenn Jason ihr eröffnet hatte, dass sie keine andere Wahl hatte, wollte sie sich nicht einfach so beugen.

Doch was würde der Zirkel dann tun? Sie dachte an Ryan, wobei sich ihr die Kehle zuschnürte. Was würde es für sie beide bedeuten? Sie wusste, es war verboten, doch diesem Verbot konnte und wollte sie sich nicht beugen. Sie würde ihm treu bleiben, egal was der Zirkel von ihr verlangte. Egal welche mittelalterlichen Ansichten er vertrat.

In der Dusche versuchte sie abzuschalten, was ihr nicht vollständig gelang. In ein Handtuch gewickelt betrat sie wieder ihr Zimmer. Da erblickte sie das Kleid, das Roxanne ihr hingehängt hatte. Woher wusste sie überhaupt, dass es ihr passte? Argwöhnisch betrachtete Emilia den schwarzen Stoff. Es gefiel ihr, besonders als sie es sich überstreifte und es ihre Figur umschmeichelte. Es handelte sich um ein kurzes schlichtes Kleid, das tief ausgeschnitten war. Über Arme und Ausschnitt schmiegte sich ein schwarzer durchsichtiger Stoff an ihre Haut. Emilia betrachtete sich im Spiegel und wrang ihr nasses rotes Haar aus, dann ging sie nach unten.

In der Küche herrschte Trubel. Die Torte erstrahlte wie eine Pyramide im Chaos, das sich um sie herum türmte. Auf dem Herd stand ein altmodischer Kessel, in dem eine schlammige Pampe blubberte.

Roxanne rührte akribisch darin herum und füllte etwas davon in einen Becher. Als sie aufsah und Emilia erblickte, ließ sie die Kelle sinken. „Wow“, hauchte sie. Und plötzlich schossen Tränen in ihre Augen. „Du siehst aus wie deine Mutter.“

Jason sah auf und stockte ebenso wie Emilia. Ein brennendes Gefühl entfachte in ihrer Kehle und sie versuchte, die aufkeimenden Tränen fortzublinzeln.

„Sie hat es damals auf ihrer Weihe getragen. Ich ... ich hatte es aufbewahrt, weil ich dachte ...“

Emilia war gerührt von diesem Gedanken. Trotz all ihrer Zerwürfnisse gab das Kleid ihr nun ein gutes Gefühl, so als wäre ihre Mutter bei ihr. Sie stürzte auf Roxanne zu. „Dankeschön.“

Roxanne umarmte ihre Nichte so fest, als wäre sie ihr eigenes Kind. So standen sie da, während sie sich stumm miteinander versöhnten.

Nach einigen Minuten löste Roxanne sich, schniefte und nahm den Becher, um ihn Emilia in die Hand zu drücken.

Angewidert rümpfte diese die Nase und nahm widerwillig den Becher entgegen. „Soll ich das etwa trinken?“

„Noch nicht.“ Roxanne wirbelte herum und nahm ein dickes schweres Buch zur Hand. „Jason“, kommandierte sie.

„Ich komme ja schon.“ Er stellte sich hastig an ihre Seite.

„Folge uns.“ Roxanne und Jason liefen voran in den Salon, indem nicht nur die große Tafel mit der schwarzen Tischdecke darauf stand, sondern auch ein Thron aus Holz und Knochen. Auf der Rückenlehne ragten Ziegenschädel empor.

Roxanne legte das Buch ab. „Setz dich.“

Zögerlich trat Emilia auf den Thron zu und ließ sich nieder. Ihre Hände legte sie auf die Armlehnen, die aus zwei ausgestopften Schlangen mit weit aufgerissenen Mäulern bestanden. Sie konnte das Unbehagen nicht vollständig abstreifen.

Roxanne nahm das Buch wieder in die Hand und nickte Jason zu. Der nahm einen Mörser und trat zu Emilia. Bevor er die Stufen zum Thron hinaufstieg, machte er einen respektvollen Knicks und säuselte lateinische Verse. Dann lehnte er sich vor, tunkte den

Zeigefinger in eine Flüssigkeit, die nicht nur nach Blut aussah, sondern auch danach roch.

Emilia rümpfte die Nase, woraufhin Jason ihr einen mahnenden Blick zuwarf. „Das ist das Blut von jedem geweihten Hexenmitglied. Damit akzeptieren sie deine bevorstehende Weihe und heißen dich willkommen." Zärtlich malte er eine Rune auf Emilias Stirn. „Möge die Last der Welt mit deinen Schultern weniger auf unseren wiegen."

Emilias Herz klopfte. Blitzschnell packte sie Jasons Arm, bevor dieser zurücktreten konnte. Er riss die Augen auf.

Die Zweifel sprudelten erneut über. In ihrem Inneren machte sich das Gefühl breit, eine falsche Entscheidung zu treffen. Eine Entscheidung, die sie nicht einmal treffen konnte, weil sie ihr abgenommen wurde. Sie öffnete den Mund, grub den Blick in seine Augen, die sie nun voller Sorge bedachten.

Nicht ein Wort löste sich von ihrer Zunge. Dabei tummelten sich so viele auf ihr. Aber der Mut verließ sie, sodass sie die Lippen wieder schloss und Jason losließ.

Hilflos sah sie ihm dabei zu, wie er den Becher entgegennahm und zurückkehrte, um ihn Emilia zu reichen. Seine Lippen hatte er zu einer schmalen Linie zusammengepresst. „Das hier reinigt und salbt dich von innen für deine Weihe." Er lehnte sich weiter vor. „Jeder hat Angst davor, aber du schaffst das."

Emilia versuchte, sich zu entspannen, lehnte sich zurück und atmete tief aus, dann beugte sie sich wieder zu ihrem Bruder vor. „Ich will das nicht. Alles in mir will das hier nicht", flüsterte sie.

Jason rieb sich kurz über das Gesicht. „Em, bitte." Tränen glänzten in seinen Augen, sein Blick war flehend. „Bitte, ich will nicht, dass sie dich ..."

„Gibt es keinen Weg?"

Jason atmete tief aus und blinzelte. Dann schüttelte er den Kopf, während er ihr den Becher unter die Nase hielt. „Bitte."

Emilias Hände zitterten. Ihre Finger schlossen sich um den Becher, dabei blickte sie ihrem Bruder unentwegt in die Augen, ehe die nach schlechtem Obst schmeckende Pampe ihre Zunge benetzte.

Sie kniff die Lider zusammen, presste sich eine Hand auf den Mund und schluckte unter großer Anstrengung. Anschließend ließ sie sich mit Edelsteinketten behängen, ehe sie mit Jason und Roxanne für Fotos posierte. Dabei lächelte sie nicht. Sie bemühte sich nicht einmal.

Mit jeder Stunde, die verstrich, begann sie, ihr Schicksal zu akzeptieren. Das Letzte, was sie wollte, war Schande über Roxanne und ihre mühevollen Vorbereitungen zu bringen. Sie wollte auch keinen Streit. Langsam spürte sie den Druck, der auf ihr lastete. Der Druck, sich den Erwartungen zu fügen, und ebenso langsam spürte sie die Risse, die sich durch ihre Mauern fraßen.

Also stand sie einfach da, ihre Finger knetend, während sie in der Küche umherschlich. Die Stunden strichen dahin und inzwischen kamen die Kräuter nicht mehr gegen die Nervosität in Emilia an. Dabei war es nicht nur die Aufregung bezüglich der bevorstehenden Weihe. Sie erhaschte manches Mal einen Blick auf ihr Handy, das noch immer in Roxannes Hosentasche steckte. Immer wieder blinkte das Display auf und Emilia wusste, dass es die Nachrichten ihrer Freunde waren, die sich wahrscheinlich fragten, warum sie nicht zur Schule gekommen und was wohl mit ihr los war.

„Ich muss mich umziehen. Die Sonne geht langsam unter, Jason."

„Okay", sagte er ohne von seinem Buch aufzusehen, mit dem er es sich in der Küche bequem gemacht hatte.

Roxanne klatschte zweimal in die Hände und sorgte dafür, dass sich die Teller der Reihe nach in die Luft erhoben, um auf die lange Tafel im Salon zu schweben, gefolgt von Servietten und Besteck. Dann verschwand sie die Treppe hinauf.

Emilia blickte zu Jason, der sie nicht weiter beachtete, und tauchte unter der Straße Teller hinweg, um ihrer Tante hinterher zu schleichen. Diese war bereits im Badezimmer und drehte das Wasser auf. Emilia wartete im Flur, bis sie hörte, wie sich die Tür der Dusche schloss.

Dann huschte sie in das große, lichtdurchflutete Schlafzimmer ihrer Tante. Das Bett war ordentlich gemacht und auf dem Schminktisch in der Ecke standen nur wenig Schmuck und einige Schminkutensilien, die sie regelmäßig nutzte. Emilia ließ den Blick von dort zu den Nachtschränkchen gleiten. Ihr Handy sah sie nicht, doch etwas anderes erhaschte ihre Aufmerksamkeit.

Langsam näherte sie sich dem Bild. Es zeigte einen Mann. Hübsch, vermutlich in seinen Dreißigern. Dunkle Augen strahlten Emilia mit einem umwerfenden Lächeln entgegen.

Emilia runzelte die Stirn. Roxanne hatte keine Geschwister und einen Mann hatte Emilia noch nie an ihrer Seite gesehen und ihre Tante hatte auch nie von einem gesprochen.

Sie eiste sich von dem Foto des Fremden los und suchte auf dem Boden, wo die Hose lag. Als sie sich bückte, sah sie das Handy aus ihrem Blickwinkel. Es war ein Stück unter die Tagesdecke gerutscht.

Hastig schnappte sie es und entsperrte den Bildschirm. Mehrere entgangene Anrufe von Tara und Ryan, ebenso unzählige Nachrichten.

Wo bist du? Was ist los? Warum bist du nicht in der Schule? Ist alles okay? Soll ich vorbeikommen?

Emilia scrollte durch die Nachrichten der beiden, ehe sie an einer von Ryan hängen blieb.

Ich mache mir Sorgen und vermisse dich. Wenn du nichts dagegen hast, schaue ich heute Abend bei dir vorbei, wenn der Spuk mit deinem Besuch vorbei ist.

Emilia gefror das Blut in den Adern. Sie wusste nicht, wovor sie sich mehr fürchtete, dass Ryan herausfinden könnte, dass sie kein *normaler* Mensch war oder dass der Zirkel herausfand, dass sie einen Menschenfreund hatte.

Hastig tippte sie eine Antwort, doch noch bevor sie sie abschicken konnte, schnappte ihr jemand das Handy aus der Hand. Jason.

„Gib mir das Handy zurück", zischte Emilia und versuchte, ihr Handy zu erreichen, während er das Gerät in die Höhe hielt.

„Du bist eine kleine Schlange", gluckste er. „Was ist nur mit diesen Dingern, dass du und die Menschen so daran kleben?"

„Ich – muss – eine – wichtige – Nachricht – schreiben", stöhnte Emilia mit jedem Hüpfer. Doch sie war zu klein.

Jason schob das Handy auf Roxannes Kleiderschrank und zerrte Emilia mit sich aus dem Zimmer. „Du scheinst allergisch auf Regeln zu reagieren. Anders kann ich mir nicht erklären, warum du sie andauernd brichst."

Emilia verschränkte schmollend die Arme. „Ich breche sie nicht."

Jason warf ihr einen tadelnden Blick zu. „Dein Freund ist also ein Hexer aus unserem Zirkel?"

„Shhh", machte Emilia und schubste Jason zur Treppe.

„Er ist also dein Freund? Du hast dich verraten." Jason hielt vor dem Treppenabsatz inne und wandte sich zu seiner Schwester um. „Em, ich will es dir nicht ausreden. Aber du wirst sehen, diese Regeln sind nicht da, um uns zu ärgern."

„Das sind alberne Regeln. Was wird sich daran mit der Weihe ändern? Tu mir den Gefallen und halt endlich deine Klappe."

„Einfach alles", sagte Jason und griff nach ihrer Hand.

Emilia entzog sie ihm. „Es reicht schon, dass du mich soweit bekommen hast, dass ich diese Weihe überhaupt antrete. Misch dich bitte nicht in meine Beziehung ein." Sie verschränkte die Arme.

Jason hob die Hände. „Schon geschehen, aber sag nicht, dass ich dich nicht gewarnt hätte."

„Du sprichst immer noch", stöhnte Emilia und lief an ihm vorbei die Treppen hinab.

In ihr bebte die Angst. Was, wenn Ryan tatsächlich kommen würde? Was, wenn er kommen würde, während der Zirkel noch anwesend war? Bei diesem Gedanken wurde Emilia ganz schlecht. Doch sie versuchte, sich mit der Gewissheit zu trösten, dass Ryan niemals so respektlos wäre und in eine Feier platzen würde.

Abgesehen davon hatte Emilia in den nächsten Stunden keine Zeit mehr darüber nachzudenken. Mit dem Untergang der Sonne begann nun der offizielle Teil ihrer Weihe.

Inzwischen hatte die Nervosität die Kontrolle über Emilia übernommen. Sie tippte unablässig mit ihren Schuhen auf die Stufen des Throns, der nun – zu ihrem Entsetzen – im Foyer stand, sodass sie einen direkten Blick auf die Tür hatte.

„Kannst du bitte damit aufhören?", stieß Jason genervt hervor und rollte mit den Augen.

Emilia kniff die Augen zusammen und zog einen Schmollmund. „Das ist so lächerlich", sagte sie und rutschte auf dem Thron hin und her. Es war ihr mehr als unangenehm hier zu sitzen, im Schein aller Aufmerksamkeit.

Roxanne schnappte beleidigt nach Luft. „Deine Klassenkameradin Sophie hat sich richtig auf ihre Weihe gefreut. Ein bisschen Dankbarkeit würde dir stehen."

Seufzend stützte Emilia den Kopf auf ihre Hand. „Tante Rox, ich will nicht undankbar sein, aber du weißt, wie ungern ich im Mittelpunkt stehe – ganz im Gegensatz zu Sophie." Mit einem vielsagenden Blick machte sie ihre Sympathie gegenüber Sophie mehr als deutlich. „Außerdem kann Sophie sich perfekt mit ihrer Rolle in diesem Zirkel und ihrer Aufgabe identifizieren", fügte Emilia im Geiste hinzu.

„Ich weiß." Roxanne lächelte. Das Zittern in ihren Mundwinkeln verriet, dass sie ebenfalls nervös war. „Aber bitte tu wenigstens so, als wäre das ein tolles Ereignis für dich. Die Ältesten mögen es gar nicht, wenn man so gelangweilt auf dem Thron sitzt." Tadelnd musterte Roxanne sie.

„Fein", sagte Emilia widerwillig. Bereits jetzt hatte sie die Nase voll, nach den Vorstellungen, Erwartungen und Regeln des Zirkels zu tanzen. Wie sollte es dann werden, wenn sie erst einmal geweiht war?

Das Klopfen an der Tür riss Emilia aus ihren Gedanken. Mit einem Schlag saß sie kerzengerade auf ihrem Thron und versuchte sich an einem Lächeln.

Jason erhob sich nun langsam und grunzte amüsiert. „Du siehst aus, als hätte man dir einen Lächelfluch aufgehalst."

Schnaubend trat Emilia nach Jason, der jedoch leichtfüßig auswich und lachte.

Roxanne, die sich immer wieder mit den Händen fahrig über das Kleid strich, wirbelte herum und nahm die Klinke in die Hand. „Benehmt euch!", zischte sie, ehe sie die Tür mit einem breiten Grinsen öffnete. „Willkommen", sagte sie an die Gäste gerichtet, die nun nach und nach ins Haus strömten.

Es war ein Aufmarsch der Zirkelmitglieder. Zunächst traten die Ältesten ein. Sie waren die ältesten Hexen im Zirkel und bereits an die neunzig, so wirkte es. In Emilias Augen bedienten sie die Klischeehexe. Buckelige Gestalt, lange Nasen, Falten, fransiges graues Haar und ein teuflisches, prüfendes Funkeln in den Augen, das einen immer fürchten ließ, sie würden einen mit einem Fluch belegen, wenn sie Lust dazu hätten.

Roxanne begrüßte die vier Damen mit einem Handkuss und einem leichten Knicks. Dann tippelten die vier Hexen auf Jason zu, der es mit einem gequälten Lächeln Roxanne gleichtat, ehe er sie zu Emilia auf dem Thron weiterführte.

Nervös sprang Emilia auf. Bereits seit Kindesbeinen an hatte sie gelernt, den Ältesten mit Respekt zu begegnen. Mit dem Hintern auf einem Thron sitzen zu bleiben, erschien ihr wenig respektvoll. Doch die erste und älteste der Frauen, Esmeralda, kicherte, wie es wahrscheinlich ein Frosch tun würde. „Kind, setz dich, heute erhältst du all unsere Ehrerbietung." Damit ging sie – nicht ohne einige Anstrengung – vor dem Thron in die Knie und begann in einem schaurigen Singsang Verse auf Latein zu flüstern. Die anderen Frauen taten es ihr gleich, ehe sie sich mit Jasons Hilfe erhoben und sich neben den Thron stellten.

Immer mehr Hexen und Hexer in schwarz oder blutrot gekleidet schoben sich in das enger werdende Foyer, begrüßten Roxanne und Jason, ehe sie vor Emilia niederknieten.

Als Nächstes trat Jasons Freundin ein. Sie sah umwerfend aus mit ihrem langen blonden Haar und dem blutroten Samtkleid, das ihrer kurvigen Figur schmeichelte. Herzlich begrüßte sie Roxanne und ging dann zu Jason. Emilia beobachtete sie ganz genau von ihrem Thron aus, der für sie nun wie ein Aussichtsposten fungierte. Zwar küssten die beiden sich, jedoch verhalten, als beugten sie sich irgendeiner Erwartung des Zirkels. Ohne sich in die Augen zu sehen, trat sie an Jason vorbei und zu Emilia. Sie schenkte ihr ein umwerfendes Lächeln, kniete nieder und flüsterte ebenfalls Schutzverse.

Mit jeder Hexe, die vor ihrem Thron niederkniete, spürte Emilia die Magie und die Macht, die die Atmosphäre mehr und mehr schwängerte, sodass man beinahe die Atome auf der Haut spüren konnte.

Als Nächstes betraten Sophie und Ethan mit ihren Eltern das Haus, gefolgt von Brianna und Jacob und deren Eltern. Sie alle hatten denselben hochnäsigen Ausdruck auf ihren Gesichtern, die so puppenhaft und glatt wirkten, dass es Emilia schüttelte.

Sophie und Brianna trugen weinrote Kleider, tief ausgeschnitten und enganliegend. Ihre Lippen waren in der passenden Farbe geschminkt und ihre Frisuren hochgesteckt. An ihren Hälsen klapperten Edelsteinketten und Runen.

Zuerst begrüßten ihre Eltern Emilia, dann machte Sophie den Anfang. „Siehst gut aus, Walsh", sagte sie in einem so schnippischen Ton, dass Emilia nicht sicher war, ob sie es ernst meinte. Sophie kniete nieder ohne das geringste Zögern, begann die Verse zu sprechen und blickte dann gefährlich zu ihr auf. „Gleich bist du eine von uns und wirst in unsere Geheimnisse und Aufgaben eingeweiht." Sie lächelte, als posierte sie für ein Covershooting, erhob sich mit einer eleganten Bewegung und vollendete zusammen mit Ethan, Brianna und Jacob den Kreis, als schon die Letzten zur Tür eintraten.

Oliver und seine Eltern. Emilia kannte seine Familie als einfache, aber stolze Leute. Sie machten sich nicht viel aus Oberflächlichkeiten. Genau das ließ Emilia stutzen. Sie waren besonders fein herausgeputzt, sodass sie beinahe sogar Sophie und Briannas gewagte Kleider überstrahlten.

Olivers Mutter war stark geschminkt, die kurzen braunen Haare zu einer eleganten Frisur gestyled, als hätte sie einen Abstecher in die 20er-Jahre gemacht. Sein Vater, das Ebenbild Olivers, trug einen blutroten Anzug, der aussah, als hätte er ihn für diesen Tag schneidern lassen.

Olivers blondes Haar war zurückgegelt, er trug einen schwarzen Anzug, ebenso wie Hemd und Krawatte. Das erste Mal bemerkte Emilia, wie gut ihr bester Freund aussah. Oliver sah zu ihr empor, doch er schenkte ihr keines seiner zurückhaltenden Lächeln. Stattdessen senkte er den Blick wieder und begrüßte Roxanne, die sich besonders viel Zeit für ihn und seine Eltern zu nehmen schien. In Emilia machte sich das Beben einer düsteren Vorahnung breit.

Nachdem Oliver und seine Familie Verse gesprochen und den Kreis vervollständigt hatten, trat die Älteste vor, auf ihren Gehstock gestützt und sah nun mit einem Lächeln in die Runde. „Willkommen Hexen und Hexer des Stanhope-Zirkels. Mit Stolz blicke ich in die Gesichter mutiger, aufopferungsvoller Männer und Frauen. Danke, Roxanne, für deine Gastfreundschaft und für die Vorbereitung der heutigen Weihe von Emilia Walsh, deiner Nichte." Esmeralda sah zu Emilia empor. Ihr Blick durchstieß sie wie ein Speer.

Kaum merklich krampfte Emilia zusammen. Es fühlte sich an, als dränge Esmeralda in ihr Innerstes vor, in ihre tiefsten Geheimnisse und Sehnsüchte. Ihr Herz pochte schneller.

„Seit Jahrhunderten besteht dieser Zirkel und mit ihm der Pakt, um die Welt vor dem Bösen zu bewahren. Wir genießen Immunität. Doch mit dieser Immunität kommt eine große Verantwortung. Du, Emilia, wirst heute Abend in deine Verantwortung als Hexe dieses Zirkels eingeweiht." Sie reckte stolz das Kinn, soweit ihr krummer Rücken dies zuließ. „Doch diese Weihe ist nicht nur dazu da, um uns an unsere Bestimmung zu binden und sie anzunehmen. Die heilige Weihe setzt die vollkommene Macht der Hexe frei und soll den Bund zu jedem einzelnen Zirkelmitglied stärken. Denn wir sind eine Familie. Und was schweißt mehr zusammen, als ein Schicksal zu teilen?" Esmeralda trat zurück und sah zu Emilia empor. „Beginnen wir mit der ersten Zeremonie. Dem Bund des Zirkels. Komm nach vorne, Kind. Jeder wird dir einen Teil von sich schenken." Mit einer Hand deutete sie auf die Mitte des Kreises.

Emilia atmete tief durch, drückte sich hoch auf ihre wackeligen Beine und taumelte etwas unbeholfen die Treppen hinab. Zu gern wäre sie in die Mitte des Raumes stolziert, voller Eifer und Demut diese Weihe miterleben zu dürfen. Doch ein großer Teil in ihr sträubte sich wie eine Katze vor dem Bad. Es zerrte sie zurück und brachte sie aus dem Gleichgewicht.

In der Mitte angekommen, strich sie ihre schweißnassen Handflächen über das Kleid und blickte erwartungsvoll in die Runde.

Esmeralda machte – wie immer – den Anfang. Sie trat vor und fummelte ein Armband aus ihrer Manteltasche. Perlen verschiedener Steine funkelten im Kerzenlicht. „Kind, diese Steine sollen deine magischen Kräfte stärken." Mit zitternden Fingern hielt sie es Emilia hin.

Sie nahm es dankend an und streifte es sich auf Geheiß eines Nickens von Roxanne über den Arm.

Zufrieden trat Esmeralda zurück und machte Platz für die Nächsten. Jedes Zirkelmitglied trat vor und schenkte Emilia etwas. Meistens Schmuck in Form von Ketten, Broschen, Ringen und Armbändern.

Als Sophie vortrat, trug sie ein breites Lächeln auf ihren rot geschminkten Lippen. Aber Emilia wusste, dass es nicht direkt ihr galt. Es galt dem Zirkel, der Show. Sie genoss sichtlich die Aufmerksamkeit. Mit Stolz trat sie in die Mitte und hielt eine Samtschatulle in ihren Händen mit den perfekt manikürten Nägeln. „Du bist nun eine von uns, Emilia." Sie blickte in die Runde, als wollte sie sich vergewissern, dass jeder hörte, was sie zu sagen hatte. „Ich weiß, wir waren nicht die besten Freundinnen in der Schule." Sie lachte gekünstelt. Dabei legte sie ihren Kopf schief, sodass sich eine schwarze Strähne aus ihrer Frisur löste. Dann räusperte sie sich und sah Emilia direkt in die Augen. „Aber ich will, dass du weißt, dass du ein wichtiges Mitglied dieses Zirkels bist. Du bist jetzt Familie und wir stehen füreinander ein." Ein zustimmendes Raunen ging durch die Reihe.

Emilia klappte der Mund auf. Etwas in ihr glaubte die Worte, die Sophie sprach. Doch bevor sie weiter darüber nachdenken konnte, öffnete Sophie die Schachtel. Zum Vorschein kamen strahlende Ohrringe. Saphire so blau wie Emilias Augen funkelten ihr in einer silbernen Fassung entgegen.

Normalerweise legte sie keinen Wert auf solche Dinge, doch die Schönheit dieser Ohrringe raubten Emilia den Atem. Sie schluckte. „Danke", hauchte sie.

Sophie strahlte gönnerisch mit den Ohrringen um die Wette. „Ach, nicht doch."

Emilia nahm einen Ohrring nach dem anderen behutsam aus der Schachtel und steckte sie sich an. Sie spürte das Gewicht.

„Steht dir richtig gut." Sophie kicherte, zwinkerte und trat dann zurück in die Reihe.

Die nächsten zwei Geschenke waren wieder einfacher. Jacob und Ethan schenkten Emilia jeweils ein Lederarmband auf dem Schutzrunen eingestanzt waren. Brianna schenkte Emilia ein Collier, passend zu den Ohrringen von Sophie.

Von Olivers Eltern erhielt sie warme Worte und gesalbtes Hexenwasser, das aufdringliche Geister fernhielt. Dann trat Oliver vor und in Emilia machte sich nicht das freudige Gefühl breit, das sie normalerweise fühlte, wenn sie ihn sah. Auf ihre Brust legte sich ein immenser Druck und ihr Magen verdrehte sich.

Als spürte Oliver dasselbe, hielt er den Blick zu Boden gerichtet. Das Gesicht wirkte verkrampft und kontrolliert zugleich, also bemühte er sich, Herr seiner Gefühle zu werden.

Emilia entging nicht das leise Flüstern hinter ihr. Die Haare in ihrem Nacken stellten sich auf. Das Herz pochte fester, als Oliver eine kleine Schachtel hervorzog. „Seit zehn Jahren sind wir beste Freunde und ich schätze dich mehr als alles andere." Er schluckte schwer, mied noch immer ihren Blick. „Ich bin stolz auf dich. Die Weihe ist etwas ganz Besonderes für uns. Auf unsere Zukunft." Beim letzten Satz brach seine Stimme und damit etwas in ihm.

Bevor Emilia in dem Meer aus tosenden Gedanken versinken konnte, öffnete Oliver die Schachtel. Als fegte ein kräftiger Windstoß durch ihren Kopf, war es plötzlich totenstill. Nicht nur um sie herum, sondern auch in ihr.

Fragend starrte sie von dem Ring mit dem saphirblauen Stein in Olivers Gesicht. „Was?", hauchte sie so leise, dass nur Oliver es hören konnte. Stocksteif stand sie da, nicht fähig, sich zu bewegen.

Was hatte das gerade zu bedeuten? Hilflos sah sie zu Roxanne, die sie mit großen Augen anstarrte und in Richtung Ring nickte.

Oliver löste sich als Erstes aus seiner Lähmung, trat vor und ergriff ihre Hand. Als Emilia aufsah, blickte er das erste Mal an diesem Abend in ihre Augen. Und seine waren mit Tränen gefüllt. In ihrem Kopf drehte sich alles. Sie wollte ihm ihre Hand entziehen, doch er hielt sie fest, als wäre er zu Stein geworden. Mit zitternden Fingern schob er den Ring auf ihren Ringfinger. Er passte perfekt. So perfekt, dass Emilia sich am liebsten übergeben hätte.

Nun trat Esmeralda vor. Ein verzücktes Lächeln auf den Lippen. „Herzlichen Glückwunsch, Oliver und Emilia."

Emilia blinzelte die alte Frau an. Zwar drangen ihre Worte klar und deutlich zu ihrem Gehirn vor, doch dieses weigerte sich, es zu verarbeiten. Dann glitt ihr Blick zu Jason und seiner Freundin. Und als sie die beiden dort so nebeneinanderstehen sah, verkrampft und doch händchenhaltend mit der gleichen Angst in den Augen wie Emilia sie in ihrem Herzen trug, da sickerte es in ihr Bewusstsein wie brennende Säure.

Sie sah zu Oliver, der mit den Tränen kämpfte, und Emilia wusste ganz genau, warum. Sie waren beste Freunde. Nicht mehr, nicht weniger. Als sie in seine Augen eintauchte, konnte sie die Gitterstäbe sehen. Es fühlte sich an, als dränge sie in ihn ein, in ein Gefängnis, das ihr die Luft abschnürte. „Du und ich ...", flüsterte Emilia.

Oliver nickte schnell, unfähig zu sprechen. Sie konnte den Schluchzer in seiner Kehle förmlich sehen.

Fassungslos starrte Emilia von ihm über Esmeralda zu Roxanne, die den anbahnenden Wutausbruch zu spüren schien. Und der war nicht mehr so fern, wie sie glaubte.

Emilias Blut kochte wie ein Zaubertrank auf offenem Feuer. Niemand hatte sie vorgewarnt. Nicht einmal Oliver, der es gewusst haben musste, denn seine Weihe lag bereits ein Jahr zurück, was erklärte, warum er sich oft von ihr abgekapselt und versteckt hatte.

Emilia spürte das Feuer in ihrem Magen. Ihre Hände ballten sich zu bebenden Fäusten und sie spürte die Röte, die in ihr Gesicht schoss wie Lava aus einem Vulkan. Und so wollten auch die Worte aus ihr schießen, die in ihrem Hals steckten.

Sie dachte an ihr Leben, daran, dass sie immer gedacht hatte, sie könnte frei entscheiden. Sie dachte an Ryan, seine Küsse, das Gesicht mit dem schiefen Lächeln auf den Lippen. Ihr Magen verdrehte sich. Dann sah sie zu Oliver und ihr Herz zerbrach, als sie an sein Geheimnis dachte.

Sie öffnete den Mund, doch noch bevor sie einen Zweifel äußern konnte, hatte Roxanne sie an den Schultern gepackt und schob sie aus dem Kreis hinaus auf die Treppen. „Vielen Dank für all eure netten Worte und Geschenke. Wir bereiten nun die Weihe vor und machen einen kleinen Outfitwechsel." Ihre Stimme schrillte zwei Oktaven zu hoch und ihre Finger bohrten sich schmerzhaft in Emilias Arme. „Bis gleich."

Der Kreis löste sich auf und Gespräche füllten die Stille, wuschen die Anspannung fort.

Kaum hatte sich die Zimmertür hinter Emilia und Roxanne geschlossen, wirbelte Emilia wie ein Feuersturm herum. „Habe ich das gerade richtig verstanden? Hat mich der Zirkel gerade mit meinem besten Freund verlobt?" Sie bemühte sich, ihre Stimme nicht in hysterische Höhen zu peitschen. Doch die Wut, die wie das Feuer eines Drachen in ihrer Kehle brannte, machte es ihr schwer, ruhig zu bleiben. Sie starrte Roxanne fassungslos an, während sie auf eine gute Erklärung wartete. Nein, vielmehr darauf, dass Roxanne lachte und ihre Vermutung dementierte.

Doch ihre Tante hatte nichts Beschwichtigendes vorzubringen. Roxanne trat zu ihr heran und rieb ihre Schultern. „Ihr seid nicht verlobt", sagte sie und lachte, als wäre Emilia ein dummes Kind.

Sie wand sich aus der Berührung ihrer Tante. „Was ist es dann?"

Roxanne sah ihr widerwillig in die Augen. „Es ... ihr seid quasi einander versprochen." Hastig wandte sie sich dem Kleiderschrank zu und suchte viel zu lange nach einem Kleid, von dem sie mit Sicherheit wusste, wo es sich befand.

Unterdessen klappte Emilia der Mund auf. „Wir sind was?" Ihre Stimme überschlug sich. „Du hast mich – ohne mich zu fragen – an meinen besten Freund verkauft? Wusste er davon?" Sie brüllte. Ihr gesamter Körper zitterte vor Zorn.

Roxanne runzelte die Stirn und murmelte einen kurzen Zauberspruch, sodass sich eine schalldichte Blase in dem Zimmer über sie ausbreitete, als könnte sie die Explosion, die in Emilia heranschwoll, dämpfen. „Mach dich nicht lächerlich. Niemand wird hier verkauft."

„Nein." Emilia lachte bitter auf. „Mach du dich nicht lächerlich. Das ist genau das, was du getan hast. Du hast mich wie ein Stück Rind verschachert."

Roxanne trat vor. „Emilia, Liebes."

„Nein." Emilias Speichel verwandelte sich in bitteres Gift. Sie hob die Hände und stolperte zurück, sodass sie gegen ihr Bett prallte.

„Denkst du wirklich, ich hätte das veranlasst? Seit deiner Geburt steht fest, dass du und Oliver ... dass ihr ..." Tränen schossen plötzlich in Roxannes Augen.

Ein Bild, das Emilia nur selten sah und stutzen ließ. Es war, als schmerzte Roxanne etwas. Sie rang nach Luft, ehe sie weitersprach. „Du weißt, dass der Zirkel unter sich bleiben muss. Das ist die Regel und deswegen verheiratet er schon seit dem Pakt seine Mitglieder miteinander. Denkst du, deinen Eltern erging es anders?"

„Meine Eltern haben sich geliebt!", schrie Emilia.

„Sie haben gelernt, sich zu lieben." Roxanne hob die Hände, als versuchte sie, ein wildes Pferd zu zähmen. „Du … du wirst gleich verstehen, warum. Du wirst es verstehen und akzeptieren. Du hast doch so ein großes Glück, dass es Oliver ist. Dein bester Freund. Daraus kann eine wundervolle Liebe erwachsen."

Ungläubig starrte Emilia sie an. In ihr brodelte die Wahrheit. Die Wahrheit über Oliver. Sie drohte auszubrechen. Dabei zerbrach ihr Herz für ihren besten Freund. Er würde sich niemals in sie verlieben. Er mochte Jungs. Und diese Tatsache zerschmetterte in Emilia wie ein Glas gefüllt mit Benzin. Das Feuer griff um sich. „Es wird niemals Liebe zwischen uns entstehen! Wie könnt ihr es wagen, so über uns zu entscheiden? Wusste er davon?"

Roxanne fuhr sich hilflos mit den Händen über das Gesicht. „Was tut das jetzt zur Sache? Es ist, wie es ist."

„Wusste – er – davon?"

„Ja, seit seiner Weihe."

Emilia fühlte sich, als schleuderte man sie durch einen Tunnel. Das bestätigte nun ihre Annahme, dass er sich deshalb von ihr zurückgezogen hatte. Warum er so resigniert wirkte. Doch eine Sache war unfair. Er hatte Zeit gehabt, sich damit zu arrangieren.

Doch Emilia sollte das nun einfach so akzeptieren? Sie sollte diese Entscheidung, die nicht ihre eigene war und nun wie ein Geschwür in ihrer Brust pulsierte, einfach so hinnehmen? Nein, nicht mit ihr. Sie würde sich wehren. Es würde kein Versprechen zwischen ihr und Oliver geben. Das wollte sie weder ihm noch sich selbst zumuten. Ihre Kehle schnürte sich zu, als sie an Ryan dachte. Der Ring an ihrem Finger war der Keil, der zwischen sie und ihn getrieben wurde.

Die Wut in ihr zerbrach die Angst wie Glas. Und zwischen den Scherben fand sie ihre Entschlossenheit wieder. Es gab ihr den Mut, um sich mit verschränkten Armen auf das Bett fallen zu lassen wie ein bockiges Kind. „Ich werde diese Weihe nicht machen." Es kostete ihr Überwindung, diese Worte zu sprechen. Dabei gab ihr der Drang, Oliver, sich selbst und auch die Hexen und Hexer nach ihnen vor so einem Schicksal zu bewahren, die Kraft, die sie brauchte.

In diesem Moment zersprang das gefrorene Lächeln auf Roxannes Lippen. Entsetzen grub sich in ihre Falten, ihre Augen weit aufgerissen. „Du bist schon mittendrin. Du kannst dich nicht zurückziehen."

Emilia hob eine Braue. „Siehst du doch. Ich werde mich hier nicht wegbewegen." Ihre Atmung ging stoßweise. In ihr brodelten so viele Gefühle. Wut, Angst und Enttäuschung waren die intensivsten.

Roxanne trat vor. „Sie werden dich zwingen, Emilia, das weißt du und es wird nicht angenehm. Trag es mit Stolz. Es ist eine Ehre. Du wirst es verstehen. Ich verspreche es dir. Ich, dein Bruder, deine Eltern. Wir alle teilen dein Schicksal. Denk nicht, du wärst die Einzige, der das schwerfallen würde."

Emilia schloss die Augen, um die Tränen zu verbergen. Sie schüttelte den Kopf. Auch wenn sie diese Weihe nun unter Zwang ertragen wollte, ihr Körper war nun wie gelähmt. Sie klebte förmlich auf ihrem Bett, schwer wie ein Betonklotz.

Verzweifelt ließ Roxanne das Kleid sinken. „Weißt du, was du mir damit antust? Die tagelange Vorbereitung." Die erste einsame Träne glitt über ihre Wange. „Ich wollte, dass dieser Tag etwas ganz Besonderes für dich wird."

Kalt sah Emilia zu ihrer Tante auf. Sie konnte ihr nicht dankbar sein. Nicht für diese Lage, in die sie sie gebracht hatte. „Etwas Besonderes für mich oder für dich? Weißt du, was DU mir damit antust? Du zwingst mich, eine Beziehung mit meinem besten Freund einzugehen ... das –" Emilias Herz brach in Anbetracht der Tatsache, dass sie es bereits Ryan geschenkt hatte. Ihr wurde schlecht. „Nein. Ich werde es nicht tun. Dann muss Esmeralda mich hier an meinen Haaren herunterzerren."

Roxanne kniete sich vor Emilia, um ihr in die Augen sehen zu können. „Em, bist du dir da ganz sicher? Hexen, die zu ihrer Weihe gezwungen werden, sind gebrandmarkt. Es ist so viel schmerzhafter, als der Schmerz, den du jetzt empfindest."

Emilia schnaubte ungläubig, ehe Roxanne den Ärmel ihres schwarzen Samtkleides hochschob. Zum Vorschein kam etwas, das Emilia den Atem raubte. Eine Brandnarbe in Form einer Rune. Sie brannte sich in Emilias Hirn. Schande. Das war es, was sie bedeutete, und Scham war es, die nun in Roxannes feuchten Augen glitzerte.

„Tante Rox", hauchte Emilia atemlos. Sie hatte es nicht geahnt. Nicht eine Sekunde hätte sie ihrer Tante geglaubt, wenn sie diese erhabene Narbe nicht gesehen hätte. Denn Roxanne wirkte tough und stand immer hinter allem, was der Zirkel tat. Sie, so dachte Emilia immer, war das eifrigste und ehrenvollste Zirkelmitglied. Doch offenbar hatte sie sich getäuscht.

„Es hat mich Jahre gekostet, diese Schande von mir abzustreifen. Und glaube mir, wenn ich dir sage, dass die Brandmarke der am wenigsten schmerzhafte Teil ist. Der Zirkel ist deine Familie, aber bring sie nicht gegen dich auf. Sie können so gnadenlos sein, schonungslos." Roxannes Augen füllten sich erneut mit Tränen.

Zitternd ergriff sie ihre Hand. „Bitte, Emilia, tu es nicht für mich. Tu es für dich."

Emilia saß da, den Mund geöffnet, bereit, Worte herauspurzeln zu lassen. In ihrem Inneren bäumte sich die Wut noch einmal auf, wurde jedoch von dem unsäglichen Schmerz erstickt, der in den Augen ihrer Tante lag.

Aber noch immer fühlte sie sich wie gelähmt, als ein leises Klopfen sie aus ihrer Starre riss. Die beiden Frauen fuhren zusammen und starrten zur Tür, die sich langsam öffnete.

Jason streckte den Kopf herein, einen besorgten Ausdruck auf dem Gesicht. „Was ist los? Steckt Emilia im Kleid fest? Sie werden schon unruhig." Als er die schmerzverzerrten Gesichter seiner Schwester und Tante sah, huschte er hastig durch den Spalt und schloss die Tür. „Oh, ein Dämmungszauber. Habt ihr euch die Köpfe eingeschlagen?"

„Jason, bitte", seufzte Roxanne kraftlos und ließ sich neben Emilia auf das Bett plumpsen. „Es tut mir leid, dass ich so krampfhaft versucht habe, dich zu drängen. Und es tut mir leid, dass ich dir einfach nicht mehr Informationen geben durfte. Ich kann dich nicht zwingen. Aber die können es, und davor habe ich Angst. Ich habe es deiner Mutter versprochen, dass du nicht so endest, wie sie und ich."

„Mama hat sich auch geweigert?"

Roxanne sah zu Boden und nickte. „Wir waren ... rebellisch, würde ich sagen." Sie lachte traurig. „Danach waren wir nur gebrochen."

„Emilia, niemand möchte dich brechen", lenkte Jason hastig ein. Sie sah ihrem Bruder an, dass er es sich selbst nicht ganz glaubte. „Sie erwarten nur, dass wir uns dieser einen Sache unterwerfen, die so viel größer ist, als wir alle. Und sie wollen, dass wir es mit Stolz tun."

„Jason", seufzte Emilia, während die Risse in ihren Schutzmauern größer und größer wurden.

Nun kniete Jason vor ihr nieder und sah sie durch die Augen ihres Vaters an. Ein verschmitztes Lächeln lag auf seinen Lippen. Es erreichte seine Augen nicht. „Ich weiß, wie es sich anfühlt, einem Menschen versprochen zu werden, den man eigentlich nicht liebt und von dem man weiß, dass man ihn nie lieben wird." Er warf ihr einen bedeutungsvollen Blick zu. Ein Blick, der sagte: „Ich weiß es". „Aber das ist nicht das Ende der Welt. Sieh Samantha und mich an. Wir führen eine offene Beziehung und sind quasi Freunde. Und das seid ihr ja bereits. Es steht euch nichts im Weg und sie können euch vielleicht einander versprechen und euch zu dieser Weihe zwingen, aber sie können euch nicht vorschreiben, wie ihr euer Leben lebt." Er strich ihr sanft über die Wange. „Aber ich will nicht, dass du leidest, Em, ich will nicht sehen, wie sie dich zwingen."

Zu ihrem Entsetzen stellte Emilia fest, dass sein Flehen Wirkung zeigte. Mit einem Krachen stürzten die Mauern ein. Die Kraft verließ Emilias Muskeln, sodass sie in sich zusammensackte und resigniert seufzte. „Okay", flüsterte sie leise.

Emilia würde sich weihen lassen. Sie wollte nicht, dass Roxanne und Jason dabei zusehen mussten, wie sie gebrandmarkt und gequält wurde, abgesehen davon, dass in ihr selbst eine heiße Angst davor brodelte. Schweren Herzens würde sie sich dem Willen des Zirkels beugen.

Aber in Emilia glühte noch ein letzter Funken Mut. Sie wollte diese Weihe antreten, unter ihren Bedingungen.

Sie nahm Roxanne das Kleid aus der Hand. Mit sichtlicher Erleichterung wischte diese sich die Träne aus dem Gesicht und warf sich in Emilias Arme. „Es tut mir so leid, Kleines, aber du wirst sehen, es wird alles gut."

Das wollte sie so gern glauben. Emilias Finger krampften sich um den Kleiderbügel. Aber etwas in ihr spürte, dass das gerade erst der Anfang war.

Kapitel 6

Wie eine Königin zu ihrem Volk schritt Emilia die Treppen zum Zirkel hinab. Sofort verstummten die Gespräche, die wie heißer Wasserdampf in der Luft waberten. Alle Augen waren auf sie gerichtet. Ihre Kehle wurde eng.

Emilia suchte Halt am Geländer, während sie einen Fuß vor den anderen setzte. Die Hexen begannen auf Latein zu singen. Ein mystischer Klang, der ihr eine Gänsehaut bescherte. Schief und doch melodisch, holprig und doch rhythmisch, bedrohlich und doch vertraut. Nun setzten auch die Hexer ein und ergänzten den Gesang. Magie vibrierte in der Luft.

Mit Kreide hatten sie ein Pentagramm auf den Boden gemalt, um das sie sich nun versammelten. Aber dieses Pentagramm unterschied sich von dem, das Teufelsanbeter verwendeten. Unzählige Schutzrunen in zwei Reihen umkreisten das sternförmige Bild und in der Mitte thronte eine einzelne Rune, groß und deutlich: Blut.

Emilias Herz begann nun mit den letzten Stufen zu stolpern. Ein Hexer reichte ihr die Hand, um sie zu ihrem Thron zurückzubringen.

Sie trug ein weißes Kleid, knielang. Der Stoff schmiegte sich an ihre Silhouette. Das rote Haar fiel ihr offen über die Schultern. Emilia ließ sich auf dem Thron nieder und blickte in die Runde.

„Emilia Walsh." Esmeralda trat wieder in den Kreis und sah zu ihr empor. Ein mildes Lächeln auf den Lippen, einen forschenden Blick in den Augen. „Die Zeit für deine Weihe ist nun gekommen. Aber zunächst entfalten wir deine Kräfte, die du bis heute nur im Oktober verwenden durftest." Sie wandte sich von Emilia ab und blickte in die Runde. „Wie ihr alle wisst, ist der Oktober nicht nur besonders wichtig, sondern auch heilig für uns. Er erlaubt uns, die volle Ausschöpfung unserer Kräfte. Und diese brauchen wir auch im vereinten Kampf gegen das Böse, das uns jeden Oktober-Neumond aufs Neue bedroht." Sie blickte gen Decke und breitete die Arme aus. „Ich beschwöre nun die Vorfahren von Emilia Walsh, dass sie ihr ihre vollen Kräfte entfalten mögen, dass sie sie mit Kraft, Willensstärke und dem Willen zu dienen versorgen, wie es die Blutlinie all unserer Vorfahren getan hat. Ignium potestatem hanc pythonissam. May usque in sempiternum hac flamma ardenti."

Entfache die Kraft dieser Hexe. Möge diese Flamme auf ewig brennen.

Kaum hatten die letzten Worte die dünnen Lippen der Hexe verlassen, stieß eine unsichtbare Macht Emilia gegen die Lehne, presste sie tiefer in ihren Thron. Nach Atem ringend, krallte sie ihre Finger in die Armlehne. Die Magie rauschte wie ein heißer Windstoß durch die Tür und drang in ihr Innerstes. Ein Kribbeln von einer Intensität, die sie noch nie gespürt hatte und glauben ließ, sie würde jeden Moment tatsächlich Feuer fangen, erfasste jeden Zentimeter ihres Körpers. Emilias Herz hämmerte wie ein Schlagbohrer in ihrer Brust.

Einige Sekunden verstrichen, ehe sie wieder atmen konnte. Die Anspannung verließ ihren Körper. Doch es schien, als wäre sie nicht mehr dieselbe. Die Macht zuckte durch ihre Muskeln, elektrisierend, aufregend.

Emilia blickte zu Esmeralda, die sie mit einem wissenden Lächeln betrachtete. Sie nickte, dann stellte sie sich zurück in den Kreis. „Fasst euch bei den Händen. Es ist Zeit."

Die Hexen und Hexer um Emilia herum vollendeten den Kreis, schlossen die Augen und legten die Köpfe in den Nacken. Trommeln ertönten und Roxanne sang.

Ihre Stimme klang kratzig. Sie stieß den leiernden Gesang auf Latein aus voller Kehle hervor. Emilia spürte, wie sie die Geister aller Ahnen beschwor.

Die Luft geriet erneut in Schwingung, wurde dicker und legte sich kribbelnd auf Emilias Haut. Nach und nach stimmte jeder des Zirkels mit ein. Der Gesang begann langsam, wurde schneller zum Takt der Trommeln, die an Fahrt aufnahmen. Immer schneller. Schief und melodisch, bedrohlich und vertraut, mystisch und mächtig.

Emilia spürte die Zauberkraft in den Fingerspitzen wie tausend Stiche feiner Nadeln. Gleichzeitig umhüllte die Wärme ihrer Eltern sie. Sie waren hier.

Die Euphorie rauschte durch ihren Kopf, vernebelte ihre Sinne, trieben Tränen der Trauer und der Freude in ihre Augen.

Inzwischen wirkte die Atmosphäre hochexplosiv. Die Geister der Ahnen ließen jede Kerzenflamme in die Höhe schießen, sodass sich schon bald eine sengende Hitze in dem Raum ausbreitete und Emilia den Schweiß auf die Stirn trieb.

Der Gesang wurde schneller, leidenschaftlicher, lauter. Nach kurzer Zeit bebte der Boden unter ihren Füßen.

Emilia krallte sich an ihrem Thron fest und starrte auf das Pentagramm, umrandet von den Schutzrunen. Die Zeichen leuchteten grell, das Beben schüttelte ihren Sitzplatz.

Ein lautes Krachen ertönte und die Holzdielen innerhalb des Pentagramms brachen weg.

Zum Vorschein kam ein Teich voller Blut, der über die Ränder und die Schutzrunen schwappte.

Emilias Nägel gruben sich in die Armlehnen. Mit weit aufgerissenen Augen blickte sie auf den Blut-Pool.

Langsam verebbte der Gesang, verwandelte sich in ein Hintergrundgeräusch wie das Summen von Bienen.

Roxanne, Esmeralda und die zwei anderen Ältesten traten an den Rand des Beckens. Roxanne blickte zu Emilia empor und hielt ihr die Hand hin.

Emilia begab sich auf ihre Füße. Ihre Knie waren weich, aber ihr Stand war fest. Die Magie, die in ihr pulsierte, gab ihr die nötige Kraft.

Zögerlich nahm sie eine Stufe nach der anderen, ergriff Roxannes Hand und blieb stehen. Sie starrte auf das Blut, das über den Rand an ihre Zehen schwappte. Roxanne nickte ihr mit einem aufmunternden Lächeln zu, während Jason ihr zuzwinkerte.

„Emilia Walsh", kratzte Esmeraldas Stimme. „Akzeptierst du diese Weihe und schwörst du, alle Regeln des Zirkels einzuhalten? Schwörst du, diese schwere Aufgabe mit deinen Brüdern und Schwestern des Zirkels zu teilen? Schwörst du, dem Bösen zu entsagen und dein Herz stets im Licht verweilen zu lassen?"

Emilia hielt die Luft an. Noch immer brodelte ein Geysir der Angst in ihr, damit drohend, jede Sekunde auszubrechen und sie zu unterwerfen.

Das vorherrschende Gefühl jedoch war Kraft und Macht. Wie nach der Injektion von Adrenalin pulsierte dieser Rausch durch ihre Adern, ließ ihr Herz anschwellen und ihre Hände zu Fäusten ballen.

Ihre weit aufgerissenen Augen blickten zu Oliver, der sie widerwillig ansah. Sie erkannte den Schmerz in seinem Blick.

Emilia schloss die Lider, atmete tief durch und sah dann Esmeralda an. „Ich werde mich weihen lassen", sagte sie und konnte schon das beruhigte Murmeln der Umstehenden hören. „Unter einer Bedingung."

Esmeralda, die stolz in die Runde geblickt hatte, gefror. Das Tuscheln schwoll kurz an, ehe es verstummte.

Emilia sah nur zu Esmeralda, aber sie konnte spüren, wie sich jeder einzelne Blick wie ein Dorn in ihre Haut bohrte. Nun war das Einzige, das sie zu hören vermochte, das unverständliche Flüstern der Ahnen wie das Rauschen einer Brise und ihr eigener Paukenschlag in der Brust.

Esmeralda öffnete den Mund. Die Falten in ihrem Gesicht gewannen an Tiefe und ließen sie nun wie eine Teufelsanbeterin erscheinen, die ihr den Tod auf den Hals hetzen wollte.

Sekunden verstrichen, dehnten sich in Minuten des Schweigens, das sich wie eine kalte Hand um Emilias Kehle legte.

„Wie bitte?", sagte Esmeralda mit einem Schnauben. Sie blinzelte, versuchte mit aller Kraft ihr bröckelndes Lächeln aufrecht zu erhalten. Aber ihre Augen spiegelten den Wahnsinn und den Zorn wider, ausgelöst durch Emilias dreistes Verlangen. „Wie kannst du es wagen, diese Weihe unter eine Bedingung zu stellen. Es ist deine heilige Pflicht!" Ihre Stimme schrillte durch die dicke Luft.

Emilia sah von Oliver, der wild den Kopf schüttelte, zu Roxanne. Sie schloss langsam die Lider, senkte den Blick, als könnte sie es nicht ertragen, ihre Nichte anzusehen. Olivers Eltern blinzelten irritiert, als dachten sie, sie hätten sich verhört. Währenddessen wollte Jason zu Emilia eilen, doch Samantha hielt ihn zurück. Sie drückte seine Hand so fest, dass ihre Knöchel weiß hervortraten. In Sophies sonst kontrollierten Gesichtszügen zeichnete sich Unglauben ab. Emilia entging nicht das kurze Funkeln in ihren Augen, ehe sie die Mundwinkel abschätzig nach unten zog.

Emilia stand Fassungslosigkeit, Zorn und Enttäuschung gegenüber. Sie verschränkte die Finger ineinander und biss sich auf die Unterlippe. Ihr Plan war nicht, die Weihe vollständig abzulehnen, aber sie wollte um keinen Preis der Welt einem Hexer versprochen werden, auch, wenn es sich um ihren besten Freund handelte. Die Worte, die wie kochendes Wasser in ihrem Hals brodelten, drängten hervor. „Ich werde mich weihen lassen", sagte sie, als könnte das Esmeralda in irgendeiner Form beschwichtigen. „Aber ich will niemandem versprochen werden."

Esmeralda lachte. Erst klang es wie der Schrei eines Vogels, den sie einmalig ausstieß, dann verwandelte es sich in mehrere kratzige Gluckser, ehe sie gackerte, wie man es sich bei bösen Hexen vorstellte. Sie warf den Kopf in den Nacken, was sie etwas wackeln ließ. Ihre kalte, runzelige Hand legte sich auf ihre. „Kindchen, seit Jahrhunderten teilen wir Hexen und Hexern ihren jeweiligen Partner zu. Noch vor ihrer Geburt. Wie kommst du darauf, dass wir das nun ändern, nur weil dir das nicht gefällt." Sie kicherte.

Emilia war angewidert von Esmeraldas Nähe, fand jedoch nicht den Mut, sich ihr zu entziehen, weshalb sie wie erstarrt dastand. Doch was sie fand, war der Mut, ihren nächsten Worten die Kraft zu verleihen, die sie benötigten. „Seit Jahrhunderten ist das nun so. Aber alles im Leben wandelt sich irgendwann. Alles im Leben muss sich verändern." Emilia hob das Kinn. „Ich werde nicht mit Oliver zusammen sein."

Als hätten es die umstehenden Hexen und Hexer nun geschafft, sich aus ihrer Lähmung zu lösen, erhob sich ein Tuscheln über ihren Köpfen.

Esmeralda hob die Hand. Eine blitzschnelle Bewegung, die nicht zu ihrer gebrechlichen Art passte. Sie kniff ein Auge zusammen und blickte durch einen wässrigen Schleier zu Emilia empor. „Emilia Walsh, dies sind die Traditionen des Zirkels, die du gerade nicht nur kritisierst, sondern mit Füßen trittst." Ihre Stimme zitterte. „Willst du dich wirklich deiner Weihe entziehen?"

Emilia wurde heiß. „Nein, ich möchte mich nicht der Weihe entziehen. Aber ich will mich dieser Tradition nicht beugen. Wir können doch nicht starr in der Zeit stecken bleiben, wir müssen mit ihr gehen."

„Also empfindest du unsere Traditionen nicht als schützenswert?"

Empörtes Gemurmel rauschte wie ein Windzug um Emilia herum. Sie schüttelte den Kopf, wich etwas zurück. „Traditionen sind schützenswert, aber nicht, wenn sie die Hexen und Hexer des Zirkels unglücklich machen. Wir können neue Traditionen schaffen."

Esmeralda lachte ein weiteres Mal, jedoch voller Abscheu. „Die kleine Emilia ist nicht einmal vollständig in die Geheimnisse des Zirkels eingeweiht und weiß bereits, was das Beste für alle ist, nicht wahr?" Esmeralda humpelte bedrohlich auf Emilia zu und bohrte einen knorrigen Finger in ihr Brustbein. „Diese Regeln und Traditionen sind für euch geschaffen worden, um jedes einzelne Mitglied zu schützen." Ein bedrohliches Funkeln blitzte in ihren Augen auf, das zeigte, wie sehr sie an ihren Überzeugungen festhielt. „Und du wirst daran nichts ändern."

Emilia wankte rücklings, stolperte über die Stufen ihres Throns und plumpste zu Boden. Es fühlte sich an, als wäre sie in einem kindlichen Tobsuchtsanfall gegen eine Wand gelaufen.

Esmeralda ragte über ihr empor. Nun war sie es, die das Kinn reckte. Erwartungsvoll ihre Antwort abwartend.

Emilia stieß die angehaltene Luft aus. Ihre Muskeln verloren an Spannung. Allein würde sie nicht gegen diese Tradition ankommen. Sie schien wie ein Auto, das sich mit den Reifen tiefer in den Matsch gegraben hatte, sodass es nun kein Vorankommen mehr gab.

Schwer atmend blickte Emilia zu Oliver. Er trat unaufhörlich auf der Stelle, rang mit den Händen und als sich ihre Blicke trafen, formte er ein stummes „Bitte hör auf" mit seinen Lippen.

Jeder schien den Atem anzuhalten, die Kerzen hatten an Kraft verloren, flackerten weniger bedrohlich und Emilias Herzschlag schien so langsam, dass sie glaubte, ihr Puls würde jeden Augenblick stoppen.

Alles, was sie sah, war Oliver, der so konzentriert durch seine Brille auf sie starrte, als wollte er telepathisch in ihr Hirn eindringen, um sie zum Aufhören zu bewegen.

Aber sie wollte nicht. Schließlich tat sie das nicht nur für sich selbst, sondern auch für ihn. Am Tag seiner Weihe hatte er davon erfahren. Er hatte nicht mit ihr darüber sprechen dürfen, was dafür gesorgt hatte, dass er sich von Emilia entfernt hatte. Nur zu gut konnte sie sich vorstellen, wie er sich gefühlt haben musste. Allein, verwirrt und machtlos.

Aber Emilia wollte nicht machtlos sein. Wenn sie gemeinsam den Mut aufbrachten, könnten sie ... Emilia blickte zu Oliver. Er schien zu wissen, welche Gedanken in ihrem Kopf spukten und verschwand mit einem kurzen Kopfschütteln hinter seinen Eltern.

„Na schön", murmelte Emilia zu sich selbst. „Dann mach ich es allein." Sie erhob sich, blieb aber mit gebührendem Abstand vor Esmeralda stehen. „Ich werde mich weihen lassen, weil ich weiß, dass ihr mich ohnehin zwingen würdet, wenn ich es nicht täte. Aber dazu gehört nicht, sich mit einem anderen Hexer zu verloben. Dazu werdet ihr mich nicht zwingen." Entschlossen verschränkte Emilia die Arme.

Während die anderen Hexen und Hexer empörte Laute ausstießen, lief Esmeralda so rot an, dass Emilia glaubte, sie würde jede Sekunde bewusstlos werden.

Das Gegenteil war der Fall. Die alte Frau, die zunächst so gebrechlich gewirkt hatte, baute sich nun auf, sodass ihr Buckel vollständig verschwand.

Mit zwei für ihren Zustand ziemlich schweren Stampfern trat sie Emilia entgegen. Ihre Hände bebten, die Finger gespreizt, die Arme von ihrem Körper gestreckt.

Emilia erschauderte und stolperte zurück, ehe Esmeraldas Zauber Besitz von ihr ergriff.

Ohne die Kontrolle über ihre Gliedmaßen zu haben, knickten ihre Beine ein. Sie stürzte zu Boden, fing sich gerade noch mit den Händen ab.

Ein Stechen durchfuhr jeden ihrer Muskeln wie bei einem Krampf. Und obwohl sich jede Faser ihres Körpers gegen diesen übernatürlichen Angriff zu wehren versuchte, fand Emilia sich auf den Knien wieder.

Esmeralda ließ sie gerade aufsitzen, zwang sie, den Kopf zu heben. Sogar die Augäpfel richtete sie unter ihrem Befehl auf das Gesicht der alten Hexe mit einem Druck, dass Emilia glaubte, ihr Schädel würde jeden Moment explodieren.

Stumme Tränen des Schmerzes rannen ihre Wangen hinab. Esmeralda war nun ganz nah. Ihr heißer, nach Kohl stinkender Atem streifte ihr Gesicht. „Kleine Hexe, du wirst dich dem Zirkel fügen."

Emilia wollte antworten. Sie wollte wimmern. Sie wollte sagen, dass sie sich fügen würde, ihrer Bestimmung, egal, wie sehr es ihr widerstrebte, aber dass sie Oliver ihre Hand verweigern würde. Sie wollte jaulen. Sie wollte flehen, dass die Schmerzen, die in ihrem Inneren tobten – brennend, stechend, reißend, brechend – aufhören sollten.

Als spürte Esmeralda den Widerstand in Emilia, zwang sie sie, sich noch tiefer zu beugen. Ihre Finger krallten sich in das Holz der Dielen. Sie fürchtete, dass ihre Knie jeden Moment hindurchbrechen könnten.

Ihre Kehle wurde eng. Verzweifelt schnappte sie nach Luft. Tränen nahmen ihr die Sicht. „Bitte, hör auf", flehte sie innerlich.

Aber Esmeralda hörte nicht auf. Mit der Absicht, Emilia vollkommen zu brechen, drückte sie gegen den Widerstand an.

Ihre Arme gaben dem unsichtbaren Gewicht beinahe nach. Emilia schaffte es kaum noch, den Kopf aufrecht zu halten. Mit jeder Sekunde, jedem verzweifelten Atemzug, wich die Kraft aus ihren Fasern.

Schweiß rann über ihre Stirn. Die Blicke der Hexen brannten auf ihrer Haut. Sie brandmarkten sie bereits, bevor sie überhaupt offiziell als Gebrandmarkte dastand.

Noch immer rauschte der Wahnsinn wie ein Feuersturm durch Esmeraldas Augen. Ihr Kiefer war angespannt, ihre gekrümmten Finger, mit denen sie Emilia zu brechen versuchte, bebten. Alles an ihrem geröteten Gesicht zeugte von der Entschlossenheit, an Emilia ein Exempel zu statuieren.

„Sag mir, was ich hören will." Das waren nicht Emilias Gedanken, nicht ihre Worte, die ihrem Gehirn entsprungen waren. Und doch waren sie da, schwebten ungesagt in ihrem Kopf.

Nur zu gern wollte sie denken, was Esmeralda hören wollte, damit das Feuer in ihr endlich aufhörte. Aber sie konnte nicht. Sie wollte nicht. Dennoch brach sie beinahe. Sie hörte es knacken. Dabei ergriff sie die Panik, dass es tatsächlich ihre Knochen waren, die unter der Kraft nachgaben.

Doch bevor sie zu Boden stürzte und mit dem Gesicht auf dem harten Holz aufschlug, stellten sich plötzlich zwei Beinpaare zwischen sie und Esmeralda.

Die Verbindung brach ab. Esmeralda zog sich schlagartig zurück und hinterließ eine Landschaft der Verwüstung. Der Schmerz tobte auf einem leeren Schlachtfeld.

Emilia zitterte am ganzen Leib. Zwar war das Gewicht von ihrem Rücken verschwunden, aber sie war dennoch nicht fähig, aufzustehen.

Ihr Blick wanderte an den Beinen empor. Es waren Jason und Roxanne. Esmeraldas Leib zitterte unter der Anstrengung. Hörbar stieß sie ihren schnellen Atem aus, während die Hexen und Hexer in angeregtes Murmeln verfielen.

Nur langsam kam Emilias Herz zur Ruhe, nur langsam kam sie auf die Beine, wankend, zittrig. Ihre Knie waren weich wie nach einem Schock, als wäre sie beinahe von einem Auto überfahren worden. Wobei sie das wahrscheinlich bevorzugt hätte. Trotzdem versuchte sie, sich auf den Beinen zu halten.

„Was fällt euch ein?", kreischte Esmeralda atemlos.

„Das reicht, Esmeralda", sagte Roxanne. An der Oberfläche klang ihre Stimme fest, doch Emilia konnte das Beben der Angst hören, die ihre Töne leicht durcheinanderwirbelte.

„Sie ist bereit, sich weihen zu lassen. Ist es wirklich wichtig, dass sie auch ihr Versprechen akzeptiert?" Jasons Stimme klang fest, ohne Angst.

Esmeralda wischte sich eine Strähne ihres wirren Haares aus dem Gesicht. „Die Regeln ... die Traditionen müssen gewahrt werden", schnaubte sie. Ihr Blick durchbohrte Emilia zwischen Roxanne und Jason hindurch.

Emilia zuckte zurück, aus Angst vor einer weiteren Attacke. Roxanne schirmte sie ab. „Aber diese Tradition hat keinen Einfluss auf die Weihe."

„Und die will Emilia akzeptieren", fügte Jason an.

Esmeralda starrte in die Gesichter der beiden. Dann hob sie den krummen Zeigefinger. „Wie könnt ihr es wagen ..."

„Esmeralda." Eine weitere Älteste schaltete sich ein. „Wir können diese Angelegenheit auch nach der Weihe in Ruhe klären. Wichtiger ist, dass Emilia ihre Bestimmung annimmt. Dafür sind wir alle gekommen.“

Esmeralda schnaubte noch einmal, als weigerte sie sich. Doch dann kehrte Ruhe in dem Sturm ihrer Augen ein. Sie senkte die Lider. Ihre aufgebäumte, bebende Gestalt fiel in sich zusammen wie ein Haus, das einem Beben nicht mehr standhalten konnte. Nun war sie wieder die gebrechliche Hexe mit dem leichten Zittern, dem durchdringenden Blick, aber ruhigen Gemüt. „Nun gut“, sagte sie und winkte Emilia zu sich, als wären die letzten Minuten nicht geschehen.

Widerwillig taumelte Emilia an Roxanne und Jason vorbei. Sie klammerte sich nach Halt suchend an die Schulter ihres Bruders, der ihr mit einem aufmunternden Lächeln zunickte.

Inzwischen sträubte sich jedes feinste Härchen auf ihrem Körper davor, geweiht zu werden. Emilia schien erst jetzt die vollständige Gewissheit in sich zu tragen, dass sie aus tiefstem Herzen, nicht geweiht werden wollte. Sie fühlte sich wie ein Schaf in einer Herde Wölfe im Schafspelz.

Aber die Angst brach nun aus, heiß und sprudelnd ergoss sie sich über ihre Muskeln. Sie würde es nicht wagen, diese Weihe abzulehnen. Denn wenn das, was sie gerade durchleben musste, der Zwang war, der sie für eine Lappalie ereilte, dann wollte sie nicht wissen, wie es war, zur Weihe gezwungen zu werden.

Esmeralda blickte Emilia an. „Akzeptierst du die Weihe und die Bestimmung, die dir bereits in die Wiege gelegt wurde?“

Dieses Mal blieben Roxanne und Jason an ihrer Seite. Ihr Bruder legte eine große Hand auf ihre Schulter, drückte sie einmal, was sie dazu veranlasste, nicht zu zögern. „Ich akzeptiere.“ Dabei kam es ihr so vor, als wäre nicht sie es, die diese Worte sprach. Sie fühlte sich plötzlich weit weg, als wäre sie nicht mehr anwesend in ihrem Körper.

Derweil stieß Roxanne erleichtert die Luft aus und tätschelte Emilias Hand.

„Begib dich in das Becken, Kind, lasse dich taufen", sagte Esmeralda zähneknirschend.

Mit einer Spur aus Unglauben und Ekel sah Emilia sie an. Hatte sie sich verhört? Sollte sie tatsächlich in das Becken steigen?

Als hätte Esmeralda ihre Gedanken gehört, zeigte sie mit der offenen Handfläche auf das Blutbad und nickte ihr zu. Herausfordernd hob sie die Brauen, als wollte sie fragen: „Oder willst du auch hier eine Bedingung stellen?"

Aber Emilia wollte ihr Glück nicht herausfordern und die Geduld des Zirkels nicht überstrapazieren.

Zögerlich trat sie einen Schritt nach vorn. Erst, als sie Roxannes Hand spürte, die sie stützte, setzte sie einen Fuß in das Becken. Eine Treppe befand sich unter ihren Sohlen.

Stufe für Stufe trat sie hinab, sodass die rote Flüssigkeit zuerst ihre Beine, dann ihre Hüfte und schließlich ihre Brust umspülte. Sie stand nun am Boden des Beckens. Der Geruch des Eisens umhüllte sie, sodass sie ihn auf ihrer Zunge schmecken konnte.

„Emilia, lass mich dir von deiner Aufgabe und der Geschichte dahinter berichten", sprach nun die zweite Älteste. Sie trippelte heran. „Es gibt Mächte, die in den Tiefen der Unterwelt geboren wurden. Sie sind dunkel und schmutzig. Und manchmal brechen sie durch die Ritzen der Erde hindurch auf diese Welt, um Unheil und Leid zu bringen, sich an den Seelen der Menschen zu laben und sie zu unterwerfen." Plötzlich war es vollkommen still. Jeder hörte andächtig zu. „Unsere Ahnen entdeckten den dunkelsten und niederträchtigsten Lord der Finsternis, wie er durch einen Riss in den

Tiefen des Waldes in diese Welt kriechen wollte. Sie kämpften gegen ihn, sprachen Schutzzauber und Banne, doch seine Macht war nicht von dieser Welt und der des Zirkels weit überlegen. Unseren Ahnen lag das Wohl der Menschheit am Herzen und so schlossen sie einen Pakt mit dem Wesen aus der Unterwelt." Die Älteste stützte sich ächzend auf ihrem Stock ab und leckte sich hastig über die Lippen. „Dieser Pakt besteht fort. Jede Neumondnacht im Oktober kriecht diese Kreatur durch den Riss in der Erde und verlangt nach einem Preis, der ihn wieder zurück in die Tiefen seiner Welt schickt. Ein Opfer, das ihn besänftigt. Der oder die Auserwählte muss ihren wertvollsten Besitz an den dunklen Lord übergeben. Den Schatz ihres Herzens. Tut sie dies nicht, bricht der Pakt und die Kreatur überfällt diese Welt, mit ihr die Plagen der Hölle." Die Geschichte war beendet. Jeder atmete auf und damit der gesamte Raum um Emilia herum. Nur sie nicht.

Sie konnte nicht glauben, was sie da gerade gehört hatte. Der Teufel drohte jedes Jahr die Welt in eine Apokalypse zu stürzen und nur der Zirkel von Stanhope konnte durch diesen Pakt etwas dagegen unternehmen?

Nun verstand sie, warum man sie gezwungen hätte, nun verstand sie, warum niemand vor der Weihe von seiner Aufgabe erfuhr. Der Pakt war zerbrechlich und konnte mit dem Ausscheiden eines Einzelnen scheitern.

Sie blickte in die Runde und schien plötzlich die Schwere dieser Bestimmung auf den Schultern jedes Einzelnen wahrnehmen zu können. Lag es daran, dass sie plötzlich auch auf ihren wog? Eine ganze Welt musste auf die Opferbereitschaft jedes Zirkelmitgliedes hoffen.

„Das, Emilia, ist unser Schicksal. Nimm es mit Stolz an. Es ist eine ehrenvolle Aufgabe, die uns zuteilwurde.

Wir zahlen einen hohen Preis, doch wir glauben daran, dass wir entschädigt werden." Die Älteste blickte zuversichtlich in die Runde, ehe ihr Blick wieder auf Emilia ruhte. „Nimmst du dein Schicksal an?"

Emilia, die erschlagen von den ganzen Informationen noch nicht das volle Ausmaß erfassen konnte, schluckte. Hatte sie denn eine Wahl? Nein. Sie war in diese Bestimmung hineingeboren worden. Niemand hatte sie gefragt, ob sie dieses Leben wollte, und doch wurde sie vor eine fiktive Entscheidung gestellt. Sie wusste, dass sie sie nicht ablehnen konnte. Andernfalls würde man sie zwingen, mit Gewalt, mit Druck, mit Magie.

Emilia blickte zu Roxanne, die voller Anspannung auf ihrer Unterlippe nagte. Ihre Arme hatte sie um den Oberkörper geschlungen. Angst loderte in ihren Augen. Die Angst, dass Emilia sich doch noch wehren würde. Aber wie konnte Emilia eine solch wichtige Aufgabe ablehnen, jetzt da sie die Geschichte kannte? Die Menschen, die Welt, verließ sich darauf, dass sie ihre Bestimmung wahrnahm, ohne, dass sie es wussten.

Emilia nickte. „Ich nehme mein Schicksal an", sagte sie heiser.

Die Ältesten nickten zufrieden. „Tauche unter, mein Kind, und werde im Blut deiner Feinde wiedergeboren als Kriegerin dieses Zirkels."

Emilia hielt die Luft an. Alles in ihr sträubte sich, in dieser roten Flüssigkeit unterzutauchen. Fest kniff sie die Augen zusammen und versuchte sich vorzustellen, dass es nur Wasser war.

Es war nur Wasser. Nur Wasser. Langsam tauchte sie unter. Das Blut umschloss ihren Hals, ihr Gesicht, verschlang ihre Haare, bis sie vollständig darin unterging.

Sie tauchte einige Sekunden, lauschte ihrem festen Herzschlag und der Stille des Blutes, das um sie herumschwappte. Dann stieß sie empor durch die Oberfläche, vollkommen in Blut getaucht, das nun in Rinnsalen über ihre blasse Haut floss.

Sie wurde empfangen vom tosenden Jubel und dem Klatschen der Hexen und Hexer um sie herum. „Eine von uns!", rief jemand.

Jason jubelte. „Emilia!", schrie er.

Roxanne sah nicht sonderlich stolz, aber dafür sehr erleichtert aus, während Sophie, Brianna, Ethan und Jacob anerkennend nickten. Ohne jeden Spott in ihren Gesichtern.

Oliver hingegen mied noch immer ihren Blick. Weder Freude noch Stolz lag in seinen Mundwinkeln.

Emilias Magen verdrehte sich und plötzlich überkam sie eine Angst, dass ihre Freundschaft darunter leiden würde.

Langsam trat sie aus der Quelle. Mit jedem Schritt ließ sie noch einmal die Worte der Ältesten durch ihren Kopf gehen, während das Blut an ihr hinabtropfte. Das Kleid hatte sich vollkommen vollgesogen und war nun rot statt weiß.

Der Schatz deines Herzens, hallte es durch Emilias Kopf. Sie erinnerte sich an die Regel, diese eine Regel, die sie von Ryan und Tara und jedem anderen Menschen fernhalten sollte.

Und als sie es endlich verstand, durchstieß es sie wie ein Speer. Stocksteif blieb sie stehen, während der Zirkel sie bejubelte und feierte. Ihre heilige Weihe.

Den Schatz seines Herzens, das musste eine Auserwählte dem dunklen Lord übergeben. War das der Grund, warum die Hexen des Zirkels nicht mit Menschen verkehren durften?

„Vor Jahren sind sogar Menschen verschwunden", hallte die Erinnerung an Ryans Worte in ihrem Kopf wider.

Emilia wurde schlecht. Sie unterdrückte ein Würgen. Hastig wickelte Roxanne ihr ein Handtuch um und schob sie die Treppe empor. „Na komm, du gehst das jetzt abwaschen und kannst dich umziehen."

„Roxanne,", stöhnte Emilia. „Was bedeutet das mit dem Schatz deines Herzens?"

Roxanne schien den Atem anzuhalten. Sie antwortete nicht, bis sie Emilia ins Badezimmer geschoben hatte, wo sie ihr aus der klammen, von Blut vollgesogenen Kleidung heraushalf. „Es bedeutet, dass das, was du am meisten begehrst, dem dunklen Lord geopfert werden muss."

Jede Farbe wich aus Emilias Gesicht. Das Blut sackte ab und sorgte beinahe dafür, dass sie umkippte. „A- auch Menschen?"

Roxanne schloss die Augen und atmete tief ein und aus. „Ja, deswegen dürfen wir nicht mit Menschen verkehren und müssen unsere Beziehungen innerhalb des Zirkels knüpfen. Wir sind immun. Niemand aus dem Zirkel darf geopfert werden. Es soll nicht nur uns vor Leid und Schmerz bewahren, sondern auch die Menschen."

Emilias Herz raste. Tränen stiegen in ihre Augen. „Heißt das, wenn ich mich verliebt habe, dass dieser Mensch ..."

Roxanne zog sie in ihre Umarmung. „Ja, Emilia, genau das heißt es. Deswegen habe ich so ungehalten reagiert. Aber mach dir keine Sorgen, nur der Auserwählte muss sie opfern. Und es ist sehr unwahrscheinlich, dass ein Erstgeweihter auserwählt wird. Du hast also noch Zeit."

Emilia klammerte sich an Roxannes Schulter fest. Sie hatte das Gefühl, dass die Welt unter ihren Füßen wegbrach. „Woran erkenne ich, dass ich auserwählt wurde?"

Roxanne strich ihr eine Strähne aus dem Gesicht. „Dann erscheint dir ein schwarzes Wesen mit goldenen Augen. Ein Tier. Welches, das ist ganz unterschiedlich."

Und nun, mit diesen Worten, verlor Emilia den Boden unter den Füßen. Ihre Knie knickten ein und hätte Roxanne sie nicht in letzter Sekunde aufgefangen, wäre sie auf die harten Fliesen geknallt. Alles um sie herum verschwamm. Ryan. Sie hatte Ryan in Gefahr gebracht. Wie hatte sie nur so dumm sein können?

Emilia bemühte sich, nicht in Panik zu geraten. Den Rest der Feier hatte sie wie betäubt wahrgenommen. Sämtliche Gratulationen hatte sie angenommen. Sie hatte sich mit ihren Gästen unterhalten, dabei fühlte sie sich, als würde eine automatische Bandansage für sie arbeiten, während Emilia sich mehr und mehr in sich selbst zurückzog.

Ihre Gedanken kreisten um Ryan, um diese eine Regel, die sie gebrochen hatte, um ihre Gefühle, die sie nun in so eine missliche Lage gebracht hatten. Dabei war es doch etwas so Gewöhnliches. Jeder in ihrem Alter verliebte sich. Aber die Konsequenz, der sie nun ins Auge blickte wie einem gefräßigen Monster, das erschien ihr nicht fair.

Ihr Körper funktionierte, während in ihrem Inneren ein Schmerz wütete wie ein Feuer, das sie von innen aushöhlte. War das wirklich ihr Schicksal?

Wie sollte sie das Ryan erklären? Allein der Gedanke, mit ihm Schluss zu machen, schmerzte sie so sehr, dass sie sich krümmen wollte.

Um sie herum schien niemand ihren Schmerz zu spüren. Die Stimmung war ausgelassen. Emilia kam es vor wie ein schlechter Scherz. Nur Jason und Roxanne warfen ihr immer wieder besorgte Blicke zu. Sie waren die Einzigen, die spürten, dass Emilia kurz davor war, zu zerbrechen.

Dieser Abend hatte sie viel Kraft gekostet. Entsprechend müde saß sie am Ende auf dem Treppenabsatz, den Kopf auf ihren Händen abgestützt, die Ellenbogen bohrten sich in ihre Knie, während Roxanne und Jason die letzten Gäste an der Tür verabschiedeten. Begleitet von den derben Sprüchen der Kürbisse.

„Was ein Abend", seufzte Roxanne und fuhr sich mit beiden Händen durch das Gesicht, nachdem sie die Tür zugeknallt hatte.

Mit tiefen Sorgenfalten auf der Stirn trat Jason an Emilia heran. „Alles klar, Schwesterherz?"

Tausende Worte sprudelten in Emilias Kehle. Sie wollte ihm alles erzählen. Ihre Angst, die ihr Herz mit fester Klaue umfasste. Ihr Schmerz, der sich wie Säure durch ihr Innerstes fraß. Obwohl ihre Gedanken nur um Ryan kreisten, nickte sie.

Roxanne trat auf sie zu und reichte ihr ihr Handy. „Willst du drüber reden? Wir können eine Lösung finden."

„Welche Lösung?", stieß Emilia hervor. „Eine Lösung wäre es, nicht zur Schule zu gehen und nicht mit Menschen zu verkehren. Eine Lösung wäre es, uns von Anfang an einzuweihen und die Gründe hinter diesen absurden Verboten zu nennen." Mit jedem Wort schwappte die Wut in ihr über. „DAS wäre eine Lösung. Bevor man sich in jemanden verlieben kann." Sie war aufgesprungen, hatte die Hände zu Fäusten geballt und starrte Roxanne wie auch Jason vorwurfsvoll an. „Aber die Regeln sind euch wichtiger." Damit wirbelte sie herum und stampfte die Treppen hoch. Tränen ließen ihre Sicht verschwimmen. Sie wusste, dass es unfair war, ihnen die Schuld zu geben. Aber in diesem Moment war es ein willkommenes Ventil.

Mit voller Wucht knallte sie die Tür hinter sich zu, dass die Bilder an ihrer Wand klapperten. Sie legte einen Bann darüber und schottete sich schalldicht ab. Sie wollte nichts von ihnen hören oder sehen.

Emilia warf sich auf ihr Bett und spielte mit dem Handy in ihrer Hand, ehe sie den Bildschirm entsperrte. Wäre ihr Handy ein Briefkasten gewesen, wäre dieser nun übergequollen. Eine Nachricht von Oliver stach Emilia ins Auge.

Tut mir leid wegen der Weihe. Ich weiß, wie du dich jetzt fühlst.

Ja, wusste er es denn? Erneut brodelte Wut in Emilia. Es schien, als wäre sie wütend auf die ganze Welt und besonders auf das Schicksal, das ihr miese Karten zugespielt hatte. Oliver hätte ihr etwas sagen können. Er war ihr bester Freund. Stattdessen hatte er sich vor ihr zurückgezogen. Er hatte keine Ahnung, wie sie sich fühlte.

Sie scrollte weiter durch die Nachrichten und blieb bei Ryan hängen. Der Name versetzte ihr nun einen bittersüßen Stich. Wie automatisch öffnete sie seine Nachrichten.

Ich bin jetzt auf dem Weg.

Emilia blickte auf die Uhrzeit. Er hatte es vor fünfzehn Minuten geschrieben. Wenn er sich nun tatsächlich auf den Weg gemacht hatte, wäre er gleich da. Ihr Herz klopfte fester in ihrer Brust. Einerseits vor Aufregung, andererseits vor Angst. Das Letzte, was sie wollte, war ihn zu verletzen. Doch wenn sie ihn schützen wollte, dann musste sie das jetzt beenden. Also konnte sie die Gelegenheit nun nutzen. Sie ließ die Idee in ihrem Kopf keimen und beschloss, sie in die Tat umzusetzen. Ja, das wäre wohl das Beste. Er würde kommen und sie würde die Beziehung beenden. Bei dem Gedanken wurde ihr schlecht. Aber wenn sie Ryan schützen wollte, dann hatte sie keine andere Wahl. Der Geschmack bitterer Galle breitete sich auf ihrer Zunge aus.

Emilia begann, in ihrem Zimmer auf und ab zu laufen. Dabei fuhr sie sich immer wieder durch das Haar. Was sollte sie Ryan sagen? Welchen Grund sollte sie ihm nennen? Es lag nicht an ihm, aber an ihr? So ein Klischee. Die Wahrheit konnte sie ihm nicht sagen.

Der Schmerz ließ sie innehalten und sich krümmen, dass sie die Hände auf den Knien abstützte, als wäre sie einen Marathon gelaufen.

In diesem Moment klopfte es am Fenster. Emilia fuhr zusammen und dachte zunächst an die Eule. Doch dafür war das Klopfen zu fest. Als sie sich umdrehte, erkannte sie Ryans Gesicht in der Dunkelheit.

Ein Lachen prickelte in ihrer Kehle. War er tatsächlich an ihrem Haus emporgeklettert? Aber sie unterdrückte den Anfall ebenso wie das Zucken ihrer Mundwinkel. Sie eilte zum Fenster und riss es auf. „Was machst du denn hier?", flüsterte sie.

Ryan klammerte sich mit einem breiten Grinsen an das Efeugitter fest. Er zuckte mit den Schultern. „Ach, eine normale, nächtliche Sporteinlage."

Emilia half Ryan in ihr Zimmer und schloss dann das Fenster. Ryan rappelte sich auf. „Übrigens hat mich beinahe einer dieser lustigen Kürbisse da unten gebissen."

Emilias Herz blieb stehen. Die Kürbisse, die hatte sie total vergessen. Wie sollte sie ihm das jetzt erklären? Sollte sie ihm nun die komplette Wahrheit beichten?

Ryan kam einen Schritt näher und strich eine Strähne aus ihrem Gesicht, fuhr die Konturen mit seinem Zeigefinger nach, ehe dieser auf ihrem Kinn ruhte und sie zwang, ihn anzusehen. „Kann ich mir die mal für Halloween ausborgen? Die sind richtig cool. Laufen die auf Batterie oder Akku?"

Emilia blinzelte verwirrt. „Was?" Sie öffnete den Mund, schloss ihn und öffnete ihn wieder. „Ähm … die … die laufen über Akku", log sie. Dachte er, dass es sich um so etwas wie animierte Deko oder Spielzeug handelte? Wenn dem so war, wollte sie ihn in diesem Glauben lassen. Das Seil, das sich um ihre Brust geschnürt hatte, lockerte sich etwas und sie schnappte nach Luft.

Ryan musterte sie besorgt. „Du siehst nicht gut aus. Was ist los, Em?"

Hastig ergriff er ihre Hand. Sie wollte sie von sich schieben, doch Ryan verschränkte die Finger mit ihren. Seine warme Haut auf ihrer zu spüren, blähte Emilias Herz auf wie einen Luftballon.

Verkrampft versuchte sie, diese Gefühle, die nun warm und prickelnd über sie hinwegschwappten, von sich zu schieben. Doch sie fühlte sich schon nach kurzer Zeit wie berauscht. „Ich … ich … Ryan, ich muss dir etwas sagen", krächzte sie und schnappte nach Luft. Sie konnte nicht mehr atmen.

Ryan packte sie an den Armen, als fürchtete er, sie würde jeden Moment umkippen und verfrachtete sie auf das Bett. Er kniete sich vor sie, um mit seinen braunen Augen in ihre zu blicken. Diese verdammten braunen Augen. Dieser verdammte Duft nach Kiefernbäumen, der sie nun umfing und ihre Sinne vollends vernebelte.

Emilia rang nicht nur nach Atem, sondern auch nach Worten. „Ich … ich … das mit uns", begann sie und es fühlte sich an, als hätte ihr jemand in den Magen geschlagen. Sie brach ab.

Ryan sah sie mit einer Mischung aus Nervosität und Neugierde an. Er schob sich zwischen ihre Beine etwas höher, sodass sein Gesicht ganz nah vor ihrem war. Der süße Duft seines Parfums, der sich mit seinem Eigengeruch zu einer betäubenden Mischung vereint hatte, nahm Emilia vollkommen in ihren Bann. Ryan legte eine Hand an ihre Wange und strich sanft mit dem Daumen über ihre Haut. Ein zögerliches Lächeln zuckte über seine vollen Lippen. Diese Lippen, die so süß schmeckten, dass sie einen regelrechten Heißhunger in Emilias Innerem auslösten.

Ihr Herz schlug fester gegen ihre Rippen. Es verlangte nach seiner Nähe. Doch Emilia zügelte es. Es war nicht richtig. Es war nicht fair.

„Was ist los?" Ryans Stimme klang rau und heiser.

Eine Gänsehaut kribbelte über Emilias Rücken. Sie spürte das Flimmern zwischen ihnen, die Spannungen.

„Ich ..." Emilia versank in den Tiefen seines Blickes. Sie spürte die Liebe, spürte die Leidenschaft und die Sehnsucht, die in ihr pochten wie eine klaffende Wunde. Alles, wonach sie sich nun sehnte, war Heilung. Sie wollte die letzten Stunden vergessen, wollte nicht an die Weihe denken und die Konsequenzen. Sie wollte Ryans Lippen auf ihren spüren. Ein letztes Mal. Und so entfachte in Emilia ein Kampf. Vernunft gegen die brennende Leidenschaft in ihrer Kehle.

Ryan umrahmte ihr Gesicht mit den Händen und zwang sie, ihm direkt in die Augen zu sehen. „Du kannst mir alles sagen. Ich bin hier, was auch immer es ist."

Emilia legte die Hände auf seine, spürte seine Wärme, genoss die Aura, die ihn umgab. Ruhe und dieses aufregende Kribbeln.

„Ich ...", setzte Emilia ein weiteres Mal an. „Ich habe mich fürchterlich in dich verliebt", flüsterte sie mit brüchiger Stimme.

Ryan sah sie mit großen Augen an, ehe sich ein schiefes Schmunzeln über seine Lippen spannte. „Das weiß ich doch schon längst." Sein Blick gewann an Tiefe. „Und ich habe mich in dich verliebt, Emilia." Er kam langsam näher, tastete sich vor, als wollte er sie nicht verschrecken.

Seine weichen Lippen legten sich auf ihre. Damit explodierte in Emilia ein wahres Feuerwerk der Gefühle.

Die Leidenschaft entfachte und griff in einem wilden Feuer um sich, dass sie die Kontrolle verlor.

Sie sank in den Kuss und schlang die Arme um Ryans Nacken. Er presste den Körper nah an ihren, sodass sie sein rasendes Herz spüren konnte, das sich mit ihrem Herzschlag vereinte.

Ryan packte ihre Hüften und schob sich mit Emilia auf das Bett. Sein Kuss wurde intensiver, fordernder, während sein Gewicht sich auf ihren Körper legte.

Emilia schlang die Beine um ihn, als fürchtete sie, er könnte es sich noch einmal anders überlegen. Ihr Puls galoppierte unter ihrer Haut. Sie löste sich aus dem Kuss, um nach Luft zu schnappen.

Währenddessen widmete sich Ryan ihrem Hals. Er hauchte zärtliche Küsse in die Mulde unter ihrem Ohr und jagte damit einen Schauer über ihren Körper. Sie spürte die Weichheit seiner Lippen, als er sie langsam und mit leichtem Druck auf ihren Hals presste. Seine Finger fuhren an der anderen Seite entlang, über ihre Schulter und ihren Arm.

Emilia erschauderte unter seinen Berührungen und reckte sich ihm entgegen. Eine Welle der Erregung erschütterte ihre Muskeln.

Mit einem forschenden Blick schob Ryan sich zwischen ihre Beine. Seine Hüfte bewegte sich rhythmisch und entfachte eine sengende Hitze in ihrem Schoß.

Emilia schnappte nach Luft und krallte die Hände in seinen Pullover, ehe sie ihn über Ryans Kopf zerrte. Zum Vorschein kam sein durchtrainierter Oberkörper.

Zärtlich fuhr Emilia seine Muskeln nach. Ryan stützte sich mit den Armen über ihr ab und beobachtete sie. Seine Küsse hatten ihre Sinne vernebelt und jeden Zweifel fortgespült. In diesem Moment war Emilia so fern von ihrem wahren Leben, von der wahren Emilia. In diesem Moment war Emilia ein Mensch, ohne

Magie, ohne magischen Zirkel, ohne Regeln oder Bestimmungen. Nur Emilia. Nur Ryan. Nur sie beide.

Mit der Erregung, die langsam abebbte, schwappte die schmerzhafte Realität zurück in Emilias Leben. Sie und Ryan lagen nach Atem ringend und verschwitzt auf ihrem Bett. Beide starrten an die Decke. Ryan mit einem zufriedenen Lächeln auf den Lippen, Emilia mit nackter Angst in den Augen. Ihr Herz schmerzte. Wie sollte sie es Ryan beibringen, dass ihre Beziehung nun beendet war? Dass sie enden musste?

Sie wollte ihn nicht verlieren, wollte am liebsten jeden Tag seine Nähe spüren können, seine Lippen kosten und seinen Duft einatmen. Doch genau dieses Verlangen machte ihn so wertvoll. Nicht nur für sie, sondern auch für Etwas, das so dunkel war, dass es ihr die Luft zuschnürte.

Emilia wurde schmerzlich bewusst, dass es nicht reichen würde, die Beziehung zwischen ihnen zu beenden. Sie musste sich *entlieben*. Und das so schnell wie möglich.

„Woran denkst du?", fragte Ryan und küsste zärtlich ihre Stirn. „Du hast immer diese Zornesfalte zwischen deinen Augen, wenn du grübelst."

Emilia entspannte ihre Gesichtszüge. „Ach wirklich?", seufzte sie schon beinahe. Ihre Finger verschränkten sich mit den seinen. Wie gern würde sie ihn einfach festhalten und nicht wieder loslassen.

Sie konnte es nicht. Sie konnte es ihm nicht sagen. Gestern noch waren sie von einer lauen Brise umgeben. Nun spürte Emilia den eisigen Windzug, der sich zwischen sie drängte. Nur Ryan ahnte noch nichts. Sie fröstelte.

„Also?" Er drehte sich auf die Seite und betrachtete sie. Zwar lag ein Lächeln auf seinen Lippen, doch in seinen Augen konnte sie die Sorge glimmen sehen.

Ein letztes Mal, sagte Emilia sich, diese eine Nacht würde sie Ryan noch in ihr Herz lassen, ehe sie ihn von sich stoßen würde. Diese eine Nacht. Nicht mehr, nicht weniger. Vielleicht würde es ihr dann leichter fallen. Das war ihr Abschied, wie ihre Mom es immer gesagt hatte, bevor sie das Rauchen aufgegeben hatte. Die letzte Zigarette.

Emilia legte sich ebenfalls auf die Seite, sodass sie sich direkt in die Augen sehen konnten. „Ich denke daran, wie schön es mit dir ist", flüsterte sie.

Ryan leckte sich über die Lippen und grinste, während er an die Decke sah. „Warum glaube ich dir das jetzt nicht?"

Emilia öffnete den Mund, um sich zu rechtfertigen, doch Ryan rollte sich halb auf sie und küsste ihre Stirn. „Es ist schon okay. Du wirst deine Gründe haben. Ich respektiere das." Zärtlich legte er eine Hand an ihre Wange. „Vielleicht wirst du es mir irgendwann erzählen."

Seine Worte nahmen den Druck von ihrer Brust und ließen sie erleichtert durchatmen. Sie nickte und lächelte.

Dann wurde Ryans Gesichtsausdruck jedoch ernster. „Tu mir nur einen Gefallen: Erzähl mir in Bezug auf uns alles. Ich würde dich niemals verurteilen. Hab also keine Angst, mir die Wahrheit zu sagen, wenn etwas nicht stimmt."

Kaum war das Gewicht von ihr gewichen, war es jetzt wieder da, und das umso schwerer als zuvor. Emilia atmete krampfhaft ein, während sie versuchte, es so normal wie möglich aussehen zu lassen.

Ryan lächelte wieder breit, sodass seine Augen strahlten. „Hey, darf ich dir etwas vorlesen?" Er biss sich auf die Unterlippe. Ein Hauch Röte überzog seine Wangen. „Es ist ... ich habe es gestern Abend geschrieben und wüsste gern, was du davon denkst." Er inspizierte mit einem kurzen Blick das Bücherregal, das vollgestopft mit ihren liebsten Romanen war.

„Klar", sagte Emilia und setzte sich auf, während sie sich sein Shirt überzog. Sie genoss seinen Duft, der sie wie seine starken Arme umfing.

Ryan räusperte sich und kramte einen Zettel aus seiner Hosentasche. „Sie erinnert an einen Feuersturm. Wild, unbändig und voller Lebensquell. Ihr hübsches Gesicht lässt mich die Angst, mich zu verbrennen, vergessen. Manchmal fürchte ich, sie hat mich verzaubert, mich vollkommen in ihren Bann gezogen, dass ich nur noch an sie denke und in ihrer Nähe sein will. Wenn sie tanzt, tanzt mein Herz mit ihr. Wenn sie lacht, ist es, als erfülle sie den ganzen Raum und wenn sie weint, ist es, als ertränke sie die ganze Welt in ihren Tränen."

Jedes Wort, das er für sie geschrieben hatte, sickerte in ihr Herz wie Tinte in Papier. Dort brannte es sich ein, ein bittersüßer Schmerz, der für immer nachhallen würde. Eine einsame Träne rann über ihre Wange. Ein Gemisch aus Rührung und unsäglicher Trauer. Es kostete sie all ihre Kraft, nicht tatsächlich die Welt mit ihren Tränen zu ertränken.

Ryan blickte auf und faltete den Zettel nervös zusammen. In seinen Augen stand Angst. Doch Emilia erkannte den Wert seiner Worte, die schwerer als Gold wogen. Er hatte sein Innerstes nach Außen gekehrt und auf Papier verewigt. Er hatte ihre Liebe verewigt.

Ryan lehnte sich zu ihr vor, sodass sein Gesicht nah vor ihrem war. Sein forschender Blick suchte den ihren. Noch nie war es Emilia so schwergefallen, einem Menschen in die Augen zu sehen. Sie fühlte sich nicht würdig. „Das ist wunderschön", schluchzte sie. „D-darf ich das behalten?"

„Gefällt es dir?" Ryan atmete auf und reichte ihr das Papier. „Ich habe schon gedacht, du weinst, weil es so fürchterlich schlecht ist."

Emilia lachte. Hastig wischte sie sich die Träne fort. „Nein, es ist wirklich toll geschrieben. Du hast Talent."

Ryans Gesicht hellte auf. „Das bedeutet mir sehr viel."

Emilia nahm dankend den Zettel entgegen, dann zog sie Ryan in ihre Umarmung. Haltsuchend klammerte sie sich an ihm fest, presste beinahe die Luft aus seinen Lungen. Sie wollte ihn nicht loslassen.

„Ist wirklich alles okay, Emilia?", fragte Ryan erstickt in ihre Schulter. Seine Arme hatten auch ihren Körper umschlungen und hielten sie so fest, dass Emilia glaubte, sie würde gerade nicht in tausend Stücke zersplittern.

Sie löste sich etwas aus seiner Umarmung. „Es ist alles okay", hauchte sie mit einem Lächeln, ehe sie die Lippen auf seine presste.

Ryan wusste es nicht, doch das war Emilias Abschiedskuss, der so berauschend süß und bitter zugleich schmeckte.

Kapitel 7

Als Emilia am Samstag die Augen aufschlug, fühlte sie sich nicht besser, so wie es ihr jeder gesagt hatte. „Alles wird gut." Diese hohle Phrase schwebte durch ihren Kopf. Die Tatsache, dass Ryan ihretwegen in Gefahr war, lag wie ein Stein in ihrer Kehle. Und das muntere Picken der schwarzen Eule an ihrem Fenster sorgte nicht gerade dafür, dass sie sich besser fühlte. Mit einem Schnauben schlug Emilia sich die Decke über den Kopf und presste die Augen zusammen. Sie wollte verschwinden mit dem Schmerz zusammen, der in ihrer Brust wütete.

Doch weder sie noch das penetrante Klopfen der Eule verschwanden. Fluchend schlug sie die Decke zurück und ging zum Fenster, um das Vieh widerwillig hereinzulassen.

Augenblicklich flatterte die Eule ins Zimmer und machte es sich wieder auf ihrem Bettpfosten gemütlich. Dann blinzelte sie Emilia aufmerksam an. So wie sie Emilia anblickte, konnte sie nicht anders, als das weiche Gefieder, das wie der Nachthimmel schimmerte, zu berühren. Genüsslich streckte die Eule sich ihrer Hand entgegen und schmiegte sich an sie.

Unwillkürlich zogen sich Emilias Mundwinkel nach oben. Für den Bruchteil einer Sekunde ließ das Ziehen in ihrem Herzen nach. Emilia seufzte. „Was ist deine Aufgabe hier, Eule?"

Offenbar war die Aufgabe des Tieres, Emilia auf Schritt und Tritt zu verfolgen. Als Emilia nach unten schlurfte, den Bademantel eng um ihre Taille gezurrt, schwebte sie über ihrem Kopf und landete auf der Kücheninsel.

Roxanne war schon früh aufgestanden und hatte das Chaos der gestrigen Weihe beseitigt. Nur die Reste des Kuchens erinnerten an diesen Abend, den Emilia nur zu gern aus ihrem Gedächtnis löschen wollte.

Max saß bereits am Tisch und löffelte eifrig seine Cornflakes. Er spürte nichts von der wachsenden Anspannung, als Emilia die Küche betrat.

Jason hatte die Füße auf den Tisch gelegt und blätterte in der Zeitung, die er nun sinken ließ. Sein entspannter Gesichtsausdruck wich. Falten machten sich auf seiner Stirn breit. „Guten Morgen", sagte er vorsichtig, als wüsste er nicht, ob es angemessen war.

Emilia konnte ihrem Bruder nicht lange böse sein und rang sich zu einem So-la-la-Gesicht durch, indem sie die Mundwinkel nach unten zog und den Kopf hin und her wiegte.

„Wie fühlst du dich?", preschte Roxanne etwas forscher voran und reichte Emilia einen Tee.

Emilia hatte sich keine Gedanken darüber gemacht, wie sie Jason und Roxanne begegnen sollte, nachdem sie gestern davongerauscht war. Aber sie spürte, dass ihr die Kraft fehlte, um eine erneute Diskussion zu beginnen. Abgesehen davon, dass es die Tatsachen nicht ändern würde.

Also nahm sie dankend das heiße Getränk entgegen. Jedoch fürchtete sie, dass sie weder Flüssigkeit noch Nahrung zu sich nehmen konnte. „Wie es einem halt geht, nachdem man den Willen eines anderen erfüllt hat", gab sie barsch zurück. Sie fühlte sich, als steckte eine Scherbe in ihrer Brust. Emilia ließ die Hand über der Obstschale kreisen, ehe sie einen Apfel nahm und hineinbiss. Er schmeckte fad. „Was hat das eigentlich noch mit dem Vogel auf sich?"

„Vogel?" Roxanne blinzelte verwirrt.

„Na, der schwarzen Eule."

Roxanne schüttelte den Kopf. „Entschuldige." Sie fuhr sich über das Gesicht. Kurz blickte sie zu Max, ehe sie einmal schnippte. Emilia vermutete, dass sie seine Ohren für diesen Teil der Unterhaltung verzaubert hatte. „Nun ..." Sie fummelte am Besteck auf dem Tisch herum, als müsste sie es ganz gerade anordnen.

Derweil hatte Emilia das Gefühl, als bliebe das Apfelstück in ihrer Kehle stecken.

„Na ja, sie ist so lange da, wie du Trost benötigst, wenn der dunkle Lord ... wenn er ..." Roxanne brach ab.

„Wenn er sich meinen größten Schatz holt", flüsterte Emilia und starrte dabei ins Nichts.

„Ja", sagte Roxanne. „Emilia, ich -"

Emilia hob die Hand, während sie nachdenklich auf ihrer Unterlippe kaute. Dann sah sie ihrer Tante in die Augen. „Du hast gestern von einer Lösung gesprochen. Welche wäre das?"

Tante Rox blickte zunächst überrascht drein, als könnte sie sich nicht entsinnen, etwas dergleichen gesagt zu haben. „Ich weiß nicht, was du jetzt von mir erwartest, aber ich meinte damit -"

„Gibt es eine Lösung, einen Weg, wie ich Ryan retten kann?" Emilias Hände krampften sich um die Lehne eines Stuhls. Hitze stieg in ihre Wangen.

Roxanne fuhr sich wieder über das Gesicht. „Es gibt keine Lösung, nicht in dieser Art. Der Zirkel würde so nicht bestehen wie er es tut, wenn es eine Lösung gäbe."

Enttäuscht senkte Emilia den Blick. Ihre Kehle schnürte sich zu. Roxanne trat auf sie zu, die Arme ausgebreitet, um sie an sich zu drücken, doch Emilia schüttelte den Kopf.

Sie ertrug ihre Nähe jetzt nicht. Es war unfair und fühlte sich an, als gäbe sie Roxanne für alles die Schuld. Zwar tat sie das nicht, aber sie war so voller Wut, dass sie kaum kontrollieren konnte, auf wen diese sich richtete.

Aber Emilias Entschluss stand bereits fest. Sie akzeptierte nicht, dass es keine Lösung geben sollte. Nicht, solange sie nicht alles in ihrer Macht Stehende versucht hatte. „K-kann ich heute im Laden arbeiten? Ich brauche Ablenkung." Sie hoffte, dass Roxanne durch ihre direkte Frage keinen Verdacht schöpfte.

Aber sie lächelte nur, strich ihr über den Oberarm und antwortete: „Natürlich. Wir können gleich nach dem Frühstück gehen."

Emilia nickte und warf Jason einen kurzen Blick zu. Er betrachtete sie voller Sorgen, sagte jedoch nichts.

Es gab auch keine Worte für die Lage, in der Emilia steckte.

Sie verschwand nach oben, um sich umzuziehen, begleitet von der Eule, die sie kurzerhand Adelaide getauft hatte, nach ihrer Oma. Das gab ihr ein warmes Gefühl. Emilia hatte gerade eine Nachricht an Ryan geschickt, um ihm für diesen Samstag abzusagen.

Sie wusste, dass sie ihm spätestens Montag gegenübertreten und ihm sagen musste, dass die Sache zwischen ihnen beendet war. Allein der Gedanke daran raubte ihr die Luft zum Atmen. Sie tauchte die Finger in Adelaides Gefieder, die vergnügt mit den Flügeln flatterte.

Emilia lächelte. Sie war tatsächlich ein Trostspender. Aber so einfach wollte Emilia sich nicht geschlagen geben. Weder der Tatsache, dass Ryan das Opfer für den dunklen Lord sein könnte, noch ihren Gefühlen, die sich wie Rasierklingen in ihren Magen bohrten. Nein, sie hatte einen Plan und sie würde dafür Roxannes gesamten Buchladen auf den Kopf stellen, wenn es sein musste.

Ihr Handy summte und unterbrach ihre brodelnden Gedanken.

Schade, hast du vielleicht morgen Zeit?

Emilia starrte an die Decke und atmete tief ein und aus.

Nein, tut mir leid, da habe ich meinem Bruder versprochen, Zeit mit ihm zu verbringen.

Noch nie hatte sich Lügen für Emilia so unnatürlich angefühlt, so falsch. Sie wollte sich aus ihrer Haut schälen. Warum hatte sie nicht auf Roxanne, Jason und sogar Sophie gehört? Sie alle hatten sie gewarnt.

Es klopfte an der Tür. Emilia schob hastig das Handy unter die Bettdecke. Sie würde es nicht mitnehmen. Zu groß war die Versuchung, Ryan anzurufen oder doch noch nach einem Treffen zu verlangen.

Roxanne steckte den Kopf herein. Ihre Fingernägel galoppierten über das Holz. „Bist du bereit?" In ihren Mundwinkeln flammte ein Lächeln auf.

Emilia nickte und erhob sich.

Sie fuhren mit Roxannes klappriger Kiste in die Stadt und parkten in einem Innenhof. Von dort aus gelangten sie durch den Hintereingang in den Laden.

Roxanne schaltete das Licht ein, schälte sich aus ihrer Jacke, die sie über die Lehne ihres Bürostuhls warf.

Emilia, die sich vor unangenehmen Unterhaltungen mit ihrer Tante scheute, wollte sich in den vorderen Teil des Ladens stehlen, als diese sich räusperte. „Emilia, eine Sache noch."

Emilia blieb abrupt stehen, drehte sich aber nicht ganz um, sondern blickte nur über ihre Schulter. „Hm?"

Roxanne strich sich durch das Haar, mied den Blick ihrer Nichte, indem sie ihre Papiere sortierte. „Du weißt, ich will dich nicht verärgern, aber ich will, dass du weißt, dass der Zirkel deine Bedingung anfechten wird. Sie werden es nicht einfach hinnehmen."

Auf Emilias Schultern setzte sich ein weiterer Dämon, der sie auf die Knie zwingen wollte. Sie seufzte, strich mit dem Finger über den Türrahmen, während sie nachdenklich in den Laden starrte. Doch sie würde diesem Druck nicht nachgeben. Sie würde nicht einknicken. „Ich werde es auch nicht hinnehmen." Damit trat sie durch die Tür und ließ Roxanne schweigend zurück.

Eine Kriegserklärung der Ältesten hatte ihr gerade noch gefehlt. Aber sie konnte und wollte sich nicht darauf konzentrieren. Nicht jetzt.

Es hatte etwas Tröstliches von dem Geruch jahrealter Bücher umgeben zu sein, begleitet von Adelaide, die es sich auf dem ersten Regal bequem machte. Sie beobachtete Emilia, die zuerst die Kasse einschaltete und einige Bücher, die liegen geblieben waren, zurück in die Regale räumte.

Kundschaft würde ausbleiben, das wusste sie. Normalerweise machte sie es sich dann mit einem Buch bequem. Doch heute nicht. Roxanne hatte sich ins Büro verzogen, um die Buchhaltung zu erledigen, was sie immer tat, wenn Emilia ihr aushalf. Heute würde sie die Zeit allerdings anders nutzen.

Sie wusste, es gab Liebeszauber, Liebestränke und Flüche, die dafür sorgten, dass man eine Person auf ewig liebte. Deshalb war Emilia sich ebenso sicher, dass es einen Zauber oder einen Trank gab, der gegensätzlich funktionierte. Sie wollte Ryan entlieben. Und nicht nur ihn. Auch Tara würde sie von sich stoßen müssen. Sie würde Ryan wie auch Tara aus ihrem Herzen schneiden, brennen oder reißen müssen. Koste es, was es wolle. Emilia war fest entschlossen.

Als konnte Adelaide ihre Gedanken lesen, flatterte sie aufgeregt mit den Flügeln, woraufhin Emilia ihr einen argwöhnischen Blick zuwarf. „Ich hoffe, du willst mir nicht damit sagen, dass das nicht funktioniert."

Adelaide blinzelte. Ihre kugelrunden goldenen Augen blickten sie verschlafen an.

„Na also." Emilia streifte durch die Regale. Sie kannte den Bestand der Bücher sehr gut. Es war nicht schwer, Liebeszauber oder Rezepte für verschiedenste Liebestränke zu finden. Doch ein Entliebungszauber oder -trank war so schwer zu finden wie die Wurzel des Knabenkrauts. Dieser wuchs nur in einer zunehmenden Mondwoche auf speziellen Lichtungen, meistens versteckt unter Laub. Nur in der Nacht war es durch das bläuliche Schimmern zu erkennen.

Emilia stapelte drei dicke Bücher auf den Armen und trug sie nach vorn zur Kasse. Es kostete sie mehr als eine Stunde, um ein Buch durchzublättern. Am Ende war sie um die Erkenntnis reicher, dass es einen Hasstrank gab – warum auch immer – der allerdings unschöne Eigenschaften besaß. Je nach Dosis konnte der Hass in dem Organismus, der den Trank aufgenommen hatte, so stark anschwellen, dass es nicht selten zu Mordfällen führte. Wahrscheinlich ein Trank, um Zwietracht zu sähen, aber keiner, um ihn selbst zu sich zunehmen.

Frustriert knallte Emilia das erste Buch zu, was eine Staubwolke verursachte, die nun in ihrem Hals kratzte. Keuchend wedelte sie mit der Hand herum, als ihr ein Einfall kam. Sie war nun eine vollwertige Hexe. Eine, die vielleicht auch durch Magie das finden konnte, was sie suchte.

Sie streckte den Rücken durch und nahm das nächste Buch zur Hand, legte es gerade vor sich hin und hielt die Hand über dem Buchdeckel. Sie konzentrierte sich, spürte die Magie, die sich in ihren Fingerkuppen sammelte und eine sengende Hitze verursachte. Emilia dachte an das, was sie suchte, und kaum hatte sie den Gedanken in ihrem Kopf geformt, flog der Buchdeckel zurück und die Seiten rauschten, als tobte ein Sturm in dem Laden. Ungefähr auf der Hälfte des Buches erstarb das Flattern der Seiten.

Neugierig beugte Emilia sich über den alten Schinken. Es war ein Zauberspruch, nein, vielmehr ein Entgiftungsritual. Was Emilia dafür brauchte: ein Foto von Ryan, getrockneten Lavendel und Fingerhut, Kerzen und Kreide, um Runen zu zeichnen.

Emilia notierte das Ritual auf einem Zettel. Es war wichtig, dass sie keinen Schritt vergaß, denn eine falsche Ausführung konnte böse Nebenwirkungen verursachen. Das wusste sie von Jason, der so manches Mal Verpuffungen verursacht und seine Augenbrauen eingebüßt hatte.

Nachdem der Nachmittag angebrochen und kein Kunde den Laden besucht hatte, gab Emilia auf, ebenso wie Roxanne, die nun aus dem Büro kam.

„Wie finanziert sich dieser Laden eigentlich, wenn kaum jemand etwas kauft?"

Roxanne lächelte schwach, schnappte sich einen Stapel Bücher, den sie nach vorn an die Kasse trug. „Der Zirkel finanziert ihn, genauer gesagt Sophies Eltern. Sehr großzügige Leute."

Gedankenverloren berührte Emilia die Ohrringe, die Sophie ihr geschenkt hatte. Keine schlechte Wahl und sicherlich ziemlich teuer.

„Wir machen Schluss für heute, Em, wir haben lang genug den Laden gehütet." Roxanne zog Emilia zögerlich in die Arme. „Was hältst du davon, wenn wir Pizza holen?"

Emilia zwang sich ein Lächeln auf, während sie unauffällig den Zettel in ihrer hinteren Hosentasche verschwinden ließ. „Ja, gern."

Letztlich hatte Emilia nur ein Stück hinuntergewürgt. Die Steine in ihrem Magen machten es ihr unmöglich, etwas zu essen. Nun lag sie in ihrem Bett. Adelaide schlief bereits selig auf ihrer Fensterbank und Emilia starrte in die Dunkelheit. Alle zwei Minuten sah sie auf die Uhr. Um genau zwölf Uhr musste sie das Ritual durchführen. Sie hatte bereits alles vorbereitet. Einen Kreis aus Kerzen auf dem Boden ausgebreitet, die Runen für Gleichgültigkeit, Leere, Gefühllosigkeit, Kälte und Nacht aufgemalt und ebenfalls in einem Kreis angeordnet. In der Mitte befand sich ein kleiner Metalleimer und Ryans und Taras Fotos.

Nervös wippte Emilia mit dem Fuß unter der Decke. Seitdem sie zu Hause war, hatte sie ihr Handy nicht mehr angerührt. Sie wollte keine Nachrichten von Ryan sehen und auch nicht von Tara. Sie wollte es hinter sich bringen, obwohl ein großer Teil in Emilia sich dagegen sträubte. Es war ihr störrisches Herz, das sich noch an die beiden und die Erinnerungen an die Zeit mit ihnen klammerte, sodass Emilia immer wieder zweifelte, ob dies der richtige Weg war. Kurz darauf strafte sie sich. Wie egoistisch es doch war, an diesen beiden Menschen festzuhalten, um sie dann in einer Woche zum Fraß vorzuwerfen.

Als ihr Wecker endlich zwölf Uhr anzeigte, sprang Emilia aus dem Bett. Hastig zündete sie die Kerzen an, wobei sie jede Rune beim Namen nannte. Kaum hatte sie die letzte genannt, leuchtete die schwarze Schrift auf und tauchte das Zimmer in einen goldenen Schein. Eilig nahm Emilia den Kräuterbund in die Hand und entzündete ihn an einer Kerze. Sie weihte den Raum und sich, als versuchte sie Ryan und Tara aus sich hinauszuräuchern, Ryans Duft aus ihren Laken zu verbannen. Nun widmete sie sich seinem Foto. Jede Kante und Seite zündete sie mit je einer Kerze an, die mit den Runen verbunden war. Dabei summte sie immer wieder den Spruch vor sich hin. „Inarme, Invenenum, ut ego numquam amare."

Emilia sah dabei zu, wie sich die Flammen durch Ryans Grinsen fraßen, ehe sie sein gesamtes Gesicht verschlangen.

„Inarme, Invenenum, ut ego numquam amare."
Sie warf das Foto in die Schale.

„Inarme, Invenenum, ut ego numquam amare."
Nun entzündete sie Taras Foto. Es war an einem Sommernachmittag im Park entstanden. Emilia wusste, dass Tara es hasste, aber sie liebte dieses Foto, weshalb es sie so sehr schmerzte, es nun brennen zu sehen.

„Inarme, Invenenum, ut ego numquam amare."
Nun landete auch Taras Foto in dem Eimer, bis von Ryan und ihr nur noch Asche übrig blieb.

„Inarme, Invenenum, ut ego numquam amare."
Ein letztes Mal wedelte Emilia mit dem Kräuterbund durch die Luft. Dann löschte sie das glimmende Ende der Kräuter, verfrachtete die Asche in einer kleinen Schatulle und legte sie in den Schein des abnehmenden Mondes, der durch das Fenster fiel.

Sie löschte die Kerzen und sammelte die Runen auf, verstaute alles unter ihrem Bett, damit weder Jason noch Roxanne sahen, was sie in der Nacht getrieben hatte.

Eine bleierne Müdigkeit erfasste Emilia. Dabei wusste sie nicht, ob es von dem Ritual kam – es war von Müdigkeit die Rede gewesen – oder ob es die Kraftlosigkeit war, die an ihren Muskeln zerrte.

Ihr Kopf fiel schwer in ihr Kissen und kaum hatte sie die Augen geschlossen, war sie auch schon eingeschlafen, in der Hoffnung, dass sie aufwachen und weder Ryan noch Tara in ihrem Herzen wohnen würden.

Kapitel 8

Als Emilia am nächsten Morgen die Augen aufschlug, konnte sie nicht auf Anhieb sagen, ob es funktioniert hatte. Die Schwere lag noch immer auf ihr. Sie fühlte sich nicht sonderlich anders im Vergleich zu gestern, außer, dass sie die Gleichgültigkeit in dem Schmerz gefunden hatte.

Doch dieses Gefühl verpuffte, sobald sie sich erhob und Adelaide auf dem Bettpfosten erblickte. Verzweifelt sackte sie in sich zusammen. Mit dem Gesicht in den Händen vergraben dachte sie angestrengt nach. Sie musste etwas dagegen tun, sie musste Tara und Ryan verbannen, bevor die Neumondnacht heranbrach. Denn wenn sie dann entscheiden musste, ob sie dieses Opfer freigeben würde, wusste sie nicht, wie sie sich letztendlich entscheiden würde.

Den gesamten Sonntag verschanzte Emilia sich in ihrem Zimmer. Sie wälzte die wenigen Hexen- und Zaubertrankbücher, die sie besaß, und suchte akribisch nach einem Zauber oder einem Trank, der ihr bei ihrem Plan helfen würde. Aber in ihren Büchern fand sie keine Antwort. Nur alberne Liebestränke, die eine kurze Dauer versprachen – was auch immer das bringen sollte.

Schneller als Emilia lieb war, brach der Montag an. Kaum hatte sie die Augen geöffnet, wurde sie von grellen Sonnenstrahlen geblendet. Wütend und frustriert schlug Emilia die Decke über ihren Kopf und verkroch sich tiefer in ihrem Bett. Das Letzte, was sie wollte, war zur Schule zu gehen. Dort musste sie Tara, der sie bereits das ganze Wochenende aus dem Weg gegangen war, und Ryan beibringen, dass sie nichts mehr mit ihnen zu tun haben wollte. Aber wie sollte sie das anstellen? Welche plausible Erklärung gab es dafür? Bei diesem Gedanken verdrehte Emilia sich der Magen. Oder war es der Hunger, der sie nun endlich plagte?

Ein Klopfen ließ sie zusammenfahren. „Em, bist du wach?" Roxanne öffnete die Tür. „Em, was soll das? Du musst zur Schule."

Emilia schlug sofort die Decke zurück. „Kann ich nicht zu Hause bleiben? Nur bis zur Neumondnacht?"

Roxanne sah sie mit einer Mischung aus Tadel und Mitgefühl an. „Was soll ich deiner Lehrerin sagen?" Sie warf ihr ihre Uniform hin. „Los, aufstehen."

Emilia hatte keine Kraft, sich gegen sie aufzubäumen. Also schlüpfte sie aus dem Bett, zog sich ihre Kleidung an und band ihr Haar zu einem Dutt.

Unten in der Küche aß sie Cornflakes. „Kann ich heute Nachmittag wieder im Laden arbeiten?"

Roxanne sah von ihrer Zeitung auf. „Natürlich, Liebes." Sie lächelte breit, doch das Blinzeln verriet ihre Verwirrung. Emilia war nie besonders scharf drauf gewesen, ihrer Tante auszuhelfen.

Emilia verabschiedete sich und verließ das Haus. Normalerweise lief sie gemeinsam mit Tara zur Schule, doch heute war sie früher dran. Damit hatte sie bereits die erste Hürde erfolgreich gemeistert.

Als sie das Schulgebäude betrat, eilte sie ohne Umwege in das Klassenzimmer, um sich einen Platz fernab von Tara zu suchen. Nun saß sie sehr weit außen und hinten, in der Nähe von Sophies Clique.

Gedankenverloren starrte Emilia auf ihren alten Sitzplatz, der sich plötzlich so fremd anfühlte. Als hätte sie nie dort gesessen. Als hätte das Mädchen, das zuvor darauf Platz genommen hatte, nie existiert. Emilia beobachtete diesen Geist. Dabei, wie sie mit ihrer besten Freundin Nachrichten ausgetauscht, bei Klausuren abgeschrieben oder sich über den Lehrer lustig gemacht hatte.

Mit einem Mal fühlten sich diese Erinnerung so fremd und fern an, als hätte sie sie nie gelebt. Als wären sie nur ein Gespinst ihrer Fantasie.

Die Schulglocke läutete und ließ Emilia zusammenfahren. Mit dem Klang traten auch Sophie, Brianna und ihre Anhänger ein. Als Sophie Emilia erblickte, blieb sie kurz stehen und stockte. Ihr fröhliches Gesicht gefror zu einer Maske, ehe sie mit der Nase in den Wind gereckt durch die Reihen auf Emilia zu stolzierte.

Emilia schlang die Arme um den Oberkörper. Sie hatte keine Lust auf eine Konfrontation.

„Siehst scheiße aus, Walsh", sagte Sophie geradeheraus und musterte sie. Dann lehnte sie sich auf ihren Tisch, sodass niemand hören konnte, was sie zu sagen hatte. „Du hast wohl endlich begriffen, worum es geht, wer deine Familie ist." Dann setzte sie ihr Hollywoodlächeln auf. „Du bist bei uns jederzeit herzlich willkommen."

Emilia schüttelte sich. „Nein, danke. Ich bleibe lieber allein."

Kaum hatte sie diese Worte ausgesprochen, trat Tara mit einem fragenden Ausdruck im Gesicht ins Klassenzimmer. Ihre Miene verfinsterte sich, als sie Emilia fernab von ihrem gewohnten Platz erblickte. Gerade wollte sie auf sie zusteuern, als Mrs Collins hineingerauscht kam wie ein Hochgeschwindigkeitszug und die Verbindung zwischen ihr und Emilia kappte. Verwirrt blinzelnd ließ sie sich auf ihren Platz fallen und zückte das Handy.

Eine Sekunde später vibrierte Emilias. Ihre Finger klammerten sich fester um den Stift, die Augen unentwegt auf die Tafel gerichtet. Sie musste dem Drang widerstehen.

Ein weiteres Summen.

Nein, sie durfte nicht nachgeben. Sie wollte es ihr persönlich sagen, nicht per SMS.

Die gesamte Stunde saß sie da wie eine Statue. Mrs Collins' Worte perlten von ihr ab wie Öl, während Taras fassungsloser Blick auf Emilias Haut brannte.

Die Schulglocke, die normalerweise erlösend auf Emilia wirkte, läutete nun die erste Katastrophe des Tages ein.

Betont langsam packte sie, wie auch Tara, ihre Tasche, während der Rest der Klasse es kaum erwarten konnte, auf den Flur zu drängen.

Emilias Herz raste. Krampfhaft versuchte sie, sich mit dem Gedanken zu trösten, dass es für sie das Beste war, dass dies der erste Schritt war, um Tara und Ryan aus ihrem Herzen zu verbannen, damit sie nicht dem Teufel höchstselbst zum Opfer fielen.

Emilia bewegte sich nicht, die Finger kratzten über ihre gepackte Tasche, ihr Bein wippte auf und ab.

Tara schien weniger Angst vor der Konfrontation zu haben. Sie überquerte zügig den Raum. „Scheiße, Emilia, was ist los?" Ihre Stimme bebte. Emilia konnte hören, wie sie die Wut zu zügeln versuchte. Zu Recht. „Ich versuche, dich schon seit Tagen zu erreichen. Donnerstag und Freitag bist du auf einmal verschwunden und dann reagierst du nicht mehr auf Anrufe oder Nachrichten. Habe ich dir etwas getan? Bist du sauer auf mich?"

Nein, Emilia war nichts dergleichen. Doch was sollte sie ihr sagen? Sichtlich rang sie nach Worten. Ihr Blick fiel auf Adelaide, die auf der Fensterbank hockte und sie mit großen Augen anstarrte, als wollte sie ihr Mut zusprechen.

Emilia atmete tief ein. Sie tat es für Tara, nicht um sie zu verletzen. Aber manchmal musste man Menschen verletzen, um sie zu beschützen. Oder war das nur eine Ausrede für das fehlerhafte Verhalten der Menschen? „Ich ...", begann sie und rang nach Worten wie auch nach Atem. „Ich … ich kann nicht mehr mit dir befreundet sein."

Als hätte Emilia Tara mit einem Kinnhaken erwischt, taumelte diese zurück und ließ sich auf den Stuhl fallen. „Was?", hauchte sie. „Wieso?"

Emilia nahm ihre Tasche und richtete sich auf weichen Knien auf. „Mehr musst du nicht wissen."

„Scheiße, was?" Tara bohrte die Finger in Emilias Handgelenk, als sie an ihr vorbeirauschen wollte. „Du bist mir eine Erklärung schuldig. Was ist der Grund?"

„Ich kann es dir nicht sagen."

„Das ist mir egal. Du musst. Habe ich dir etwas getan?" Emilia spürte die Wut, die von Tara ausging. Ihre Aura pulsierte bedrohlich.

„Nein." Emilia wollte sich aus dem Griff winden, doch Tara hielt sie noch fester.

„Erkläre mir, warum du nicht mit mir befreundet sein kannst", verlangte sie nun lauter.

Mit einem festen Ruck riss Emilia sich los. Hitze umgab sie, sodass ihr der Schweiß ausbrach. Sie wusste nicht, was sie sagen sollte, und fühlte sich in die Ecke gedrängt. „Ich will nicht mit dir befreundet sein, okay? Hast du das verstanden? Bitte, lass mich einfach in Ruhe." Ihr Herz zerbrach angesichts des Schmerzes, der nun in Taras Augen funkelte. Atemlos lehnte sie sich an den Tisch und starrte durch Emilia hindurch. Offenbar suchte sie nach einer Erklärung für ihr Verhalten.

„Es tut mir leid." Emilia unterdrückte ein Schluchzen, dann wirbelte sie herum und rauschte in den Korridor, wo sie zwischen den Schülern untertauchte.

Ihre Kehle war wie zugeschnürt. Blindlings floh sie durch den Flur. Sie wollte zu ihrem Spind. Dort wollte sie auf Ryan warten, um auch ihm das Herz zu brechen. Bei diesem Gedanken wollten ihre Beine versagen. Aber sie lief weiter, ohne sich zu beklagen, ohne Tränen in den Augen. Aber mit Chaos in der Brust.

Langsam lösten sich die Schülermengen auf und der Korridor leerte sich mit dem Schrillen der Schulglocke. Als Emilia sich durch eine Gruppe Jungs schob, sah sie Ryan, der bereits auf sie wartete, lässig an die Spindwand gelehnt, ein Buch unter den Arm geklemmt. In seinem Gesicht fehlte das schiefe Grinsen, das er immer auf den Lippen trug. Als seine Augen sie erhaschten, ließ sein Blick sie nicht mehr los.

Automatisch verlor Emilias Schritt an Tempo. Mit zittrigen Fingern öffnete sie den Spind.

Viel zu lange kramte sie nach ihren Büchern, während sie nach Worten suchte. Worte, die ihn schonen sollten, nicht zerstören. Nicht so, wie sie es mit Tara getan hatte. Dieses Mal wollte sie es sanfter angehen. Aber gab es eine zarte Herangehensweise, wenn man jemandem das Herz brach?

„Hey", sagte Ryan kühl.

Emilia schloss die Augen und dann den Spind. „Hey", krächzte sie. Es fühlte sich an, als schnürte sich ein Seil um ihre Brust, das die Luft aus ihren Lungen presste. Ryans anziehendes Wesen machte es ihr nicht leicht. Sie fürchtete, dass wenn sie ihm in die Augen sah, sie ihn eher küssen würde, als mit ihm Schluss zu machen.

Diese Vorahnung schwebte wie eine erstickende Decke über ihnen. Emilia bekam keine Luft. Sie wollte etwas sagen, doch sie konnte nicht, bis Ryan das Schweigen brach. „Du gehst mir aus dem Weg." Es war keine Frage. Eine Feststellung. Offenbar war ihm klar, was ihm blühte. Emilia spürte, dass er sich jedoch nicht so leicht von ihr abwimmeln lassen würde wie Tara. Ihr wurde heiß und kalt unter seinen Blicken.

„Ja", gab Emilia zu.

„Warum siehst du mir nicht in die Augen?" Seine Worte schnitten wie eine Klinge durch die Luft. Seine Berührung jedoch war noch immer zart und versöhnlich. Mit Mittel- und Zeigefinger hob er ihr Kinn an und zwang sie, ihm in die Augen zu sehen.

Alles in ihr zog sich zusammen. Sie wollte sich irgendwo festhalten, aus Angst, sie könnte jeden Moment fallen.

Ryan fuhr sich mit der Zunge über die Unterlippe und zog seine Brauen zusammen. Wie er es immer tat, strich er eine Strähne hinter ihr Ohr. „Was ist los, Em? Habe ich etwas Falsches gemacht? Ist es ... ist es wegen Freitagnacht? War das ... nicht gut?"

Emilia schüttelte den Kopf, während sie zurücktaumelte, um Abstand von Ryan zu gewinnen, von seiner anziehenden Aura, diesen Schwingungen, die sie in ihrem Inneren spürte, wenn sie an diese Nacht dachte. Aber Ryan ließ nicht zu, dass sie mehr als einen Meter zwischen sie brachte, und folgte ihr auf dem Fuß.

Seine Hand griff nach ihrer.

Sie zog sie fort.

Ryans Falten auf der Stirn wurden tiefer, sein Blick dunkler. „Emilia, was ist los?"

Panik erfasste sie. Diese Fragen von ihm und Tara hämmerten wie Hagelkörner auf sie ein. So gern wollte sie ihnen sagen, was los war. Aber sie durfte und wollte es auch nicht. Alles, was sie wollte, war, diese beiden Menschen zu beschützen, und um das zu tun, musste sie sie aus ihrem Inneren entfernen.

„Ich kann nicht, Ryan."

Ryan erfasste ihre Hände. Sie spürte seine weiche Haut auf ihrer und es zerriss sie beinahe, als verbrannte er sie lebendig auf dem Scheiterhaufen. Er machte es ihr nicht leichter. „Was kannst du nicht?"

Tränen rannen über ihre Wangen. Sie schnappte nach Luft. „Das mit uns. Es geht nicht", schluchzte sie, während sie dabei zusah, wie in Ryan etwas zerbrach.

Mit seiner löste sich auch Emilias Illusion auf und gab nun den Blick auf die hässliche Realität frei. Schmerz labte sich an ihnen und verlangte nach ihrem Fleisch.

„Warum nicht?", fragte er. Sein Griff wurde fester, als er spürte, wie Emilia sich rauszuwinden versuchte.

Sie schüttelte den Kopf.

„Sag mir, warum nicht, Emilia." Seine Stimme bebte. „Ich verdiene eine Antwort."

Emilia japste nach Luft. Unaufhörlich rannen Tränen über ihre Wangen. Sie versuchte, sich von ihm zu befreien.

Ryan ergriff ihre Hand, dann wollte er ihre Tränen wegwischen. Aber Emilia wandte den Kopf zur Seite. Nicht, weil sie sich nicht nach seiner Berührung sehnte, sondern vielmehr, weil sie sich fürchtete, sie könnte ihre Mauern einbrechen.

Ryan ließ die Hand sinken, blinzelte verletzt.

Emilia konnte Panik und Schmerz in seinem Blick sehen. Er war vollkommen außer Atem, ebenso wie Emilia, was ihrem rasenden Herzschlag geschuldet war. „Sag mir warum. Habe ich etwas falsch gemacht?"

Als wäre er ein Brandeisen, schmorte sich die Berührung seiner Hand in ihre. Er trat näher. Sie ließ es zu. Ein Gefühl von Sehnsucht und Schmerz brandete in ihr und hinterließ nichts als Chaos.

Tausende Fragen wirbelten in Emilias Kopf. Ryans Stimme, die nach dieser einen Antwort verlangte. Eine simple Antwort. Warum. Dieses Warum steckte wie ein Schürhaken in ihrer Kehle, während Emilia gegen das Verlangen ankämpfte, ihn zu küssen.

Seine Lippen waren so nah, sein Duft umhüllte sie, lullte sie ein.

Bis ein einzelner Gedanke wie ein Pfeil durch die Trägheit in ihrem Kopf schoss. Sein Leben war in Gefahr.

„Ich liebe dich nicht“, brachte sie so leise hervor, dass sie es beinahe selbst kaum verstanden hätte.

„Was hast du gesagt?“ Seine Stimme kratzte vor heiserer Verzweiflung. Ryan nahm ihr Gesicht in seine Hände.

Emilia fand die Kraft, die Finger um seine Handgelenke zu schließen und Ryan von sich zu schieben. „Ich sagte, ich liebe dich nicht.“ Ihre Stimme klang fest, während alles andere in ihr wankte.

Ryan stieß den Atem aus. Fassungslos starrte er Emilia an. Tränen schwammen in seinen Augen. Er öffnete und schloss den Mund, ohne dass ein Wort seine Lippen verließ.

Emilia nutzte den Moment der Sprachlosigkeit, um zu fliehen. „Tut mir leid“, stieß sie hervor, ehe sie mit gesenktem Kopf davoneilte und Ryan zurückließ.

Wütend auf das Schicksal ballte sie die Hände zu Fäusten, um das Rauschen der Magie in den Fingern zu kontrollieren.

Der Schmerz wütete in ihrem Inneren. Gleichzeitig fiel eine Last von ihren Schultern. Sie hatte den ersten Schritt getan, um ihn oder Tara vor einer großen Gefahr zu bewahren. Das erste Mal seit Tagen konnte Emilia wieder atmen – auch mit dem Pflock in ihrer Brust.

Den restlichen Schultag ging sie Ryan und Tara aus dem Weg.

Ersterer schien immer wieder ihre Nähe zu suchen. Seine Blicke brannten in ihrem Rücken, sodass Emilia jedes Mal die Flucht ergriff. Offenbar hatten Tara und Ryan sich jedoch schnell verbündet. In der Kantine steckten sie die Köpfe zusammen und beobachteten sie, wie sie allein an einem Tisch saß. Und so fühlte sie sich auch. Allein. Allein mit den Scherben um sie herum.

In diesem Moment setzte sich ein Schatten zu ihr und schirmte Emilia vor Taras brennenden Blicken ab.

Sie sah auf und erkannte Oliver. Mitgefühl schimmerte hinter seinen Brillengläsern, während seine Hände miteinander rangen.

„Warum gibt es diesen Pakt, Oliver?" Ihre Stimme brach.

Oliver seufzte schwer. „Ich weiß es nicht."

Emilia schob das Tablett von sich. Ihr war der Appetit vergangen. „Warum wir?"

Oliver schlug die Lider nieder. „Ich weiß es nicht."

Emilia, die es nach Antworten auf ihre Fragen dürstete, beugte sich weiter über den Tisch. „Warum kann ich nicht einfach ein normales Leben haben?"

Oliver blinzelte. „Ich weiß es nicht."

Emilias Speichel verwandelte sich in bittere Spucke.

Aber Oliver ergriff ihre Hände. „Ich weiß nicht, warum uns das passiert. Ich weiß aber, dass ich für dich da bin." Schuldbewusst wich er Emilias bohrendem Blick aus. „Es tut mir leid, dass ich kein guter Freund war in den letzten Monaten. Das war nicht fair, aber ich musste –"

„Ist schon gut, Oli", sagte Emilia und tätschelte seine Hand. „Ich kann verstehen, dass du erst einmal alles mit dir selbst ausmachen musstest."

Oliver nickte und schob sich die Brille wieder auf die Nase zurück. „Manchmal wünschte ich, ich wäre mehr wie du." Olivers Augen glänzten. „Stark und mutig. Ich hoffe, du weißt, dass du eine Menge Bewegung in den Zirkel gebracht hast. Viele haben sich vorher nicht getraut, sich gegen diese Tradition zu wehren."

Emilias Magen verdrehte sich bei dem Gedanken an Roxannes Worte. „Der Zirkel wird das nicht hinnehmen. Ich weiß nicht, ob er es bei dieser Entscheidung belassen wird."

Oliver schüttelte den Kopf. „Du hast den Grundstein gelegt. Du hast die Schlösser unserer Ketten aufgesperrt. Sie abschütteln muss jeder Einzelne von uns selbst."

Olivers Worte rührten Emilia. Sie drückte seine Hand. „Danke."

Sie war froh und auch erleichtert, dass er wieder ein Stück zu sich und ihrer Freundschaft gefunden hatte. Sie war dankbar, dass er dafür sorgte, dass sie sich weniger allein fühlte.

Doch den Schmerz nehmen konnte er ihr nicht. Und er konnte sie auch nicht vor Taras und Ryans bohrenden Blicken schützen, weshalb Emilia froh war, als endlich die Schulglocke ertönte und sie erlöste.

Emilia fand Zuflucht in Roxannes Buchladen. Hier empfing sie Stille und das Rascheln von Adelaides Flügelschlägen. Sie schien den Schmerz in Emilias Innerem zu spüren, weshalb sie mehr Nähe zu suchen schien als zuvor. Während Emilia ein weiteres altes Buch mit vergilbten Seiten nach einem Zauberspruch durchsuchte, hockte die Eule zu ihrer Linken und knabberte sanft an ihrem Finger. Damit entlockte sie ihr ein kleines Lächeln. Das erste des Tages. Doch nach dem zwanzigsten Buch, das sie erfolglos durchsucht hatte, machte sich der Frust breiter und breiter.

Wie ein ruheloser Geist schlich Emilia durch die Gänge, während sie ihren Blick an den unzähligen Buchrücken entlanggleiten ließ. „Dämonen beschwören und beherrschen", „Gifte und wie sie wirken", „Das große Buch der Kräuter", „Alle Zaubertränke".

Das letzte Buch erhaschte ihre Aufmerksamkeit. Neugierig leckte sie sich über die Lippen und schielte das Regal hinauf. Sie griff nach der Leiter, zog sie zu sich und kletterte Sprosse für Sprosse dem Buch entgegen. Sie war so fixiert darauf und so vertieft in ihre Gedanken, dass sie die Türglocke nicht klingeln hörte.

Oben auf der Leiter angekommen, erfasste sie ein Schwindel, der ihr den Atem raubte. Das hatte sie davon, dass sie die letzten Tage so wenig gegessen hatte.

Sterne tanzten vor ihren Augen, ehe Schwärze ihren Blick erfasste. Ihre Knie wurden weich, knickten ein.

Emilia verlor den Halt und fiel. Sie schnappte nach Luft, bereitete sich auf den Aufprall, den Schmerz vor, ja sogar, dass die Bücherregale nun wie Dominosteine umfallen würden.

Nichts dergleichen geschah. Sie fiel weich, aufgefangen von starken Armen. Ryans Duft umhüllte sie.

Sofort schlug sie die Augen auf und blickte in sein Gesicht mit den unscheinbaren Sorgenfalten auf der Stirn.

„Alles okay?", fragte er.

Emilia rang nach Luft und nach Worten. Etwas unbeholfen zappelte sie wie eine auf dem Rücken liegende Schildkröte, bis Ryan sie runterließ und Emilia wieder festen Boden unter den Füßen spürte.

Sie prustete sich eine Strähne aus der Stirn und strich sich die Kleidung glatt. „Danke", sagte sie heiser und trat unbeholfen auf der Stelle. Ein Teil von ihr hatte sich gewünscht, dass er zu ihr kommen würde, ein anderer – und das war der stärkste – wollte ihn so schnell wie möglich aus dem Laden werfen. Weniger, weil sie seine Nähe nicht ertrug, mehr, weil er in einem Buchladen voller Hexenbücher stand.

„Schon gut", antwortete Ryan, der sich streckte und nach dem Buch griff, das Emilia aus dem Regal ziehen wollte.

Hastig schob sie sich vor ihn und drängte ihn damit zurück. „Was suchst du hier?", fragte sie nervös und versuchte, ihn weiter in Richtung Ausgang zu drängen, indem sie auf ihn zulief.

Doch Ryan spielte ihr Spiel nicht mit und blieb stehen, sodass Emilia mit dem nächsten Schritt nur wenige Zentimeter von ihm entfernt war. Sie musste ihren Kopf in den Nacken legen, um ihm ins Gesicht sehen zu können.

Ryan hob eine Braue. Seine Arme hatte er vor der Brust verschränkt. „Warum verhältst du dich so seltsam?" Er kniff die Augen zusammen, als könnte er so den Grund dafür selbst ermitteln.

Emilia klappte den Mund auf, um sich zu rechtfertigen, doch die Antwort blieb ihr wie eine Kröte im Hals stecken.

„Ich habe mit Tara gesprochen. Zu ihr warst du beinahe genauso verletzend wie zu mir." Ryans braune Augen ruhten unentwegt auf Emilia, der die Hitze ins Gesicht schoss.

Der Pflock in ihrer Brust machte es ihr unmöglich zu atmen. Inzwischen stiegen Tränen der Wut in ihre Augen. Wut über diese verdammten Gefühle, die ihr andauernd ein Bein stellten.

Ryan fuhr unbeirrt fort, anscheinend erwartete er nicht, dass Emilia sich verteidigte oder ihm eine Erklärung auftischte. „Schon seltsam, dass du deiner besten Freundin die Freundschaft kündigst, am gleichen Tag, an dem du mit mir Schluss machst und mir sagst, dass du mich nicht liebst." Nun war Ryan es, der auf Emilia zutrat.

Sie wich zurück und stieß mit dem Rücken an ein Bücherregal. „Mir fällt es sehr schwer zu glauben, was du gesagt hast." Seine Arme stützten sich neben ihrem Kopf ab, er beugte sich zu ihr hinunter mit einem durchdringenden Blick, der sie glauben ließ, sie stünde nackt vor ihm. „Sag es mir noch einmal. Sag mir noch einmal, dass du mich nicht liebst." Der Schmerz, die Angst ließen seine Stimme zittern.

Er legte die Stirn an ihre, seine Nase streifte ihre. Seine Nähe fühlte sich an, als hielte Emilia eine Hand über eine Kerze. „Überzeuge mich und dann lass ich dich in Ruhe."

In Emilia bröckelte die steinerne Wut zu Staub. Sie machte Platz für das heiße Pochen und den Hunger.

Nur mit Mühe konnte sie die Hände im Zaum halten, damit diese sich nicht um seinen Nacken schlangen.

Sie spürte die Nähe seiner Lippen, reckte sich ihm entgegen, während in ihr ein Kampf tobte. Die Vernunft versuchte, den Widerstand von Hoffnung und Sehnsucht niederzuringen.

Ryans Hände glitten von den Regalen zu ihrem Gesicht. Er hob es an. „Ich höre", krächzte er atemlos und fuhr mit dem Daumen über Emilias Unterlippe.

Sie schnappte nach Luft und erwachte aus ihrer Starre. In dieser Sekunde, in der sie Ryan wieder ins Gesicht sah, knallte sie auf den harten Boden der Realität.

Wenn sie ihm nicht sagte, dass sie ihn nicht liebte, wenn sie ihn nicht erfolgreich von sich stoßen und ihre Liebe zu ihm kappen konnte wie den Draht zu einer Bombe, dann würde sie ihn für immer verlieren. Nicht nur sie. Seine Eltern und Freunde würden um ihn trauern müssen.

Diese Tatsache gab ihr die Kraft, die nächsten Worte auszusprechen. „Ich –", begann sie. Jedes Wort, jeder Atemzug schmerzte wie eine Rasierklinge in ihrer Kehle. „Ich liebe dich nicht", stieß sie schließlich hervor und blinzelte die Tränen fort. Dann schob sie Ryan von sich und wandte sich ab. „G-geh jetzt, bitte."

„Emilia, ich –"

„Bitte, Ryan, geh einfach! GEH!"

Eine Sekunde lang, die sich anfühlte wie ein ganzes Leben, regte Ryan sich nicht, dann hörte Emilia seine Schritte, die sich in Richtung Tür entfernten und das Klingeln der Türglocke, als er diese öffnete. „Ich glaube dir nicht." Mit diesen Worten verließ er die Buchhandlung.

Emilia wandte sich um und sah ihm nach wie er sich in Richtung Stadtzentrum entfernte. Die Hände in den Hosentaschen vergraben, den Kopf gesenkt.

Etwas zerbrach in Emilia und sie fühlte sich schuldig, dass sie so viel Schmerz über Ryan und Tara gebracht hatte. Schwer atmend stützte sie sich auf dem Tresen ab. In diesem Moment hüpfte Adelaide zu ihr herüber und schmiegte den Kopf an Emilias Arm. Doch dieses Mal lächelte sie nicht. Ihre Mundwinkel schienen schwer wie Blei.

Dennoch richtete sie sich auf und straffte die Schultern. „Ich muss das jetzt beenden." Dann wandte sie sich um, kletterte die Leiter empor und zog das schwere Buch aus dem Regal.

Das Gewicht hätte sie beinahe zu Boden gerissen, doch Emilia fing sich und knallte es auf den Tresen. Sie hielt ihre flache Hand darüber, um die Seiten unter ihr blättern zu lassen. Am Ende des Buches angelangt, hielt sie inne.

Emilia beugte sich über die vergilbten Seiten. „Anti-Liebestrank", murmelte sie leise und überflog die Zutaten, um sich die Zubereitung durchzulesen.

Da dieser Anti-Liebestrank eine sehr hohe Wirkung benötigt, muss der Sud mindestens zwei Tage kochen. Gebraut wird er des Nachts bei geringer Hitze.
Füllen Sie einen Zinnkessel mit Wasser, geben Sie Fingerhut und Thymianpaste hinzu. Köcheln Sie diese Zutaten genau eine Stunde. Anschließend fügen Sie Brennnessel und das Blut einer schwarzen Mamba hinzu. Lassen Sie den Sud wieder eine Stunde köcheln. Über Tag verstauen Sie den Kessel abgedeckt im Keller, wo es kalt und feucht ist.
Am zweiten Tag kochen Sie wieder nachts. Dem Trank fügen Sie nun das Blut einer Kobra hinzu. Dann streuen

*Sie Haare der Personen hinein, die sich entlieben sol-
len, und köcheln den Sud für fünf Stunden.*

Emilias Magen krampfte sich zusammen. Blut einer
Kobra und einer schwarzen Mamba? Sie schluckte.
Noch heute musste sie zum Laden von Olivers Eltern,
um sich diese seltenen Zutaten zu besorgen. Sie hatte
nicht mehr viel Zeit. Die Neumondnacht näherte sich
schneller, als es Emilia lieb war.

Hastig schnappte sie sich ihre Tasche, in die sie das
Buch stopfte, nahm etwas Geld aus Roxannes Kasse
und hinterließ ihr eine Notiz. Dann sperrte sie sorgfäl-
tig den Laden zu und eilte los.

Die Glocke klingelte leise, als sie sich in das kleine, als
Gewürzladen getarnte Geschäft schob. Es war ein
schmaler, länglicher Raum. Zwei Schritte brauchte E-
milia, um direkt an der Kasse zu stehen. In diesem vorderen Bereich fand sie alles, was man zwar auch für
Zaubertränke, aber vor allem in der Küche benötigte.
Es roch nach Curry, Rosmarin und anderen Gewürzmi-
schungen, die in Emilias Nase kitzelten. Die Regale waren bis zur Decke vollgestopft mit Gläsern, die sich
auch gut in einem Geschenkkorb machen würden.

Im Gegensatz zu Roxannes Buchladen, in den sich –
zum Glück – nur selten ein Mensch verirrte, verdienten
Olivers Eltern auch viel am Verkauf ihrer Gewürze.

Mit dem Klingeln der Glocke trat Olivers Mutter Gwy-
neth in den vorderen Teil des Ladens. Ihre freundliche
Miene verfinsterte sich, als sie ihren Kunden erblickte.
„Emilia." Sie bemühte sich eines neutralen Tonfalls.
Dieser geriet jedoch in Schieflage.

Emilia konnte sich noch an die Zeit erinnern, in der
sie beinahe täglich hier gewesen und ein- und ausge-
gangen war, als wäre es auch ihr Zuhause. Die Kirks
hatten sie stets mit offenen Armen empfangen.

Doch nun spürte sie die Kälte, die von Gwyneth ausging. Emilia glaubte, in ihren blauen Augen sehen zu können, wie sie sich wünschte, dass sie wieder verschwand. Da half auch das steife Lächeln nicht, um ihre Missbilligung zu vertuschen.

Emilia blieb einen großen Schritt vor der Kasse stehen, als fürchtete sie, Gwyneth Kirk könnte jede Sekunde wie ein Wachhund über den Tresen springen.

Sie trat auf der Stelle, verhakte die Finger ineinander und biss sich auf die Unterlippe. Sie spürte den Vorwurf, der ungesagt zwischen ihnen schwebte.

Doch der sollte nicht lange ungesagt bleiben. Gwyneth kämpfte sichtlich mit den Worten, indem sie den Kiefer hin und her bewegte, die Lippen leicht öffnete und wieder schloss, als wollte sie sich nicht anmerken lassen, dass ihr eine heiße Kohle auf der Zunge lag.

Emilia schwieg ebenfalls. Sie wollte sich von Oliver bedienen lassen, denn sie war sich sicher, dass eine erfahrene Hexe wie Gwyneth Kirk ihr auf die Schliche kommen könnte.

Also standen sie sich gegenüber, während das Schweigen sich wie Gas zwischen ihnen ausbreitete. Ein Funken. Ein falscher Blick, ein falsches Wort und es würde eine Explosion geben.

„Was willst du hier?" Gwyneth schien ihre Abscheu nicht länger im Zaun halten zu können. Sie musterte Emilia. „Willst du meinem Sohn weiter irgendwelchen Unsinn einreden? Das lasse ich nicht zu." Sie hob das Kinn und wirkte so gebieterisch, dass Emilia am liebsten auf dem Absatz kehrtgemacht hätte, um den Laden zu verlassen.

Aber ihre Füße schienen am Boden zu kleben. „Ich weiß nicht, was Sie meinen."

Gwyneth schnaubte und knallte die Kasse mit voller Wucht zu, sodass Emilia zusammenschreckte. „Du weißt genau, wovon ich rede. Die Unruhe, die du gestiftet hast. Nicht nur bei Oliver, bei allen jungen Hexen und Hexern, die jetzt denken, sie könnten Bedingungen stellen. Der Zirkel wird –"

„Mom!" Oliver riss den Vorhang zurück und starrte seine Mutter aus großen Augen an. „Emilia hat uns den Mut gegeben, nicht alles vom Zirkel hinzunehmen. Das ist etwas Gutes."

Gwyneth Gesichtsausdruck verzog sich zu einer teuflischen Fratze. Sie schlug mit der Hand auf den Tresen, sodass Oliver und Emilia gleichermaßen zusammenfuhren. „Das ist nichts Gutes!", schrie sie. Dann blickte sie aus dem Fenster, als wollte sie sichergehen, dass sie nicht belauscht wurden. „Der Pakt ist zerbrechlich. Diese Sonderregelungen ziehen Lawineneffekte nach sich."

„Mom." Oliver hob die Hände. „Mom, wir alle sind alt genug, um verantwortungsbewusst unserer Pflicht nachzukommen. Ist schon gut, mach eine Pause. Ich kümmere mich."

Unbeholfen tätschelte er die Schultern seiner Mutter, ehe er sie durch den Vorhang in den Hinterraum schob. Dabei redete sie unablässig auf ihn ein, allerdings so leise, dass Emilia es nicht verstand.

Oliver wartete, bis Gwyneth durch die Tür, die in ihre Wohnung führte, verschwunden war. „Was suchst du hier?" Er wischte sich fahrig den Schweiß von der Stirn und nahm seine Brille von der Nase, während er sie vorwurfsvoll beäugte.

„Nette Begrüßung." Würde Emilia nicht so dringend die Zutaten für den Zaubertrank benötigen, wäre sie wahrscheinlich aus dem Laden gerauscht. Stattdessen fummelte sie an einem Rosmarinzweig herum, der wie ein Blumenstrauß auf einem runden kleinen Auslagetisch thronte.

Oliver stützte sich seufzend auf dem Tresen ab. „Tut mir leid." Wieder wischte er sich über die Stirn und setzte sich die Brille auf. „Ist eine Weile her, dass du hier warst. Und seitdem du die Weihe mit deiner Bedingung torpediert hast, sind meine Eltern ganz außer sich." Er bemühte sich um ein entschuldigendes Lächeln. „Sie und viele andere Eltern des Zirkels fürchten, dass du dafür sorgen könntest, dass sich viele Junge weigern werden, den Regeln zu folgen."

Trotzig verschränkte Emilia die Arme. Sie spürte, wie sich die Hitze in ihrem Gesicht ausbreitete. Noch nie hatte sie so ein Chaos verursacht. Es war ihr unangenehm, aber sie stand zu dem, was sie am Tag ihrer Weihe verlangt hatte. „Das nennt sich Veränderung."

Oliver nickte gedankenverloren. „Veränderungen machen Angst."

Emilia, die nun den Mut wiedergefunden hatte, sich zu bewegen, trat an die Kasse, sodass sie Oliver nah gegenüberstand. „Ich weiß, aber ich habe es nicht nur für mich getan. Ich hätte es niemals ertragen können, dich so unglücklich zu sehen."

Oliver wandte sich kurz um und horchte. „Ich bin dir auch mehr als dankbar, dass du dich als Einzige getraut hast, endlich diese starren Traditionen aufzubrechen. Aber das macht auch mir Angst", sagte er mit gedämpfter Stimme. Dann beugte er sich mehr über den Tresen. „Aber die Angst, sich dagegen aufzulehnen, war bei fast allen zu groß. Auch bei mir. Ich traue mich immer noch nicht, meinen Eltern zu sagen, dass ich auf Jungs stehe."

Emilia legte die Hand auf Olivers. „Das kann ich verstehen, Oli, aber wir dürfen uns von unserer Angst nicht lähmen lassen."

Oliver entzog sich ihr und setzte sich auf den Stuhl hinter dem Tresen. „Irgendwann werde ich den Mut finden."

„Da bin ich mir sicher."

Zwischen den beiden breitete sich ein drückendes Schweigen aus. Emilia trommelte mit den Fingern auf dem Holztresen und ließ den Blick durch den Laden schweifen. Er wirkte heller, freundlicher seitdem sie das letzte Mal hier gewesen war. „Hat sich viel verändert", sagte sie, um die Stille zu unterbrechen.

Oliver lugte über die Ränder der Brille zu ihr auf. „Ja."

Emilia lächelte. „Als Kind war ich öfter hier." Oft war sogar untertrieben. Sie war andauernd hier gewesen. In Olivers Zimmer hatten sie dann oft Hexe und Hexer gespielt und so getan, als könnten sie tatsächlich außerhalb des Monats Oktober zaubern. Bei dieser Erinnerung schlich sich ein Lächeln auf ihre Lippen.

„Manchmal wünschte ich, wir könnten für immer Kinder sein", sagte Oliver mit einem traurigen Schimmer in den Augen.

Emilia hob einen Mundwinkel. „Ich wünschte, ich könnte einfach ein ganz normaler Mensch sein."

Oliver senkte den Blick. Da standen sie nun, unbeholfen, weil ihre Freundschaft so steif geworden war. Das Bedauern schien den Raum noch schmaler werden zu lassen. Sie beide hatten eine Sache gemeinsam: Sie wollten aus ihrer Haut heraus, die Ketten abstreifen, die der Zirkel ihnen auferlegt hatte.

„Also", sagte Oliver dann. „Du bist wohl nicht hergekommen, um Zeit mit mir zu verbringen." Er grinste zwar, doch Emilia konnte sehen, wie verletzt er war, dass es zwischen ihnen nun so war, wie es war. Unbehaglich, fremd.

Emilia überging das und setzte ebenfalls ein Lächeln auf. „Ich brauche ein paar Zutaten."

Oliver drehte auf dem Absatz um und eilte in Richtung Hinterzimmer. „Wahrscheinlich nicht zum Kochen."

„Nein, ich braue einen Zaubertrank."

Oliver hielt inne. „Was für einen Zaubertrank?"

„Einen Entliebungstrank."

Ihr bester Freund runzelte die Stirn. „So was gibts?"

Emilia nickte. „Ich benötige das Blut einer Kobra und das einer schwarzen Mamba."

Oliver klappte der Mund auf und er schob sich die Brille zurück auf seine von Sommersprossen übersäte Nase. „Kobra ist nicht wirklich selten, aber eine schwarze Mamba." Er blies die Wangen auf und kratzte sich am Kopf, dann kramte er hinter dem Tresen einen Ordner hervor und blätterte einen Wust Listen durch.

„Darf ich?", fragte Emilia, trat neben ihn. Es war nicht ihre Art, sich aufzudrängen, aber sie wusste, dass Oliver nicht gern zauberte. Also hielt sie die Hand über den Ordner.

Oliver sprang förmlich zur Seite, wobei Emilia nicht ganz ausmachen konnte, ob es ihre Nähe war oder er sich lediglich erschrocken hatte. Er wirkte immer wie ein Kaninchen auf der Hut.

Sie verwarf den Gedanken und suchte nach der Zutat. Die Blätter des Ordners flogen rasend schnell dahin, bis sie mit einem Schlag stehen blieben.

Oliver beugte sich über die Liste und fuhr mit dem Finger jeden Artikel entlang, ehe er in der Mitte stehen blieb. „Ja, ein Glas haben wir noch." Dann sah er sie über den Rand seiner Brille prüfend an. „Ich dachte, du zauberst nicht so gern."

Emilia zuckte mit den Schultern. „Zu irgendwas muss Magie ja gut sein, oder?"

Oliver rümpfte die Nase, sagte jedoch nichts. Er schob sich an ihr vorbei, als könnte er sich verbrennen, wenn er sie berührte, was nicht sonderlich komisch war. So war er schon immer gewesen. Sie freute sich, dass sie sich langsam wieder näherten.

Emilia betrat nach Oliver das Hinterzimmer. Ein Traum für jede Hexe, die gerne eine Hexe war. Oder für Jason, der immer an Tränken tüftelte. Auch hier verdeckten Regale bis unter die Decke alle vier Wände und ließen nur eine Aussparung für die Türen. In der Mitte des Raumes befand sich ein runder Tisch, auf dem das rarste Sortiment hübsch drapiert um das Gerippe eines Tieres lag. Emilia vermutete ein Reh.

In den Gläsern befanden sich konservierte Schlangen, Frösche, Küken und Embryonen verschiedenster Tiere. Kaulquappen und Froschlaich, ebenso wie Gläser gefüllt mit Blut. Emilia trat näher, um die kleinen Etiketten zu lesen. Büffelblut, Pferdeblut, Löwen- und Elefantenblut, sogar „Blut einer Jungfrau“.

Ein kalter Schauer erfasste Emilia. Sie wandte sich ab und betrachtete die kleinen Flakons, die mit Pulvern verschiedenster Farben gefüllt waren. Meistens handelte es sich um zerstoßene Kräuter, Gewürze oder einfach Sand aus fernen Wüstenländern.

Während Emilia neugierig den Tisch umrundete und die Geweihe und Knochenketten betrachtete, die an dem Kronleuchter baumelten, kramte Oliver in den Schubladen eines antik aussehenden Büfetts.

„Was macht ihr eigentlich, wenn sich ein Mensch nach hier hinten verirrt?“

Oliver zog weiter unbeirrt eine Schublade nach der anderen auf. „Auf diesem Laden liegt ein Zauber. Bei Hexen funktioniert er natürlich nicht, aber bei Menschen.“ Er zuckte mit den Schultern. „Für die sieht das dann nach einem Lager aus.“ Er schob den Arm tiefer in die Schublade, als er einen triumphierenden Ruf ausstieß. „Aha.“ Er zog ein Fläschchen hervor. „Das Blut der schwarzen Mamba“, sagte er. Seine Augen leuchteten. Mit einem ehrlichen Lächeln auf den Lippen reichte er es ihr.

So hatte Emilia ihn lange nicht gesehen. „Danke“, sagte sie und griff danach, als Oliver es wieder zurückzog. Sie runzelte die Stirn.

„Versprich mir eine Sache“, sagte er.

Emilia trat auf der Stelle. „Was denn?“

„Bring bitte weder dich noch Ryan damit um.“

Obwohl ihr nicht zum Lachen zumute war, gluckste Emilia und rollte mit den Augen. „Das habe ich nicht vor", sagte sie. „Ich will ihn damit retten", fügte sie ernster hinzu.

„Und Tara?"

„Die auch", sagte Emilia heiser.

Oliver seufzte. „Es tut mir so leid." Zaghaft legte er eine Hand auf Emilias Schulter. „Ich mag die beiden wirklich sehr gern. Ich wünschte, es gäbe nicht dieses bescheuerte Abkommen." Er schwieg kurz. „Und diesen blöden Zirkel mit seinen dämlichen Regeln."

„Ich weiß, dass wir am Abkommen nicht viel ändern können, aber wir können etwas an den anderen bescheuerten Regeln ändern. Dass Hexen und Hexer nicht mehr einander versprochen werden, war erst der Anfang." Emilias Augen leuchteten.

Oliver hingegen schien eine Nuance blasser zu werden. Kurz sah er sich um, als fürchtete er, seine Mutter könnte sich irgendwo versteckt haben. „Du vergisst, dass diese Regel noch immer existiert. Sie haben deine Bedingung akzeptiert. Aber für wie lange?" Oliver kaute auf seiner Unterlippe. „Meine Eltern sagen, dass die Ältesten das nicht dulden werden. Sie bekommen ihren Willen. Immer."

Emilias Finger krampften sich fester um das Glas Mambablut. „Dieses Mal nicht." Sie fühlte sich von Olivers Zweifeln herausgefordert.

Oliver blickte verlegen zu Boden. „Der Wille des Zirkels ist sehr mächtig …" Seine Stimme brach.

„Du vergisst, dass WIR auch der Zirkel sind. Unser Wille kann ebenso mächtig sein wie der der Ältesten! Wir müssen nur den Mut haben, unsere Stimmen zu erheben." Emilia trat einen Schritt auf ihn zu. „Vielleicht beginnst du bei deinen Eltern. Sag ihnen, was du empfindest. Vielleicht werden sie dann verstehen …"

Oliver riss den Kopf hoch und funkelte Emilia zornig an. Das tat er nur, wenn er sich bedrängt fühlte, weshalb Emilia einen Schritt zurücktrat. „Weißt du, wie glücklich sie waren, dass wir beide füreinander bestimmt und beste Freunde sind?"

Emilia stolperte angewidert zurück. „Füreinander bestimmt?" Ihre Stimme wurde schrill. „Wir sind nicht füreinander bestimmt." Sie stampfte in das Vorderzimmer. Oliver folgte ihr auf dem Fuß, legte die Flaschen auf den Tresen, während Emilia in ihrem Portemonnaie herumkramte.

„Ist schon okay, ich mache das schon."

„Nein", sagte sie und knallte ihm dreißig Pfund hin. „Ich schulde dir nichts und will dir nichts schuldig sein. Und du, Oliver, bist deinen Eltern nichts schuldig."

Er tippte nachdenklich an das Gestell der Brille. „Das wären 100 Pfund, aber ist schon okay."

Emilia stockte. „Was, so teuer?"

„Ja, meinst du, das Blut einer schwarzen Mamba wächst auf Bäumen?" Oliver nahm das Geld und legte es in die Kasse. „Hör zu, ich weiß es sehr zu schätzen, dass du dich um die Situation mit mir und meinen Eltern bemühst, aber was soll das bringen, wenn ich es ihnen sage? Ich darf doch sowieso niemanden außerhalb des Zirkels lieben und ich bezweifle, dass innerhalb des Zirkels irgendjemand homosexuell ist."

Als Emilia aufsah, erblickte sie etwas in Olivers Augen. Er hatte aufgegeben, und das nicht erst seit gestern. Offenbar hatte genau dieses Jahr der Resignation diesen Riss in seinem Inneren verursacht. Beinahe der Gleiche, den Emilia erlitten hatte. Aber in ihr brodelte noch der Wille zu kämpfen und solange würde sie es auch tun. „Das weißt du nicht", sagte sie. „Vielleicht werden sich mehr trauen, ihre Wahrheit zu leben, wenn sie endlich wieder frei atmen können."

Oliver schwieg. Offenbar wusste er nicht, was er sagen sollte. Er mied ihren Blick, schob die Fläschchen über den Tresen.

Seufzend nahm Emilia sie und schüttelte den Kopf. „Es tut mir leid, Oliver, wirklich."

„Mir auch. Ich wünsche dir viel Glück beim Brauen des Tranks."

Emilia nickte und ging zur Tür, öffnete sie, drehte sich aber noch einmal um. „Tu mir den Gefallen und achte mehr auf dein Glück als das anderer."

Oliver lachte verbittert auf. „Nicht gerade leicht, wenn man in so einer Sekte steckt."

Sekte. Emilia lächelte hohl. Das traf es nur zu gut. Sie trat hinaus in den milden Herbstnachmittag. Heute Nacht würde sie endlich den nächsten Schritt tun, um sich von Ryan und Tara zu trennen. Und sie hoffte so sehr, dass es klappen würde, dass sie sie retten konnte.

In der Nacht, nachdem endlich auch Roxanne ins Bett gegangen war, schlich Emilia in die dunkle Küche, die nur vom fahlen Schein des Mondes erleuchtet wurde. In wenigen Tagen würde er bis auf einen silber schimmernden Kreis verschwinden.

Mit Vorsicht holte sie alles hervor, was sie brauchte. Fingerhut und Thymianpaste gehörten zu Roxannes Grundausstattung ebenso wie der Zinnkessel. Sie breitete alle Zutaten und das Buch auf der Kochinsel aus und begann, der Anweisung zu folgen. Als der Sud brodelte, holte Emilia einen Roman hervor und las ihn im Schein ihrer Taschenlampe.

Sie versank in der Geschichte. Das Lesen war ihre Flucht vor allem, was sie in der Realität heimsuchte. In ihrem Kopf konnte sie sein, wer sie wollte. Ohne Regeln. Ohne Grenzen.

„Was machst du hier?" Max' Stimme ließ Emilia augenblicklich hochfahren.

Sie ließ das Buch fallen und sprang auf. „Ich … ich mache noch etwas für die Schule.“

Max, der sich die meiste Zeit in Schweigen hüllte, war still, aber nicht dumm. Er hob zweifelnd eine Braue und deutete auf den Kessel auf dem Kochfeld. „Das riecht aber alles andere als nach einem Experiment für die Schule.“

Emilia öffnete und schloss den Mund mehrmals hintereinander. Doch ihr fehlten die Worte. Stattdessen entschied sie sich zu einem Ablenkungsmanöver. „Was machst du noch so spät hier unten? Solltest du nicht schlafen?“

Max rieb sich die Augen. „Ich habe geschlafen. Aber jetzt habe ich Durst.“ Er schlurfte zum Kühlschrank und öffnete ihn, um einen Milchkanister herauszuholen.

Emilia seufzte und schob sich unbehaglich um die Kochinsel herum, bereit, den Zaubertrank vor neugierigen Blicken zu verteidigen.

„Nun sag schon“, verlangte er. „Was machst du da?“

„Das darf –“ Beinahe wollte Emilia Max mit genau denselben Worten abspeisen, mit denen sie selbst über Jahre abgespeist worden war. Wollte sie genauso sein wie der Rest des Zirkels? Wenn sie den Kreis durchbrechen wollte, musste sie bei ihrem Bruder anfangen, auch wenn sie ihn lieber schützen wollte.

Sie schloss den Mund und beugte sich zu Max hinab, um ihm in die Augen sehen zu können, die ihren so sehr ähnelten. „Okay, Max, hör zu. Du weißt, dass du keine Freunde außer Sean und Harrold aus dem Zirkel haben darfst … oder Mädchen.“

Max rümpfte die Nase. „Mädchen sind –“

Emilia hob das Buch vom Boden auf und legte es auf die Kochinsel, auf der sie sich nun abstützte. „Ist doch egal, es geht darum, dass du verstehst, warum dir der Zirkel das verbietet.“

Max zuckte mit den Schultern und sah seine Schwester erwartungsvoll an. „Warum also?"

Emilia lief um die Kochinsel herum und setzte sich an den Esstisch, wobei sie mit der flachen Hand auf die Tischplatte klopfte, um Max zu bedeuten, dass er sich setzen sollte. Dann erklärte sie ihrem kleinen Bruder die Funktion des Zirkels und die Daseinsberechtigung der Regeln.

Max' Augen, die zunächst klein von der Müdigkeit gewesen waren, wuchsen von Sekunde zu Sekunde an. Seine Unterlippe bebte und Emilia kam es so vor, als erzählte sie ihrem Bruder eine Gruselgeschichte. Dabei wünschte sie sich, es wäre eine. Nur eine Gruselgeschichte.

Aber es war ihre Realität.

„Also ist Verlieben eine doofe Sache?", krächzte Max heiser.

„In unserer Welt ist es eine doofe Sache." Emilia strich ihm durch das dichte Haar.

Max' Brust hob und senkte sich im schnellen Rhythmus. „Also werde ich irgendwann auch ..."

Emilia stöhnte und schloss die Augen. Diese Vorstellung, ihren Bruder irgendwann leiden sehen zu müssen, behagte ihr gar nicht. „Ja", sagte sie und rutschte auf ihrem Stuhl hin und her, das schlechte Gewissen verdrängend, das sie wie ein kleiner Dämon in den Hintern zwickte. Vielleicht hätte sie es ihm nicht erzählen sollen. Also zwang sie sich ein Lächeln auf. „Aber du hast noch einige Jahre Zeit, und weil du jetzt weißt, was Sache ist –" Sie brach ab. Ja, was würde dann passieren? Wer würde dann geopfert werden?

„Es würde trotzdem etwas oder jemand geopfert werden", sagte Max trotzig. Seine Augen glänzten feucht.

Emilia tätschelte seine Pausbacken. „Hoffen wir, dass es Etwas ist."

Max schluckte, und das Gewissen hatte sich nun wie ein Kopfschmerz in Emilias Schädel gegraben. Verzweifelt versuchte sie, das Ruder herumzureißen. Was hatte sie sich dabei gedacht? Sie hatte nur ehrlich sein, aber Max nicht völlig verängstigen wollen. „V-vielleicht hat der Zirkel bis zu deiner Weihe eine Lösung gefunden, den Teufel zu besiegen. Dann wären wir frei!"

Max Augen funkelten hoffnungsvoll. „Meinst du?" So wie er sie ansah, erinnerte er sie an einen Welpen, der um Essen bettelte.

Emilia lächelte. „Ganz bestimmt. Geh schlafen."

Widerwillig erhob Max sich, rieb sich das Gesicht und schlurfte zur Treppe, wo er noch einmal stehen blieb, um in die Küche zu Emilia zu blicken. „Danke, dass du ehrlich zu mir warst."

Emilia lächelte, dieses Mal ohne Zwang. Max war für sein Alter reif. Manchmal verleitete es sie dazu zu vergessen, dass Max noch ein Kind war. „Gute Nacht."

Max verschwand und Emilia widmete sich wieder dem Kessel. Nachdem der Sud eine Stunde geköchelt hatte, nahm Emilia den Topf von der Platte und stellte ihn abgedeckt in den Keller, in die feuchteste und kälteste Ecke, die sie finden konnte, gut versteckt vor Roxannes oder Jasons Augen.

Nun stand Emilia jedoch vor dem nächsten Problem. Wie kam sie an ein Haar von Tara und Ryan?

Kapitel 9

Beinahe die ganze Nacht hatte Emilia wach gelegen und darüber nachgedacht, wie sie an ein Büschel Haar von Ryan und Tara kommen konnte.

Da sie nun mit den beiden gebrochen hatte, war es natürlich noch schwerer, an eine Strähne von ihnen zu kommen. Als sie mehr als übermüdet im Korridor der Schule an ihrem Spind lehnte und Tara aus sicherer Entfernung beobachtete, wollte sich ihr kein vernünftiger Plan erschließen. Doch mit dem Schrillen der Schulglocke kam der Geistesblitz. Sie würden später Sport zusammen haben. Das war die Gelegenheit, ihr näher zu kommen, und Emilia wusste auch schon wie.

Doch bei Ryan fehlte ihr jegliche Idee. Sie würde ja nicht einmal problemlos an sein Haar herankommen, weil sie viel kleiner war als er. Sie beschloss, dass sie sich darum kümmern würde, nachdem sie sich das Haarbüschel von Tara besorgt hatte.

Bis zur Sportstunde brachte sie damit zu, Ryan und Tara zu ignorieren, die ihr immer wieder argwöhnische Blicke zuwarfen. In den letzten Tagen hatte Emilia noch nie so fixiert auf die Tafel gestarrt.

Als sie endlich in der Sporthalle stand, heftete Emilia den Blick auf Tara. Mrs Bryers ließ sie alle im Kreis laufen, bevor sie dann in Teams aufgeteilt wurden, um gegeneinander Fußball zu spielen.

Emilia joggte weit hinten und blickte an ihren Klassenkameraden – darunter auch Sophie und Ethan – vorbei, um Ryan und Tara zu beobachten. Sie liefen nebeneinander her und unterhielten sich.

Nur zu gern wollte sie wissen, worüber sie sprachen. Gleichzeitig brannte sich die Eifersucht wie heißes Blei in ihren Magen. Emilia schob sich weiter nach vorn, bis sie nah hinter Tara war.

Noch immer konnte sie nicht hören, worüber sie redeten, da sie ihre Stimmen zu sehr gedämpft hatten. Emilias Nägel bohrten sich in die Handinnenflächen, ehe sie sich eines Besseren besann und ihre Konzentration auf Taras lockiges, wippendes Haar lenkte.

Sie brauchte nur ein kleines Büschel. Aber Emilia traute sich nicht. Etwas hemmte sie, die Hand auszustrecken oder Tara anzurempeln. Also ließ sie sich wieder zurückfallen, bis Mrs Bryers' schriller Pfeifton erklang.

„Okay, Leute, Ryan und Nathalie, ihr bildet die Teams.“

Emilia, die mehr vor Aufregung als durch das Rennen außer Atem gekommen war, stellte sich mit den anderen auf, während Ryan und Nathalie, ein blondes Mädchen mit dem Gesicht einer Porzellanpuppe und großen blauen Augen, begannen, ihre Teammitglieder zu wählen.

Erneut brach in Emilia ein Kampf aus. Einerseits wünschte sich etwas in ihr, dass Ryan sie in sein Team wählte. Andererseits war es besser, wenn er es nicht täte.

Dennoch krampften sich ihre Eingeweide zusammen, als Ryan mit einem breiten Lächeln Tara in sein Team wählte. Eine heiße Glut lag in ihrer Kehle. Sie wollte Feuer spucken.

Aber sie ließ sich nichts anmerken und senkte lediglich den Blick. Sie waren Freunde, das hätte Emilia gewollt, wenn sie noch mit Ryan zusammen gewesen wäre. Außerdem ereilte sie beide das gleiche Schicksal. Emilia hatte sie von sich gestoßen. Das schweißt zusammen, das war ihr bewusst.

Dennoch beschlich sie die kalte Angst, dass mehr aus ihnen werden würde, dass Ryan sich in sie verlieben könnte. Bei diesem Gedanken klopfte Emilias Herz schmerzhaft in ihrer Brust.

„Emilia. EMILIA", erklang ihr Name erst leiser, dann lauter, als Nathalie sie als eine der Letzten auswählte.

Emilia schreckte hoch und blinzelte. Dann bewegte sie sich mechanisch zu ihrem Team. Sie sah kurz zu Ryan, der sie mit einem nachdenklichen Blick bedachte.

Es schmerzte, dass er sich so weit von ihr entfernt hatte. Räumlich trennten sie nur wenige Meter, während zwischen ihnen gefühlt Tausende Meilen lagen.

Mrs Bryers klatschte in die Hände. „Okay, ich will ein faires Spiel sehen. Nathalies Team zieht bitte die gelben Leibchen an."

Emilia ging in Position. Beim Fußball war sie die bessere Verteidigerin. Sophie war die Rechtsverteidigerin ihres Teams. Sie stupste Emilia auf die Schulter. „Walsh, wie lange willst du es noch durchziehen und für dich bleiben?"

Emilia sah sie an, während sie sich dehnte. „Ich bin nicht allein."

Sophie lächelte, als hätte Emilia etwas Dummes gesagt. „Ich habe nicht behauptet, dass du allein bist. Aber du solltest dich mehr dem Zirkel öffnen, uns öffnen."

Emilia stöhnte auf und warf dabei ihren Kopf in den Nacken. „Ich habe keine Lust, mich dem Zirkel zu öffnen, Sophie." Sie trat auf sie zu. Wut strömte wie flüssiges Feuer durch ihre Adern. „Ich will am liebsten jemand anderes sein."

Sophie hob die Brauen. „Du kannst dir nicht aussuchen, in welches Leben du geboren wirst."

Emilia schüttelte den Kopf und bemühte sich, Sophie zu ignorieren. Sie hatte jetzt keine Zeit, sich darum zu kümmern. Ihre Aufmerksamkeit galt Tara, die im Sturm des gegnerischen Teams eingesetzt wurde.

Das Spiel begann. Die Luft wurde von Rufen und dem Quietschen von Schuhen erfüllt. Tara startete einen Angriff auf ihr Tor, doch sie kam über die rechte Flanke, weshalb Emilia Sophie den Vorrang ließ, was wahrscheinlich auch daran lag, dass sie sich noch immer nicht in ihre Nähe traute.

Sie wartete, bis das Spiel Fahrt aufnahm, energischer wurde. Inzwischen stand es zwei zu null für Ryans Team. Beide Tore hatte Tara erzielt.

Daran war Emilia – zum Ärgernis ihrer Teamkollegen – nicht ganz unschuldig, denn sie ließ sich immer wieder zurückfallen und war nicht imstande, das Tor anständig zu verteidigen.

Nathalie, die für ihren Ehrgeiz bekannt war und der gerade Ball Nummer drei durch die Lappen ging, rempelte Emilia an. „Was ist los mit dir, Walsh? Willst du auf die Ersatzbank?“

Emilia fuhr zusammen. Nein, das wollte sie nicht, dann würde sie nicht mehr an Tara herankommen.

Sie atmete tief ein und aus, dabei konzentrierte sie sich auf Tara, die mit einem glücklichen Grinsen auf Ryan zu hüpfte. Der hielt ihr die Hand für einen High Five hin. Sie schienen so vertraut, dass es Emilia ein Loch in die Brust brannte. Ihre Hände ballten sich zu Fäusten. Sie schnaubte.

Und als Tara sich für den nächsten Angriff wappnete, den Ball annahm und in den Strafraum stürmte, war Emilia bereit. Sie heftete sich an ihre Fersen wie ein bissiger Hund. Ihr Ziel war jedoch nicht der Ball, sondern Taras Haar.

Diese schlug einen Haken, doch Emilia reagierte schnell und schnitt ihr den Weg ab. Das erste Mal, seit Emilia Tara von sich gestoßen hatte, blickten sich die beiden Mädchen in die Augen und was Emilia dort erkannte, schmerzte sie. Sie sah nackte Wut, Enttäuschung und beinahe so etwas wie Hass, der wie ein Funke aufglühte.

Tara dribbelte den Ball geschickt mit den Füßen um Emilia herum. Gleich würde sie das nächste Tor schießen.

„Emilia!", schrie Nathalie von hinten.

Dieses Mal preschte Sophie auf Tara zu. Nein, das war ihre Chance.

Sie sprang auf Tara zu. Mit voller Wucht rammte Emilia sie. Während sie zu Boden krachten, rupfte Emilia ihr ein Büschel Haare heraus.

Taras Schmerzensschrei gellte durch die Sporthalle, gefolgt vom Schrillen der Pfeife.

„Mrs Walsh, das war ein Foul! So etwas will ich nicht sehen."

Emilia rappelte sich auf, das Haarbüschel fest in der Hand verschlossen, während sie Tara die andere anbot.

Diese drückte sich auf die Ellenbogen hoch. Jetzt war sich Emilia ganz sicher, dass da Hass in ihren Augen glomm. „Du hast sie nicht mehr alle", stieß Tara hervor, schlug Emilias Hand fort und kam dann taumelnd auf die Beine. „Lass mich bloß in Ruhe", sagte sie über ihre Schulter hinweg, während sie sich leicht hinkend von Emilia entfernte.

Mrs Bryers verschränkte die Arme und hob eine Braue. „Emilia, tut mir leid, aber das war eine Rote Karte. Du bist raus und Ryans Team kriegt einen Elf-Meter."

Jubel ertönte vom gegnerischen Team. Nathalie stampfte auf Emilia zu. „Was ist los mit dir, hast du heute Morgen dein Hirn zu Hause vergessen? Wie kann man nur so blöd sein!"

Sophie trat an Emilias Seite. „Nath, reg dich ab, Emilia ist gestolpert, das habe ich genau gesehen. Sie hat es nicht mit Absicht gemacht."

„Ist schon gut", sagte Emilia an Sophie gewandt und wollte zur Bank gehen, als Sophie sie am Arm zurückhielt.

„Was hast du mit dem Büschel Haare vor?"

Emilia entzog sich ihrem Griff. „Nichts." Ohne sich noch einmal umzudrehen, setzte Emilia sich auf die Bank. Schuldbewusst sah sie zu Tara, die noch immer etwas humpelte und sie mit Feuer in den Augen anfunkelte.

Emilia beschlich das Gefühl, dass innerhalb weniger Tage Freundinnen zu Feindinnen geworden waren. Sie presste die Lippen zusammen und senkte den Blick. Dabei redete sie sich immer wieder selbst gut zu. Sie tat es, um sie zu retten.

Dann sah sie zu Ryan, der nun mehr Augen für Tara als für sie hatte. Doch sie konnte sich weder darauf noch auf den heißen Schmerz, der sich wie ein Messer zwischen ihre Rippen bohrte, konzentrieren. Sie brauchte ein weiteres Büschel Haare von Ryan. Während sie Taras Locken fest umklammerte, damit sie ihr nicht verloren gingen, dachte sie fieberhaft nach. In die Jungenumkleide würde sie nicht unbemerkt schleichen können und in den nächsten Stunden hatte sie keinen gemeinsamen Kurs mit ihm.

Da fiel ihr ein, dass Ryan den Tag zuvor wieder zu spät zum Unterricht erschienen war. Für ihn hieß das Nachsitzen. Für Emilia war es ein Zeitfenster von einer Stunde, um zu ihm nach Hause zu gehen, sich Zugang zu verschaffen und Haare aus einer Bürste zu klauen, oder wo auch immer sie welche zusammenklauben konnte.

Moment.

Sie erschrak, sodass sie sich kerzengerade aufsetzte. Hatte sie tatsächlich gerade darüber nachgedacht, bei Ryan einzubrechen? Ihr Herz stolperte. Vielleicht waren aber auch seine Eltern da.

Emilia sackte zusammen und knetete gedankenverloren ihre Unterlippe. In diesem Falle musste sie sich eine gute Ausrede einfallen lassen, um sein Zimmer betreten zu können.

Bei diesen Gedanken fühlte sie sich alles andere als wohl. Unruhig rutschte sie auf ihrem Platz herum, während sie Ryan anstarrte.

Dieser fing ihren Blick auf. Sie verhakten sich und Emilia konnte die Verbindung spüren, die trotz ihrer Entfernung noch immer an ihren Herzsträngen zupfte.

Hastig wandte sie den Blick ab. Wenn sie Ryan weiterhin lebend sehen wollte, musste sie dieses Risiko eingehen. Emilias Finger krampften sich um die Holzbank. Sie würde in Ryans Zimmer einbrechen. Direkt nach der Schule.

Nachdem die letzte Schulglocke geläutet hatte, eilte Emilia aus dem Schulgebäude und durch die Straßen der Kleinstadt. Sie hatte nicht viel Zeit.

Damit sie niemanden traf, den sie kannte, huschte sie wie eine Katze in der Nacht durch die Nebengassen. Sie wusste, wo Ryan wohnte. Wie sie, etwas außerhalb der Stadt, nahe dem Waldrand.

Es kostete sie eine halbe Stunde, bis sie endlich das Haus, das etwas höher gelegen war, erreichte. Da Ryan immer mit dem Fahrrad zur Schule fuhr, blieb ihr nur eine knappe halbe Stunde, bis er nach Hause kommen würde.

Vorsichtig tastete sie sich zum Gartentor vor. Mehrmals sah sie sich um. Sie wollte sichergehen, dass Ryans Eltern nicht zu Hause waren und kein Nachbar sie beobachtete. Ihr Puls raste, als sie die Auffahrt und die Treppen zur Haustür erklomm.

Um ganz sicherzugehen, betätigte sie die Klingel, die einen seichten Glockenklang durch das Haus sandte.

Emilia hörte, wie er verhallte. Danach folgte Stille. Sie wartete noch einige Minuten, ehe sie einen Schritt zurücktrat und zu dem halb geöffneten Fenster zu ihrer Rechten schielte.

Dann fiel ihr ein, dass sie eine Hexe war. Ein Vorteil, wenn man im Haus seines Freundes einbrechen wollte: Man musste weder rohe Gewalt anwenden noch akrobatische Meisterleistungen vollführen, um ein Fenster zu öffnen. Noch einmal sah sie sich um.

Die Nachbarschaft, die ihr zu Füßen lag, schlummerte in der goldenen Nachmittagssonne. Der Wind scheuchte Blätter über das Kopfsteinpflaster und eine schwarze Katze spazierte über den Zaun von Ryans Nachbarn. Sie warf einen kurzen argwöhnischen Blick auf Adelaide, die es sich auf dem Treppengeländer bequem gemacht hatte.

Emilia widmete sich wieder dem Türschloss und murmelte einen Siegelspruch, der das Schloss zurückschnappen ließ. Mit einem leisen Knarren drückte der Wind die Tür auf.

Emilia biss sich auf die Unterlippe. Wollte sie das wirklich tun? Wollte sie Ryan wirklich so hintergehen? Sie war gerade dabei, in sein Elternhaus einzubrechen.

Aber mit dem Gedanken an die drohende Gefahr einer möglichen Opferung, machte sie einen mechanischen und doch symbolischen Schritt über die Türschwelle.

Sie trat in einen langen, schmalen Flur. Der Boden war gefliest, doch die Stufen der Treppe waren vollständig mit weißem Teppichboden verkleidet. Also schlüpfte Emilia hastig aus ihren Boots, damit sie keine Spuren hinterließ.

Kurz sah sie sich um. Eine Tür zu ihrer Linken führte offenbar in das Elternschlafzimmer. Nach rechts ging es in die Küche und geradeaus in das Wohnzimmer.

Ryans Zimmer musste sich also oben befinden. Mit klopfendem Herzen erklomm Emilia die Treppe.

An der Wand neben ihr hingen gerahmte Bilder, die Ryans Eltern, seine Geschwister und ihn selbst zeigten.

Mit einem Lächeln betrachtete sie ein Foto von ihm. Trotz des Alters von ungefähr drei war es unverkennbar Ryan. Seine großen braunen Augen leuchteten, Locken fielen ihm in die Stirn und er grinste mit einem von Tomatensauce verschmierten Mund in die Kamera.

Ein anderes zeigte ihn zusammen mit seiner Schwester und seinem Bruder. Wieder ein anderes war ein Familienfoto. Sie alle strahlten in die Kamera.

Emilias Herz verwandelte sich zu einem Gesteinsklumpen, als ihr bewusst wurde, dass sie, wenn es ihr nicht gelingen würde, Ryan aus ihrem Leben zu streichen, verantwortlich sein würde, dass eine ganze Familie unter dem Verlust eines Kindes leiden musste.

Diese Tatsache schnürte ihr die Luft ab. Außer Atem erklomm sie die obere Etage, taumelte den Flur entlang.

Glücklicherweise machten die Namen auf den drei weißen Türen es ihr nicht schwer, Ryans Zimmer zu finden.

Mit langsamen, beinahe ehrfurchtsvollen Schritten näherte sie sich der Tür am Ende des Flures. Vorsichtig drückte sie sie auf und lugte hinein.

Begrüßt wurde sie von Ryans süßem Duft, gefolgt von einer Brise aus feuchtem Gras und Laub, die durch das geöffnete Fenster kroch. Draußen im Garten raschelten die Blätter und im Wald sang eine Krähe ihr schiefes Lied.

Emilias Blick schweifte über das gemachte Bett, den Schreibtisch, auf dem sich ein Computer befand und einige Notizbücher stapelten.

Zu ihrer Linken befand sich ein Kleiderschrank. Durch die geöffnete Tür konnte sie die verschiedenen

Shirts und Hemden erkennen. Auf dem Boden lagen benutzte Socken.

Emilia trat vollständig ein und betrachtete die Fotos an der Wand. Die meisten zeigten Ryan mit seinen Freunden oder Mitspielern aus dem Fußballteam. Doch ein Foto erhaschte Emilias Aufmerksamkeit.

Ihr Herz schlug höher. Sie erkannte sofort, wann es aufgenommen worden war. Offenbar waren sie beim Sportfest der Schule fotografiert worden. Es hatte vor einem Jahr stattgefunden und zeigte Emilia und Ryan auf der Tribüne. Wenn Emilia es nicht selbst besser gewusst hätte, hätte sie schwören können, dass sie damals schon zusammen gewesen waren. Sie beide trugen ein breites Lächeln auf den Lippen, die Augen leuchteten und sahen nur einander. Ryan beugte sich wie Emilia nach vorn.

Sehnsüchtig ließ sie den Finger über das Papier gleiten. Ein trauriges Lächeln zuckte in ihren Mundwinkeln. Sie wusste genau, worüber sie sich unterhalten hatten. Sie hatten darüber diskutiert, wie man Cornflakes „richtig" aß.

Emilia war der Meinung, dass man zuerst die Cornflakes und anschließend die Milch in die Schüssel füllte. Doch Ryan aß seine Cornflakes auf eine Weise, die sie zum Lachen gebracht hatte. Er hatte ihr geschildert, wie er einen Löffel der trockenen Cornflakes in den Mund schob, um dann einen Schluck Milch zu trinken. Unweigerlich trat ein Schmunzeln auf Emilias Lippen. Sie konnte noch immer nicht nachvollziehen, wieso man Cornflakes auf diese Weise aß.

Sie löste sich von dem Erinnerungsfetzen und tauchte in die Gegenwart. Draußen zwitscherte eine Drossel in einem Fliederbaum, während Emilia sich darüber hermachte, Ryans Bett nach Haaren zu untersuchen. Zwar wurde sie auf der Matratze fündig, doch das reichte nicht, um ein ganzes Büschel zusammenzuklauben.

Frustriert ließ sie die Luft zwischen den Lippen entweichen. Vielleicht würde sie im Badezimmer fündig. Sie wandte sich um.

Dabei fiel ihr Blick auf Ryan, der im Türrahmen lehnte ... Die Arme verschränkt, die Augen auf sie gerichtet.

Als hätte man ihr einen Lähmungsfluch auf den Hals gehetzt, blieb Emilia stehen. Nur ihr Herz raste in der Brust. Sie starrte Ryan erschrocken an, den Mund geöffnet, um sich zu rechtfertigen. Doch was konnte sie schon sagen?

Ryan hob die Brauen. In seinen Augen funkelte Wut, aber Emilia kannte ihn gut genug, um den winzigen Schimmer Amüsement wahrzunehmen. „Okay, Miss Marple, warum zum Teufel stehst du in meinem Zimmer und sammelst Haare von meiner Bettwäsche?"

Emilia fühlte sich, als steckte ihr Kopf in einem Ofen. Ihre Hände zitterten und sie versteckte Ryans wenige Haare hinter ihrem Rücken.

„Na ja, danke, dass du den Anstand hattest, deine Schuhe auszuziehen." Ryan trat über die Schwelle und drückte die Tür ins Schloss.

Emilia verschränkte die Finger. Mit Ryan in einem geschlossenen Raum zu stehen, trieb ihr den Schweiß auf die Stirn. „Wieso bist du ... Ich dachte, du musst ..." Das waren die einzigen Worte, die aus Emilia heraussprudelten.

Ryan ignorierte die Frage. Er wirkte ruhig, beinahe zu ruhig wie die Ruhe vor dem Sturm. „Eine Sache musst du mir erklären", sagte er, während er sich direkt vor sie stellte, sodass ein Entkommen kaum möglich war. „Du brichst mir mein Herz, willst von dem einen auf den anderen Tag nichts mehr mit mir zu tun haben und stehst dann plötzlich in meinem Zimmer? Wie bist du überhaupt hier reingekommen? Und warum sammelst du meine Haare?" Mit jedem Satz, den er sprach, schwoll die Wut in ihm an. Sie konnte sie durch seine Stimme beben hören. „Also wenn du kein Undercovercop bist, der sich einfach nur als Schülerin ausgibt, um einen Drogenring in der Schule auffliegen zu lassen, dann will ich jetzt eine andere verdammt gute Ausrede hören, warum du in meinem verdammten Zimmer stehst." Die letzten Worte stieß er laut hervor, sodass Emilia zusammenzuckte. Doch sie schwieg, die Lippen fest aufeinandergepresst. Sie wusste, dass sie jetzt nichts Richtiges sagen konnte. Nichts, außer die Wahrheit. Aber das ging nicht.

„Sag mir, was mit dir los ist. Was machst du mit mir?" Er ließ sich auf seinen Schreibtischstuhl fallen und fuhr sich mit den Händen über das Gesicht. Er wirkte plötzlich ausgelaugt.

Der Pflock in Emilias Brust drückte sich tiefer in ihr Fleisch, dass es ihr den Atem raubte. Plötzlich bereute sie es, sich in Ryan verliebt zu haben. Sie bereute es, dass sie die Regeln gebrochen und Warnungen ignoriert hatte. Denn Leidtragende war nicht nur sie, in erster Linie fügte sie Ryan und auch Tara zu viel Schmerz zu.

„Wenn du mir schon sagst, dass du mich nicht liebst, warum schleichst du dann hierher?" Wütend funkelte er Emilia an, die Hände auf dem Tisch zu Fäusten geballt. „Warum siehst du mich dann immer so an?"

Emilia trat auf ihn zu. „Ryan, ich –"

Ryan vergrub die Finger in seinen Haaren. „Nein, ich will deine Erklärung nicht hören. Es ist sowieso eine Lüge."

Angesichts der Stimme, die wie Glas splitterte, zerriss es Emilia das Herz. Tränen schossen in ihre Augen. „Ich liebe dich, Ryan", flüsterte sie. Es kam einfach aus ihr heraus, ohne, dass sie jegliche Kontrolle darüber hatte. „Und das ist keine Lüge. Das ist die Wahrheit, so wahr ich hier stehe."

Ryan sah auf. Tränen und Misstrauen glänzten in seinen Augen. „Und warum stößt du mich dann weg? Warum wirbelst du alles durcheinander und hinterlässt all das? Ich war noch nie so traurig ... so wütend." Er war aufgesprungen und hatte die letzten Meter zwischen ihnen überwunden, sodass er nun ganz nah vor ihr stand.

Emilia legte ihren Kopf in den Nacken, damit sie ihm ins Gesicht sehen konnte. Er verlangte eine Antwort. „Ich kann dir die Wahrheit nicht geben, Ryan."

Ryan ballte die Hände zu Fäusten. Fest biss er sich auf die Lippe und kniff die Augen zusammen, als kämpfte er etwas in sich nieder. „Ich will deine Wahrheit nicht", knurrte er, dann vertrieb er die letzten Zentimeter zwischen ihnen und umfasste Emilias Gesicht. „Ich will dich, ein allerletztes Mal."

Emilia spürte die Wärme seiner Hände, spürte, wie sie durch ihre Haut drang und ihre Mauern niederriss, die sie errichtet hatte. Doch sie hatte schlampig gearbeitet. Mit einem weiteren Lidaufschlag lösten sich die Steine in Luft aus.

Ohne sie noch einmal zu bitten, ohne ein weiteres Wort, presste er die Lippen auf ihre. Seine Hand in ihrem Nacken, damit sie nicht entkommen konnte. Er brach über sie herein wie eine Welle, umhüllte sie mit seiner Vollkommenheit, die sie in einer anderen Welt, in einer anderen Dimension sicherlich verdient hätte.

Alles in Emilia wirbelte herum wie Sandpartikel im Meer, vollkommen unkontrollierbar und mit der Garantie, dass sie im Chaos enden würde, sobald die Welle brach.

Emilia spürte Ryans Lippen, die rhythmisch mit ihren verschmolzen, spürte seine starken Arme um ihre Taille, spürte das Beben seiner Muskeln, das Verlangen, die Sehnsucht, die in ihnen beiden brodelte.

Erst verlor Emilia die Kontrolle. Sie erwiderte seinen Kuss, fordernd, drängend. Die Finger vergrub sie in Ryans Haaren und Rücken.

Dann verlor Emilia den Halt. Ihre Knie brachen unter der Wucht, mit der Ryan sie überrascht hatte, ein. Er spürte es und hob sie ohne zu zögern hoch, stolperte mit ihr zum Bett, wo sie auf die Matratze fielen.

Ryans Hände wanderten über ihren Körper, packten ihre Hüfte, während er sich seinen Weg an ihrem Hals entlang küsste.

Emilia ließ alles los, gefangen in einem Rausch, der ihre Sinne vernebelte.

Da gab es nur Ryan und sie, ihre rasenden Herzen, ihre schnelle Atmung, ihre falschen Hoffnungen und ihre verschlungenen Körper, gebettet auf den Scherben ihrer Träume.

Emilia öffnete die Lider und blickte in Ryans tiefbraune Augen. Sie sah sich darin. Ein Astronaut, der sich in Ryans Universum von der Schwerelosigkeit tragen ließ. Dabei verlor sie sich in der Unendlichkeit dieses Moments, sehr wohl wissend, dass er endlich war.

Gierig küsste sie Ryan, spürte die Lust, die Hitzewellen durch ihren Körper sandte, von jeder Haarwurzel bis in ihre Zehenspitzen.

Atemlos legte sich Ryan neben sie, zog sie fest an sich und küsste ihre Stirn. Draußen zwitscherten die Vögel und der Wind säuselte durch die Bäume.

Schweigend starrten die beiden an die Decke. Die Stille zwischen ihnen sang ein ungehörtes Lied des Abschieds.

Mehrmals holte Emilia Luft, um die Frage formulieren zu können, die in ihrer Stirn stach, als hätte sie einen eiskalten Milchshake zu schnell getrunken. „Wenn du entscheiden müsstest, ob ich sterbe oder der Rest der

Welt untergeht, was würdest du wählen? Mein Leben oder das tausend anderer?"

Ryan hob den Kopf und wandte sich ihr zu. Die Anspannung durch die Ernsthaftigkeit ihrer Frage lag in einer Falte zwischen seinen Augen. „Das ist schwierig", begann er. „Ein Held würde sich wohl für die Welt entscheiden, oder? Das ist es doch, was Helden tun."

„Aber wenn es kein Held ist, sondern ein ganz normaler Mensch."

Ryan schmunzelte und fuhr mit dem Zeigefinger über das Profil ihrer Nase und Lippen. „Das eine schließt das andere nicht aus, oder?"

Emilia legte sich auf die Seite, um ihm in die Augen sehen zu können. Ihr Herz wog schwer. „Ich weiß nicht, ob jemand Normales so etwas entscheiden könnte. Was würdest du wählen?"

Ryan ließ den Kopf sinken und starrte an die Decke. „Ich weiß nicht." Er seufzte. „Ich denke, ich ... ich könnte dich nicht opfern." Er blickte sie aus den Augenwinkeln an, ein verlegenes Lächeln auf den Lippen. „Ist das schwach?"

Emilia senkte den Blick. Das Atmen fiel ihr schwer. Langsam schüttelte sie den Kopf. „Ist es schwach, sich für das Gegenteil von dem zu entscheiden, das jeder von dir erwartet?"

Ryan drehte ihr den Kopf zu. Ein schiefes Grinsen lag auf seinen Lippen. Die Mundwinkel zuckten. „Warum macht mir diese Frage aus deinem Mund so viel Angst?"

Emilia schluckte schwer. „Ich muss gehen."

Ryan hielt sie nicht auf, als sie sich seitlich aus dem Bett rollte, um ihre Kleidung zusammenzuklauben.

Nachdem sie sich angezogen hatte, ordnete sie ihr Haar und griff nach ihrer Schultasche. Sie öffnete die Tür, langsam, als hoffte sie, dass Ryan sie aufhalten würde. Doch er lag auf seinem Bett und sah sie einfach nur an.

Emilia schlich durch die Tür und schloss sie hinter sich. Sie war schon am Treppenabsatz, als Ryan die Tür noch einmal aufriss. „Warte", sagte er und joggte, nur in Unterhose bekleidet, zu ihr. „Hier." Er öffnete die Hand, auf der eine dunkle Haarsträhne lag. „Keine Ahnung, wozu du das brauchst, aber mach damit, was du tun musst." Seine Mundwinkel zuckten zu einem traurigen Lächeln. „Du musst mir nichts erklären. Schweigen ist auch eine Form von Wahrheit."

Emilia lächelte. Neue Hoffnung durchströmte ihre Adern wie flüssiges Licht. „Danke", flüsterte sie. „Danke, Ryan, dass du so bist wie du bist. Ich wünschte –"

Ryans Miene versteinerte. „Schon gut. Das war das letzte Mal, Emilia Walsh." Ein letztes Mal rang er sich zu einem Lächeln durch, dann wandte er sich auf dem Absatz um und ging zurück in sein Zimmer.

Emilia fühlte sich, als hätte sie ihr Herz herausgerissen und bei Ryan auf dem Kopfkissen gelassen. Mechanisch taumelte sie die Stufen hinab, zog sich die Schuhe an und verschwand aus Ryans Haus, bevor sie aus seinem Leben verschwinden würde. Für immer.

Aber zu Hause fand sie nicht die Ruhe, die sie jetzt brauchte. Nein. Zu Hause erwarteten sie drei Frauen und Roxanne. Es waren die Ältesten und sie waren alles andere als erfreut.

Kapitel 10

„Wo zum Henker warst du?", bellte Roxanne. Mit verschränkten Armen wiegte sie sich hin und her. Ihr Gesicht war wutverzerrt. Dabei wusste sie, dass sie nicht direkt wütend auf Emilia war. Vielmehr stand sie unter Strom. „Wir warten fast eine Stunde auf dich." Sie musterte sie, wobei ihre Augen einen so durchdringenden Blick gewannen, dass Emilia glaubte, sie könnte wirklich ihre Gedanken lesen.

Hitze stieg in ihre Wangen und sie schlug die Lider nieder. „Ich ... ich musste Nachsitzen." Das war die erstbeste Ausrede, die ihr in den Sinn kam. Und sie schien es mehr zu den drei Ältesten zu sagen, als zu Roxanne.

Esmeralda und die anderen zwei Frauen waren in schwere Umhänge gehüllt. Auf der Straße würden die anderen Menschen sie sicherlich für Bettlerinnen halten.

Ihre runzeligen Gesichter waren Emilia zugewandt, die Hände auf den Tischen gefaltet. Vor jeder Ältesten befand sich eine Tasse Tee. In der Mitte des Küchentisches lag ein Teller mit Keksen, die jedoch niemand angerührt zu haben schien.

Roxanne legte den Kopf schief. „Nachsitzen? Warum?"

Emilia öffnete den Mund, doch Esmeralda kam ihr zuvor. „Es interessiert mich nicht, für welches Vergehen die Menschen dich in der Schule diszipliniert haben." Sie brachte Roxanne mit einer langsamen Handbewegung zum Schweigen. „Vielmehr möchten wir erörtern, welche Strafe dich, meine liebe Emilia, erwartet."

Mit einem Schlag schien Emilias Blut in ihre Füße zu rauschen, wo es sich zu Beton verwandelte. Sie stand da, unfähig sich zu bewegen. Sie blinzelte und versuchte, die Überraschung zu verdauen. „Was wirft man mir vor?", fragte sie, nachdem sie ihre Stimme wiedergefunden hatte.

Roxanne setzte sich nun ebenfalls an den Tisch und zog einen Stuhl neben ihr zurück. Mit der Hand auf der Sitzfläche deutete sie Emilia, dass sie sich setzen sollte.

Mit einer steifen Bewegung kam sie der Bitte ihrer Tante nach. Sie wollte sie nicht noch mehr stressen, denn das würde sie wahrscheinlich bereits während des Gespräches tun.

Oliver hatte sie vorgewarnt. Aber genau das hatte Emilia Oliver auch: Sie würde nicht nachgeben. Dennoch musste sie sich eingestehen, dass trotz ihrer Entschlossenheit die Angst in ihren Eingeweiden brodelte.

„Wieso hast du es ihm gesagt?", zischte Roxanne.

Offenbar waren ihre Nerven schon bis zum Äußersten gespannt.

Emilia öffnete den Mund, doch Esmeralda räusperte sich scharf. „Eigentlich wollten wir nach der Opfernacht das Gespräch mit dir suchen, Emilia. Du weißt schon, wegen der Bedingung, unter der du geweiht wurdest." Esmeraldas Stimme zitterte zwar, was ihrem Alter geschuldet war, dennoch hatte sie einen festen Klang. „Doch als wir heute Mittag einen Anruf von Mrs Woodney erhielten, die – wie ich betonen muss – wirklich außer sich war vor Wut", Esmeralda warf Roxanne einen düsteren Blick zu, „beschlossen wir, dass es nicht warten kann."

Roxanne senkte den Blick, ließ es sich jedoch nicht nehmen, Emilia aus dem Augenwinkel anzusehen, als wollte sie sie in eine Maus verwandeln.

Emilia rann ein Schauer über den Rücken. Gleichzeitig sammelte sich die Wut wie ein Feuerball in ihrem Innersten. Sie wusste genau, was geschehen war. Mit einem Räuspern wollte sie sprechen, doch Esmeralda fuhr sie an: „Du redest, wenn du von uns aufgefordert wirst, junge Dame!"

Emilia schrak zusammen. Hastig legte sie die Hände in den Schoß, wo sie sie zu Fäusten ballte.

„Es ist schon schlimm genug, dass du so einen Aufruhr veranstaltet hast, durch dein Theater bei der Weihe. Es wird uns viel Kraft kosten, diesen Aufruhr niederzukämpfen." Esmeralda schnaubte, als strengte es sie an, so schnell zu sprechen. „Aber dass du deinem kleinen Bruder erzählt hast, was es mit dem Pakt auf sich hat und was ihn erwartet ..." Sie funkelte Emilia an. „Das ist ... das gehört bestraft."

Roxanne beugte sich mit den Ellenbogen auf dem Tisch weiter nach vorn. „Esmeralda, bevor wir über eine Strafe sprechen, wollen wir nicht erst einmal Emilias Version der Geschichte hören? Vielleicht hat sie es nicht in einer bösen Absicht getan, wie ihr vermutet." Nun wandte sie sich zu ihrer Nichte, um mit zusammengepressten Zähnen hinzuzufügen: „Nicht wahr, E-milia?"

Emilia sah sie nicht an. Ihr Blick ruhte auf Esmeralda. Die Arme hatte sie vor der Brust verschränkt. Der Zorn und der Hass diesen Hexen gegenüber überspülte die Angst, als sie sich an Esmeraldas Macht erinnerte, die sie verwendet hatte, um sie zu brechen. Dadurch schwoll ihre Wut nur noch mehr an.

Esmeralda, die Emilias Gefühlsregung zu spüren schien, hob die Brauen und musterte sie. „Nun? Hast du deinem Bruder dieses Geheimnis in böser Absicht erzählt?"

Emilia verschränkte die Arme noch fester, richtete sich in ihrem Stuhl auf und sah von Esmeralda zu Dolores und von ihr zu Pauline. Sie blickte ebenfalls streng drein, jedoch ohne diesen Funken, den Esmeralda in ihren wässrigen Augen trug. Dieser Funken, der Emilia zeigte, dass sie es hasste, wenn sich jemand auflehnte, wenn jemand die Regeln brach, wenn jemand die Regeln infrage stellte.

Emilia setzte ein Lächeln auf. „Nein", sagte sie.

Neben ihr atmete Roxanne hörbar auf und ließ die Schultern vor Erleichterung sinken. Dolores und Pauline taten es ihr gleich, allerdings unmerklich.

Esmeralda streckte den buckeligen Rücken durch, hob das wulstige Kinn und blickte gebieterisch auf Emilia hinab.

Emilias Körper spannte sich. „Ich habe es nicht in böser Absicht getan", fuhr sie fort und reckte ebenfalls trotzig das Kinn. „Ich habe es getan, weil ich meinen Bruder liebe und weil er nicht in eine missliche Lage kommen soll."

Esmeraldas Nägel schabten über den Holztisch, als sie die Hände zu Fäusten ballte. Ihre Nasenflügel blähten sich und ihre Zähne knirschten hörbar. „In eine missliche Lage?", presste sie hervor. „Wie seine große Schwester, weil sie sich in einen Menschenjungen verliebt hat? Weil sie sich nicht an die Regeln gehalten hat?" Esmeralda grinste und entblößte ein lückenhaftes Gebiss.

Ein weiteres Mal stellte Emilia fest, dass sie die böse Klischee-Hexe war, die man in Märchen wie Schneewittchen fand.

Roxanne umfasste ihr Knie und bohrte die Finger in ihre Muskeln, sodass Emilia leise fluchte. „Was?" Sie fuhr herum.

„Was tust du da?"

„Das, was richtig ist." Sie wandte sich wieder an Esmeralda. „Max ist alt genug, um die Wahrheit zu erfahren. Wir sollen Regeln befolgen, die die Menschen um uns herum schützen sollen? Gut. Warum fangen wir dann nicht damit an, dass wir die Jüngeren unter uns einweihen, damit sie wissen, was passieren kann, wenn sie die Regeln brechen."

Esmeraldas blasse Hautfarbe lief rot an. Ihr Kiefer mahlte deutlich.

„Sei nicht so respektlos."

„Nein", sagte Emilia und wäre fast aufgesprungen. Stattdessen knallte sie die flache Hand auf den Tisch. Das Geschirr klapperte. „Nein, es ist respektlos, uns bis zu unserem 16. Lebensjahr im Ungewissen zu lassen. Und ebenso respektlos ist es, uns mit unserer Geburt einem anderen Zirkelmitglied zu versprechen. Wir haben ein Recht darauf mitzuentscheiden. Wir haben ein Recht darauf, zu lieben, wen wir wollen. Wir haben ein Recht darauf ‚Nein' zu sagen!" Emilia schrie die letzten Worte aus voller Kehle. Esmeralda schwieg, was Emilia dazu veranlasste weiterzusprechen. „Behandelt uns nicht wie Mundtote. Respektiert uns und unseren Willen. Ihr wollt den Aufstand der jungen Hexen und Hexer niederringen? Wie wäre es, wenn ihr uns nicht in Ketten legt und uns untereinander verheiratet, als wären wir nichts wert? Denkt ihr wirklich, wir wären so blöd, die Regel nicht zu befolgen, wenn wir um sie wüssten? Denkt ihr wirklich, ihr müsst uns dafür verheiraten? Oder dient es dem Fortbestand des Zirkels und des Pakts? Hat irgendeiner von euch schon einmal drüber nachgedacht, wie wir das eigentliche Problem lösen? Wie bekämpfen wir –"

„GENUG!" Esmeralda sprang auf und schlug beide Fäuste auf den Tisch. Mit einem Klirren fielen zwei Tassen von ihren Untertellern. Schwarzer Tee ergoss sich über den Tisch. Dolores und Pauline fuhren zusammen, ebenso wie Roxanne. „Ich habe genug davon, mir diese Frechheiten von einem kleinen Gör wie dir anhören zu müssen!" Ihre Stimme schrillte. „Es stimmt wohl. Es scheint im Blut zu liegen. Du bist genauso stur und aufsässig wie deine Mutter!" Diese Worte knallten wie eine Peitsche auf Emilia nieder. „Maße dir nicht an, über unsere Bemühungen den Teufel zu besiegen zu urteilen, junges Fräulein. Maße dir nicht an, die Regeln zu brechen. Maße dir nicht an, etwas verändern zu wollen." Sie riss die glasigen Augen weit auf. Wie Blitze aus einer Gewitterwolke zuckte der Wahnsinn in ihnen.

Emilia erschrak, die Wut verpuffte und die Angst, Esmeralda könnte sie ein weiteres Mal mittels eines Fluches beugen, lähmte ihre Glieder. Sie schluckte. Aber sie wollte sich nicht von dieser Furcht mundtot machen lassen. Sie dachte an Oliver, an sich und all die anderen jungen Hexen und Hexer. An Sophie, die niemals so gemein wäre, wenn sie glücklich mit ihrem Leben wäre. „Veränderung ist nicht schlecht. Ich glaube, dass der Stillstand dem Zirkel viel gefährlicher werden könnte, als die Veränderung, die sich offensichtlich einige Hexen wünschen." Emilia sprach ruhig und kontrolliert, doch längst nicht mehr so scharfzüngig wie zuvor.

„Du wagst es noch immer, mich infrage zu stellen. Du –"

„Esmeralda." Das kontrollierte Zucken von Roxannes Mimik verriet ihre Furcht. Kurz fiel Emilias Blick auf die Narbe an ihrem Arm. „Bei allem Respekt, aber ich glaube, dass Emilia recht hat." Sie stammelte. Es fiel ihr schwer, den Mut aufzubringen. Doch Emilia konnte ihrer Tante gerade nicht dankbarer sein.

Esmeraldas Kopf schnellte in Roxannes Richtung wie eine Schlange, die zupacken wollte. Warnend hob sie das Kinn.

Aber einmal den Stein ins Rollen gebracht, ließ er sich so schnell nicht mehr aufhalten, weshalb Roxanne die Schultern straffte, sich räusperte und sich zur vollen Größe aufbaute. „Traditionen und Regeln, besonders die des Zirkels, sind schützenswert."

Esmeralda entspannte sich. Ein Lächeln zuckte über ihre dünnen Lippen. Allerdings war Roxanne noch nicht fertig. „Aber es gibt Traditionen und Regeln, die ihrer Zeit entwachsen. Sie dürfen nicht starr sein und sollten sich dem Zeitgeschehen anpassen. Wir leben in einer modernen Zeit, in der die Technologie die Magie beinahe übertrumpft. Wir leben in einer Zeit, in der junge Menschen Führung aber auch Flügel brauchen. Wieso geben wir ihnen nicht den Raum, um zu wachsen? Sie müssen nicht einander heiraten. Wenn sie es untereinander tun möchten, dann sollten sie es aus freien Stücken tun. Und wenn sie verreisen oder im Ausland studieren wollen, dann sollten wir ihnen auch diese Freiheit gewähren."

Esmeralda bebte inzwischen wieder am gesamten Körper. „Das ist ungeheuerlich." Sie zeigte mit einem krummen Finger auf Roxanne. „Du hast ihr das eingepflanzt! Du! Ich hätte es wissen müssen, ich hatte es damals gewusst, dass du nicht geeignet bist, die spirituelle Führung dieser Kinder zu übernehmen."

Als hätte Esmeralda ihr eine Backpfeife verpasst, zuckte Roxanne zusammen. Tränen glänzten in ihren grauen Augen. Sie senkte den Blick.

Emilia wusste genau, was in ihr vorging. Ihre Mutter hatte ihr die Verantwortung für drei Kinder zugetragen und Roxanne würde sie niemals enttäuschen wollen.

Durch das Adrenalin und die Wut, schlug Emilias Herz wie eine Faust gegen ihre Rippen. Sie verengte die Augen zu Schlitzen. „Roxanne hat uns nie in irgendeiner Art und Weise in diese Richtung gedrängt im Gegensatz zum Zirkel." Sie ballte die Hände zu Fäusten. „Ich bin mir sicher, dass Roxanne uns genauso großgezogen hat, wie meine Mutter und mein Vater es sich gewünscht hätten. Der Zirkel ist das Problem. Die Regeln, die starren Traditionen, die Lügen und die Geheimnisse. Sie sind das Gift. Wenn ihr den Kurs nicht ändert, werden euch die jungen Mitglieder entgleiten und damit wird der Pakt brechen."

Esmeraldas Blut schien nun vollständig in ihrem Gesicht zu pulsieren. Ihre Wangen glühten, Hass sprühte in ihren Augen. „Du böses –"

„Es reicht, Esmeralda." Dolores packte die Älteste am Arm und zog sie auf ihren Stuhl zurück. Sie sah sie nicht an. Ihr Blick war fest auf Emilia gerichtet. „Sie haben recht. Wenn wir den Zirkel zusammenhalten wollen, dann sollten wir über einige alte Regeln und Gebräuche nachdenken."

„Es bedeutet ja nicht, dass ein vollständiges Chaos losbricht", wandte Roxanne schnell ein. Sie warf Emilia einen Seitenblick zu und lächelte.

Emilia erwiderte es und nickte dann. „Ich glaube, dass sich alle Hexen und Hexer über ihre Pflichten bewusst sind, und ich glaube, sie sind verantwortungsbewusst genug, um ihre Bestimmung dennoch zu tragen. Ohne Zwang und Druck." Sie schluckte. „Wenn ich gehen dürfte und studieren könnte ... in London ... ich würde zurückkehren. Jeden Herbst."

Voller Misstrauen funkelte Esmeralda sie an. Sie war zusammengesackt und verschwand beinahe vollständig in ihrer Robe. Die anderen Ältesten nickten. „Es ist wahr, dass diese Regel, dass die Mitglieder Stanhope nicht verlassen dürfen, einer Überholung bedarf, ebenso wie die Verlobung der Zirkelmitglieder untereinander."

Esmeralda warf Dolores einen vernichtenden Blick zu, sagte jedoch nichts.

„Aber", führte Pauline an, „diese Entscheidungen müssen abgestimmt werden. Doch wir werden uns damit nach der Opfernacht befassen." Damit erhob Pauline sich. Dolores tat es ihr gleich.

Wie ein störrisches Kind blieb Esmeralda sitzen. „Diese Veränderungen bringen Verderb über den Zirkel." Sie setzte sich auf und beugte sich weit über den Tisch zu Roxanne und Emilia. Sie entblößte die Zähne zu einem bösen Grinsen. „Brennt euch meine Worte in eure Erinnerungen: Es wird Chaos über uns bringen, Verderb und Leid." Sie zischelte wie eine Schlange.

Dolores und Pauline schwiegen, warteten darauf, bis Esmeralda ihren gebrechlichen Körper erhob und den beiden voran zur Tür humpelte. „Wir finden allein hinaus."

„Guten Tag", sagten Dolores und Pauline wie aus einem Munde.

Hinter ihnen fiel die Tür krachend ins Schloss, sodass Roxanne und Emilia – nicht fähig sich zu bewegen – zusammenfuhren.

Einige Minuten saßen sie schweigend nebeneinander, auf die leeren Stühle vor ihnen starrend, während sie spürten, wie sich die drückende Atmosphäre von allein löste.

Es war, als brächen Sonnenstrahlen durch eine dichte Wolkendecke und als tauchten sie das untere Stockwerk wieder in Licht und Farbe.

„Das war …", begann Roxanne, führte den Satz jedoch nicht zu Ende.

„Krass", sagte Emilia.

„Ja, so würde ich es sagen, wenn ich so alt wäre wie du."

Ihre Blicke trafen sich. Und dann brachen sie in lautes Gelächter aus. Es war kein Amüsement, vielmehr die Erleichterung, die sie beide durchströmte und das Gefühl des Triumphs über die Ältesten des Zirkels.

Lange hielt die Euphorie jedoch nicht an. Zumindest nicht bei Emilia. Schnell wurde sie wieder Opfer der erdrückenden Spannung in ihren Muskeln.

Roxanne schloss sie in die Arme. „Danke", flüsterte sie in ihr Haar.

„Wofür?"

„Dafür, dass du mir gezeigt hast, wie man mutig ist. Und dafür, dass du mich vor Esmeralda verteidigt hast. Ich weiß, wir hatten unsere Differenzen ...“

Emilia löste sich, um Roxanne in die Augen sehen zu können. „Du hast mich nur beschützen wollen. Das weiß ich jetzt. Und ich hätte vielleicht mal auf eine Regel hören sollen. Zumindest auf die Wichtigste.“

Roxanne presste die Lippen zu einem verkniffenen Lächeln aufeinander, das mit Mitleid durchtränkt war. „Du bist mein starkes Mädchen.“

Dessen war Emilia sich nicht sicher. Sie versuchte nur, das Richtige zu tun.

Die Zeit, bis die Sonne unterging und die Nacht hereinbrach, zog sich zäher als ein Klebezauber. Emilia hatte es kaum erwarten können, endlich die Küche für sich zu haben, um den Anti-Liebestrank fertig zu brauen. Sie teilte die Flüssigkeit auf, sodass sie einen Topf für Ryan und einen für Tara hatte. Dann befolgte sie die weiteren Anweisungen des Rezepts.

Als es endlich so weit war, die Haare hineinzustreuen, sandte sie ein Stoßgebet, in der Hoffnung, dass Gott – falls es ihn gab – es erhören würde. „Bitte mach, dass es funktioniert“, murmelte Emilia und streute Ryans Haare in den Topf.

Mit einem lauten Zischen verschlang die teerartige Pampe die Strähne. Dann färbte sie sich glühend rot. Ebenso wie bei Tara.

In dem Rezept stand, dass sie zwei Nächte in Folge diesen Trank zu sich nehmen musste, bis er seine Wirkung vollständig entfalten würde.

Voller Hoffnung goss sie sich den Sud in einen Becher, sie roch zaghaft daran und rümpfte die Nase. Es stank nach verbranntem Haar und rohen Eiern. Würgend hielt sie die Luft an, ehe sie die Pampe, die die

Konsistenz von schlechter Milch hatte, mit einem Mal runterkippte.

Als sich der saure, verdorbene Geschmack auf ihrer Zunge ausbreitete, ließ Emilia den Becher fallen und stürzte zum Waschbecken. Ihre Finger krampften sich um die Spüle, während sie verzweifelt versuchte, die Übelkeit niederzukämpfen.

Der Trank bohrte sich in ihren Magen. Es fühlte sich an, als fräße er ein Loch in ihre Organe. Kalter Schweiß brach auf ihrer Stirn aus.

Bei dem Gedanken, dass sie den Trank noch einmal trinken musste, wollte sie sich übergeben. Doch sie presste die Lippen zusammen und atmete schnaubend durch die Nase.

Nachdem sich ihr Magen und ihre zitternden Muskeln wieder beruhigt hatten, kehrte sie zur Kochinsel zurück, um nun Ryans Sud zu trinken. Sie füllte ihn in den Becher und betrachtete ihn im einfallenden Mondschein.

Ein weiteres Mal verdrehte sich ihr Magen. Nun aber weniger vor Ekel. Alles in ihr sträubte sich, diesen Trank einzunehmen. Sie wollte nicht, dass diese Säure Ryan aus ihrem Organismus brannte. Aber sie hatte keine Wahl. Wenn sie ihn retten wollte, dann musste sie es tun.

Einige Male atmete sie tief ein und aus, kniff sich die Nase zu und kippte den Trank wie einen Schnaps runter.

Sie verzog das Gesicht, japste nach Luft und stolperte ein weiteres Mal zum Waschbecken. Ihre Eingeweide zogen sich zusammen, versuchten, dieses Gebräu auszustoßen.

Emilia kämpfte dagegen an, während ihr der Schweiß von der Nasenspitze tropfte. Das Atmen fiel ihr schwer, Speichel flutete ihren Mundraum.

Sie schloss die Augen, um sich zu konzentrieren, wartete, bis die Übelkeit verebbte und nur noch ein Gefühl wie Sodbrennen in ihrem Innersten zurückblieb.

Auf weichen Knien taumelte sie zu den Töpfen, goss die letzten Tropfen des Tranks in zwei Gläser und verschwand in ihr Zimmer.

Kraftlos ließ sie sich auf ihr Bett sinken und starrte an die Decke. Erstaunlicherweise breitete sich in ihr ein Gefühl von Ruhe aus, wie sie es schon lange nicht mehr gespürt hatte. Und nur wenige Minuten später, legte sich der Schlaf warm und wohlig auf sie nieder.

In der Schule gingen Ryan und auch Tara Emilia großräumig aus dem Weg. Außer in den Unterrichtsstunden, in denen sie gemeinsame Kurse belegten. Aber Emilia war froh darum.

Sie fühlte sich elend und hatte keine Kraft für eine weitere Auseinandersetzung. Zwischendurch fürchtete sie sogar, sich mitten im Unterricht übergeben zu müssen.

Emilia schleppte sich gerade über den überfüllten Korridor zu ihrem Spind, als jemand schnellen Schrittes zu ihr aufschloss. „Siehst scheiße aus, Walsh", hörte sie Sophies Stimme sagen, jedoch konnte sie den besorgten Unterton mit ihrer lässigen Art nicht übermalen.

Emilia seufzte nur und öffnete ihren Spind, als Sophie um sie herumwirbelte, um den Spind vor ihrer Nase zuzuknallen, damit sie Emilia in die Augen blicken konnte. Natürlich hatte sie Ethan im Schlepptau, der sie angewidert von oben bis unten musterte. Emilia erwiderte nur Sophies Blick mit halb geöffneten Lidern.

„Scheiße, du siehst aus, als würdest du gleich Schnecken kotzen."

Emilia stützte sich mit einer Hand an ihrem Spind ab und würgte. „Bitte, sag nichts Ekliges, sonst tu ich es wirklich."

„Aber nicht auf meine Schuhe, bitte", quietschte Sophie und zuckte kurz zurück. Dann seufzte sie und fuhr sich durch ihr glänzendes Haar. „Okay, hör zu, ich weiß, wir sind nicht beste Freundinnen, aber dein Zustand macht mir Angst. Was ist los mit dir? Wir sind eine Familie, du kannst mit uns reden." Sophie war näher gekommen und schlang etwas ungelenk einen Arm um Emilias Schultern.

Wäre sie stark genug gewesen, hätte sie sie von sich gestoßen, doch Emilia hatte keine Kraft mehr und ließ es über sich ergehen. Abgesehen davon spürte sie die Wärme und Herzlichkeit, die in dem Eisklotz Sophie zu schlummern schien. Sie genoss diese freundschaftliche Geste.

„Bist du die Auserwählte?", fragte Sophie und Emilia konnte die Angst in ihrer Stimme zittern hören.

Emilia sah sie an. Ihr Blick war verklärt und alles um sie herum wirkte, als blickte sie durch ein Fernrohr.

„Emilia." Sophies Stimme war nun weit entfernt.

Sie öffnete den Mund, um zu antworten, doch die Übelkeit überfiel sie wie ein Schlag in den Magen. Keuchend und würgend stolperte sie auf die Toilette, wo sie sich im Schwall übergab.

Ihr Magen, ihre Kehle. Alles brannte. Kraftlos fuhr Emilia sich über das schweißnasse Gesicht. Wenn sie dafür nichts mehr für Tara und Ryan empfand, war es ihr das wert. Wenn sie diesen Preis bezahlen musste, um die beiden vor einem grausamen Schicksal zu bewahren, dann würde sie es tun.

„Scheiße." Sophie stolperte hinter ihr her und unterdrückte ein Würgen, während sie Emilia mit spitzen Fingern ein Taschentuch hinhielt.

Dankend nahm sie es an und säuberte sich. Nachdem sie sich kaltes Wasser ins Gesicht gespritzt hatte, fühlte sie sich schon besser.

„Vielleicht solltest du zu Hause bleiben, wenn du krank bist."

Emilia blickte in ihr Spiegelbild, das sie eigentlich hätte erschrecken müssen, wenn sie nicht so ausgelaugt gewesen wäre. Unter ihren blauen Augen zeichneten sich dunkle Schatten ab, ihre Haut war blasser als sonst und ihre Wangen schienen eingefallen. „Ich bin nicht krank", sagte Emilia monoton und sah Sophie durch den Spiegel an.

Diese weitete ihre Augen. „O Gott, hat dich der Mensch geschwängert?", purzelte es aus ihr hervor.

Emilia wollte lachen, doch in ihr befand sich nur Leere, die sie nichts fühlen ließ. Wirkte der Trank bereits? „Nein", sagte sie.

Sophie schien beruhigt und atmete tief aus. „Gut, gut. Das ist gut."

Emilia spuckte etwas Speichel ins Becken und blickte dann wieder zu Sophie auf. „Warum bist du hier? Warum sorgst du dich auf einmal um mich?"

Sophies Miene wurde ernster, glatt wie eine Eisfläche. Sie trat einen Schritt näher heran, um Emilia direkt in die Augen zu sehen. „Du hältst mich für ein Monster, nicht wahr?" Sie hob eine Braue und verschränkte die Arme. „Ich bin aber nicht die Feindin, die du so gern hättest. Mir liegt tatsächlich etwas an dir, wenn auch nicht besonders viel ... also im Vergleich zu Brianna oder Ethan." Sie schüttelte kurz den Kopf, als mahnte sie sich, nicht abzuschweifen. „Trotzdem müssen wir Hexen und Hexer zusammenhalten und ich meine ..." Sie verzog den Mund und deutete auf Emilia. „Eine Blindschleiche würde sehen, dass es dir nicht gut geht. Deswegen mein Hilfsangebot."

Die beiden Mädchen standen schweigend da, sahen sich blinzelnd an, während etwas zwischen ihnen wuchs, das lange gekeimt, aber nie wirklich hatte Wurzeln schlagen können. Doch nun, da sie Wärme zuließen, taute der Boden, auf dem sie standen.

Emilia seufzte. „Ich … ich habe das Problem bereits gelöst. Es ist alles unter Kontrolle", sagte sie. Inzwischen war sie sich – im Anbetracht ihrer Gefühlstaubheit – ziemlich sicher, dass der Trank seine Wirkung entfaltete und Ryan wie auch Tara langsam aus ihrem Organismus brannte wie ätzende Säure.

Sophie presste die Lippen aufeinander. Nicht vollständig überzeugt, unterzog sie Emilia einer Musterung. Dann strich sie ihr sanft über die Schulter. „Okay, aber wenn du Hilfe brauchst, kannst du zu uns kommen. Jederzeit." Sie rang sich zu einem warmen Lächeln durch, das so ehrlich und rein schien, dass es Emilia vorkam, als stünde eine neue Hexe vor ihr. Das Eis, das diese glatte Fassade bildete, brach.

Emilia nickte. „Dankeschön." Das meinte sie ehrlich. In diesem Moment empfand sie tiefe Dankbarkeit.

Sophie nickte ihr zu, wie man es bei einer Beerdigung tat, wenn man seinen Respekt erwiesen hatte. Kurz vor der Tür blieb sie noch einmal stehen und blickte über ihre Schulter. „Es tut mir leid, dass es so gekommen ist, Emilia, das tut es wirklich." Sie seufzte. „Es ist nicht fair. Aber wir können stolz darauf sein, so einen wertvollen Beitrag für die Menschheit zu leisten."

Emilia nickte resigniert. Ob sie stolz war, das wusste sie nicht.

Was sie allerdings wusste, war, dass sie die letzte Stunde schwänzen würde. Zu groß war ihre Angst, dass sie sich ein weiteres Mal übergeben musste. Leider bestätigte sich diese Angst, kaum dass sie es zu Roxanne in die Küche geschafft hatte.

Sie hatte noch nicht einmal „Hallo" gesagt, da raste sie schon zur Spüle und erbrach sich. Roxanne hielt ihr die Haare zurück und streichelte ihren Rücken, bis das Würgen verebbte. „Bist du krank?" Der argwöhnischen Musterung zufolge schien Roxanne alles andere als überzeugt davon, dass Emilia krank zu sein schien.

„Nein", krächzte sie.

Roxannes warmer Blick schlug in Strenge um. „Was hast du gemacht?"

„Ich –" Emilia erbrach sich ein weiteres Mal.

Jason trat an ihre Seite. „Ich habe ihr ein Schlafmittel gegeben, weil sie so schlecht schläft. Habs wohl falsch dosiert."

Roxanne kniff die Augen zusammen und bohrte den Zeigefinger in Jasons Brust. „Irgendwann bringst du noch einmal jemanden um mit deinen Experimenten. Überlass das Brauen den Erfahrenen."

Jason verdrehte die Augen. „Sie kotzt sich aus und dann gehts ihr wieder gut."

„Ich braue ihr einen Aufhebungstrank, damit dieses Gift aus ihrem Körper verschwindet", sagte Roxanne, ohne auf Jason einzugehen.

Emilia hob ruckartig den Kopf. „Nein", stöhnte sie. „Nein, das geht schon. Wahrscheinlich hab ich nicht das Fischbrötchen vertragen, das es in der Schule gab."

Jason verzog angewidert das Gesicht. „Warum zum Teufel isst du Fischbrötchen?"

Roxanne warf ihm einen warnenden Blick zu, ehe sie Emilia mit einem Lächeln bedachte. „Leg dich etwas hin, ich mache dir einen Tee."

Emilia nickte, fürchtete jedoch, dass sie keine zwei Schritte würde laufen können, ohne sofort zusammenzubrechen. Jason schien das zu merken und stützte sie. „Komm, Schwesterherz, ich bring dich nach oben", sagte er und schleppte sie zur Treppe. „Und dann rupf ich dich wie ein Hühnchen", fügte er leise hinzu, als sie außer Hörweite waren.

Ein kalter Schauer rann über Emilias Rücken, von dem sie nicht wusste, ob er von der Übelkeit stammte oder Jasons Worte der Grund waren.

Kaum hatte er sie auf ihr Bett befördert und die Tür hinter sich geschlossen, setzte er seinen tadelnden Großer-Bruder-Blick auf, sodass Emilia wusste: Es war ernst.

„Was zum Teufel hast du da gebraut, als wir geschlafen haben?" Er deutete mit der Hand auf die beiden Becher auf ihrem Schreibtisch.

Emilia leckte sich über die trockenen Lippen und setzte sich auf. „Wie hast du sie –"

„Gefunden?" Jason legte die Stirn in Falten, als fühlte er sich veralbert. „Ist das dein Ernst? Ich dachte, in deinem Zimmer wäre ein Tier verreckt."

„Warum schnüffelst du in meinem Zimmer?"

„Weil ich den Geruch von einem Anti-Liebestrank aus zehn Meilen erkenne. Vergessen? Ich bin hier der Experte in der Kunst des Brauens." Murrend fügte er hinzu: „Auch wenn der Ruf jetzt einen ganz schönen Knacks abbekommen hat durch die Ausrede, die ich Roxanne auftischen musste."

„Warum hast du ihr nicht die Wahrheit gesagt?", fragte Emilia, die von Schüttelfrost erfasst wurde, weshalb sie unter die Decke kroch.

Besorgt löste Jason die verschränkten Arme und setzte sich zu ihr. „Du weißt genau, wie Roxanne ausrasten würde, wenn sie erfährt, dass du einen Trank gebraut hast. Du, als blutige Anfängerin." Er grinste, ließ es jedoch, als er bemerkte, dass es nicht bis zu Emilia durchdrang.

Sie saß da und spürte ... Nichts. Die Wirkung des Tranks funktionierte tatsächlich. „Aber er wirkt", sagte Emilia. „Ich spüre, wie er wirkt."

Jason hob die Brauen. „Das bezweifle ich."

Emilia sah ihn empört an. „Aber –"

„Emilia, unter Hexen gibt es auch Quacksalber, die denken, sie hätten das Mittel gegen Krebs entdeckt." Er musterte sie kurz, ehe er mit den Schultern zuckte. „In deinem Fall ist es eher ein Brechmittel, quasi eine Entgiftungskur."

Emilia konnte deutlich spüren, wie die Hoffnung in ihr wie trockene Erde zerbröckelte. Was zum Vorschein kam, war Schmerz und Verzweiflung. „Wie meinst du das?"

Jason beugte sich zu ihr vor und legte eine Hand auf die ihre. „Emilia." Seine Augen funkelten voller Mitgefühl. „Denkst du wirklich, dass irgendein Zauberspruch oder ein Trank die Liebe aus dir entfernen kann?" Er zwinkerte ihr verschwörerisch zu. „Lass es nicht die alten Weiber vom Rat hören, aber die Liebe ist die wohl mächtigste Magie, gegen die wir nichts ausrichten können."

Emilias Kehle schnürte sich langsam zu. „Das heißt ... das heißt, dass es nicht wirkt?" In ihr schlug die Panik um sich, dass sich sämtliche Organe wie schockgefrostet anfühlten.

Jason fuhr sich seufzend mit der Hand durch die Haare. „Leider nein. Dieser Trank ist uralt und basiert quasi auf Aberglauben. In Wirklichkeit kotzt du dir einfach nur die Seele aus dem Leib. Wo hast du das Rezept überhaupt gefunden?"

„In Roxannes Laden, in irgendeinem alten Schinken."

Jason zog die Brauen zusammen. „Deswegen hast du ihr immer so eifrig geholfen."

„Ich habe den ganzen Laden auf den Kopf gestellt, um etwas zu finden, das Tara und Ryan aus meinem Herzen löscht."

Mitleid zuckte in Jasons Mundwinkeln. „Das da." Er tippte auf die Stelle unter der ihr Herz schlug. „Ist keine Festplatte, die man einfach resetten kann."

„Aber es muss doch einen Weg geben, sie zu retten", hauchte Emilia verzweifelt und klammerte sich an ihrer Decke fest, als könnte die sie davor bewahren, in ein tiefes Loch zu fallen.

Jason schlug traurig die Augen nieder, ehe er leer aus dem Fenster starrte. Einige Male setzte er zu einer Antwort an, verwarf sie dann aber, ehe er sagte: „Es gibt nur einen Weg, um sie davor zu bewahren." Jasons Blick verfinsterte sich. „Aber der verlangt auch einen hohen Preis." Seine Kiefer spannten sich, sodass die Sehnen hervortraten. „Alles hat seinen Preis, Emilia, einfach alles. Und dieser Preis wäre zu hoch, als dass du ihn zahlen könntest."

Nur langsam sickerten seine Worte in ihr Bewusstsein, bis sie begriff, was er meinte. Da rann die erste Träne über ihre Wange.

Jason sah ihr nun direkt in die Augen. Er durchbohrte sie regelrecht. „Ist er es wert? Ist er mehr wert als sieben Milliarden Menschen?"

Ihre Kehle schnürte sich zu. Wer war sie, dies zu bewerten? Wer war sie, über Leben und Tod zu entscheiden? Es erschien ihr nicht fair. „Gibt es keinen anderen Weg?"

Jason zögerte. „Nein." Dann erhob er sich. „Es tut mir leid." Zärtlich wischte er die einsame Träne von ihrer Wange, ehe er sich erhob. „Versuch dich auszuruhen." Er schlich aus ihrem Zimmer und ließ Emilia allein in einem Raum voller Vorwürfe und Gedanken, die wie Wahnsinnige durcheinander stoben.

Was sollte sie nur tun? Gab es tatsächlich keinen Weg mehr? Emilia konnte es nicht glauben. Sie wollte es nicht glauben. Sie wollte nicht aufgeben. Weder wollte sie Ryans oder Taras noch das Blut Milliarden anderer Menschen an ihren Fingern kleben sehen.

Nach einer Nacht, die Emilia mehr über der Kloschüssel verbrachte als im Bett, schleppte sie sich dennoch zur Schule. Sie wusste nicht einmal, warum. Aber wenn sie zu Hause bleiben würde, würde sie wahrscheinlich wahnsinnig. Auf den Unterricht konzentrieren konnte sie sich jedoch auch nicht. Langsam schienen auch ihre Lehrer zu bemerken, dass sie nicht bei der Sache war, und bombardierten sie mit Fragen, die sie nicht beantworten konnte.

Von Tara wurde sie nach wie vor ignoriert. Ryan tat es ihr gleich. Sah er sie auf dem Korridor, schlug er meistens die entgegengesetzte Richtung ein, ohne sie einmal anzusehen. In Emilias Brust breitete sich ein Loch aus, das mit jeder Minute größer zu werden schien.

„Ich habe nur einen schlechten Tag", versprach sie ihrer Mathematiklehrerin Mrs Collins. Diese musterte sie über die Ränder ihrer Brille hinweg, ehe sie seufzend nickte und den Klassenraum verließ.

Emilia fuhr sich mit der Hand über das Gesicht. Noch nie war sie so negativ aufgefallen. Normalerweise war sie eine vorbildliche Schülerin.

Gedankenverloren schulterte sie ihre Tasche und trat auf den Korridor, als eine vertraute Stimme sie in die Gegenwart zurückholte. „Du siehst immer noch ziemlich beschissen aus, Walsh." Sophie lehnte an Ethan, der sich wiederum lässig an der Wand abstützte.

Emilia entging nicht seine Abneigung, die stets wie ein Funken in seinen Augen glänzte.

Sie seufzte, ließ die Schultern hängen und hob die Brauen.

Sophie drückte sich ab und schlenderte mit verschränkten Armen auf Emilia zu, um sie etwas zu sich und Ethan zu drängen. „Ich könnte dir vielleicht helfen“, flüsterte sie, wobei sie sich immer wieder umsah, um sicherzugehen, dass niemand sie belauschte.

Doch auf dem Flur herrschte reges Treiben, dass man ihr Gespräch nicht hören konnte.

Fragend sah Emilia sie an, während sie die Euphorie, mit der sie sich Sophie näherte, zu zügeln versuchte. „Was? Wie?“ Emilia schob sich mit Sophie nah an Ethan, der eher genervt als hilfsbereit schien. Er musterte sie unablässig. „Sie ist das Risiko nicht wert.“

Emilia warf ihm einen wütenden Blick zu.

„Wer das Risiko wert ist, entscheide ich immer noch selbst, Ethan“, fauchte Sophie.

Erst jetzt begriff Emilia die Abneigung, die unter der Fassade brodelte. Sie schwieg, während sich Sophie wieder ihr zuwandte.

Sie atmete tief ein und richtete ihre Frisur. „Also“, begann sie mit gedämpfter Stimme. „Ich habe etwas recherchiert. Es gibt einen Zauber, der dein Problem lösen könnte, aber ...“ Sie biss sich auf die Unterlippe.

Emilia beugte sich weiter zu Sophie vor. „Aber was?“ Sie trat ungeduldig auf der Stelle.

Sophie blickte gen Decke und rang nach Worten. „Es ist riskant und gefährlich und ...“

„Verlangt einen hohen Preis, ich weiß schon.“

Sophie blinzelte. „Ja, also ...“

„Ich zahle ihn.“

Ethan rollte mit den Augen. „Du solltest erst einmal zuhören, bevor du einwilligst. Vielleicht kannst du es ja gar nicht bezahlen.“

Sophie rammte ihm den Ellenbogen in die Seiten. „Sei nicht so herablassend“, zischte sie.

Ethan gurgelte eine wütende Antwort, die Emilia nicht verstand.

Sophie sah Emilia nun direkt in die Augen. „Es ist ein Zauber, der die Gefühle vollständig auslöscht, extrahiert sozusagen. Du liebst nicht mehr, aber du wirst auch keine Freude mehr empfinden."

Emilia sah auf. „Und keinen Schmerz."

Sophie presste die Lippen zusammen, schloss die Augen, ehe sie seufzte. „Und keinen Schmerz."

Ethan schnaubte und schüttelte den Kopf. Sophie wollte etwas entgegnen, doch Emilia war schneller: „Was?", zischte sie und schob Sophie beiseite. Ihre Worte hatten ihr neue Hoffnung und damit neue Kraft gegeben.

Ethan löste die verschränkten Arme. Mit einem Schritt reduzierte er den Abstand zwischen ihnen, sodass er ihr direkt gegenüberstand. Er war ungefähr genauso groß wie Emilia, doch weitaus muskulöser. Zwar spielte er bei Sophie das brave Schoßhündchen, das ab und an die Zähne bleckte, aber bei Emilia verwandelte er sich in einen bedrohlichen Rottweiler. „Nimm es wie eine richtige Hexe. Das ist deine eigene Schuld. Wir haben dich gewarnt. Du wolltest nicht hören, das hast du jetzt davon."

„Ethan", funkte Sophie dazwischen.

In Emilias Bauch entfachte Wut und sie reckte das Kinn. „Und mich so feige den Regeln beugen, wie ihr es getan habt? Seht euch an. Unglücklich und frustriert, aber dennoch ein Paar abgeben, weil der Zirkel es so will."

„Du bist erst seit ein paar Tagen geweiht und tust schon so, als hättest du den vollen Durchblick", bellte Ethan nun so laut, dass es jeder um sie herum mitbekommen konnte.

Emilia ignorierte die neugierigen Schüler, die stehen geblieben waren und hinter vorgehaltenen Händen tuschelten. „Habt ihr nichts Besseres zu tun?", blaffte Sophie sie an, sodass sie erschrocken weiterzogen. An Emilia und Ethan gewandt sagte sie: „Können wir das nicht später ausdiskutieren? Das ist wirklich –"

„Nein", stieß Ethan hervor. „Sie soll wissen, dass sie ein egoistisches Stück ist und mit ihrem Verhalten den gesamten Zirkel gefährdet. Nicht nur, dass du Menschen in Gefahr bringst, sondern auch das Geheimnis um unsere Existenz." Sein Kopf war inzwischen so rot wie ein Warnschild.

Aber Emilia ließ sich davon nicht beeindrucken. Sie bohrte den Finger in Ethans Brust. „Egoistisch? Ihr nennt mich egoistisch? Egoistisch ist es, sich einem System zu beugen, obwohl es einen kaputtmacht. Würden wir alle zusammenhalten, dann –"

Ethan explodierte in diesem Moment. Er schlug ihre Hand von sich und bäumte sich bedrohlich über Emilia auf. „Nennst du mich etwa schwach?"

Als sein Gesicht nah über ihrem schwebte, wollten ihre Knie einknicken, aber Emilia blieb standhaft. Sie alle hatten zu lange geschwiegen und die Regeln als gegeben akzeptiert. „Ja", sagte sie kühl.

Das brachte das Fass zum Überlaufen. Ethan stieß Emilia an die Wand.

Ein stechender Schmerz entlockte ihr ein Keuchen.

„Ethan, lass das!" Sophie wollte sich zwischen die beiden stellen, doch in seiner Rage schubste Ethan auch sie von sich.

Ächzend geriet Sophie ins Taumeln und stürzte zu Boden.

Mit großen Augen starrte Emilia auf Ethan, der vollkommen die Kontrolle verloren hatte. Die Magie in seinen Augen blitzte auf wie eine Stichflamme. Gerade als er einen weiteren Schritt auf sie zu stampfen wollte, stellte sich Ryan zwischen sie.

Ihr Herz meldete sich mit einem bittersüßen Ziehen zurück.

„Wag es nicht, ihr auch nur ein Haar zu krümmen", knurrte Ryan.

Ethan jedoch ließ sich nicht aus seiner Rage wecken. Er pumpte sich noch mehr auf. Emilia konnte die Magie um sie herum flimmern spüren. Offenbar fiel es ihm schwer, sie nicht einzusetzen.

„Verpiss dich", spuckte Ethan und machte einen Satz auf Ryan zu. Seine Faust wirbelte durch die Luft.

Ryan wich ihr leichtfüßig aus. Augenblicklich stürzte er sich auf Ethan. Die beiden gingen rangelnd zu Boden.

In einem Knäuel verschlungen, schlugen sie aufeinander ein. Ryan stieß den Ellenbogen in Ethans Bauch, was ihm ein lautes Keuchen entlockte.

Sofort schlug Ethan Ryan ins Gesicht. Seine Lippe platzte auf, Blut tropfte zu Boden. Schnaubend quittierte Ryan das mit einem Würgegriff.

Während Ethan in Ryans Schwitzkasten zappelte, versuchte er weiter auf ihn einzuschlagen. Inzwischen war sein Kopf knallrot. Er japste nach Luft.

„Ryan, es reicht", wimmerte Sophie, die inzwischen wieder auf die Beine gekommen war.

„Schluss", donnerte die Stimme von Mr Finnigan durch den Korridor. Kurz darauf teilte sich die Traube der Schüler, die sich um sie herum gebildet hatte.

Augenblicklich ließ Ryan Ethan los. Dieser plumpste rücklings zu Boden und starrte an die Decke, während er gierig nach Atem rang.

Ryan trat ihn von sich, blieb auf dem Boden sitzen, die Ellenbogen auf den Knien abgestützt. Mit dem Daumen fuhr er sich über die blutende Lippe, während er zu Emilia aufsah.

Wie ein Speer durchbohrte sein Blick ihre Brust, während sie dastand, als hätte man sie bewegungsunfähig gezaubert. Dennoch konnte sie die Sehnsucht in ihnen aufflackern sehen.

Ihre Verbindung wurde abrupt unterbrochen, als Tara in den Kreis trat und sich zwischen Emilia und

Ryan stellte, um sich um ihn zu kümmern. „Du bist verletzt", murmelte sie und half ihm auf.

„Ryan und Ethan, Sie beide melden sich umgehend bei der Direktorin", polterte Mr Finnigan.

Ethan, der sich bereits aufgesetzt hatte, fuhr sich mit dem Handrücken über die schweißnasse Stirn. Er lachte höhnend. „Du hast deine Männer gut im Griff, was, Emilia? Springen für dich in die Bresche, obwohl du ihn einfach mit Oliver ersetzt hast."

„Halt die Klappe!", fluchte Sophie, die Emilia mit sich zu ziehen versuchte.

Emilia riss den Mund auf, um sich zu verteidigen, wollte die Wahrheit sprechen. Doch als sie sah, wie Ryan Tara zur Seite schob, um Emilia direkt in die Augen sehen zu können, blieben die Worte in ihrem Hals stecken. Ryan schnaubte durch die geblähten Nasenflügel. Die Falten zwischen seinen Augen zeugten von Wut und Fassungslosigkeit.

Mit einem Ruck befreite er sich aus Taras Klammergriff, ohne den wilden Blick von Emilia abzuwenden. Dann wirbelte er herum und rempelte sich durch die Schülertraube.

„Mr Miller, kommen Sie sofort zurück!"

„Bei allem Respekt, Sir, Sie können mich mal!", schrie Ryan, ehe die schwere Eingangstür des Schulgebäudes ins Schloss krachte und Stille hinterließ.

Ethan lächelte voller Genugtuung, warf Emilia einen abfälligen Blick zu, ehe er zum Büro der Schuldirektorin davonstürmte, gefolgt von Mr Finnigan.

Emilias Mund stand noch immer offen. Sie blinzelte, versuchte zu begreifen, was da gerade geschehen war.

„Du hinterlässt echt nichts als verbrannte Erde." Tara musterte ihre ehemalige beste Freundin voller Abscheu, dann folgte sie Ryan.

Emilias Magen füllte sich mit ätzender Eifersucht, die sich durch sämtliche Organe brannte und ihr Innerstes verdarb.

Ihre Anspannung spürend, drückte Sophie sie noch fester an sich. „Komm", sagte sie leise.

Kapitel 11

1 Tag bis zur Neumondnacht

Am Abend stand Emilia vor dem Haus der Halls. Das herrschaftliche Anwesen, das sich bereits seit Generationen im Familienbesitz befand, ragte über ihr auf wie ein Gruselschloss aus einem Horrorfilm. Der Himmel hinter den grauen Gemäuern hatte sich rot gefärbt und warf Schatten auf die Gargoyles, die beinahe lebendig schienen.

Emilia trat durch das hohe gusseiserne Tor, das mit einem Quietschen ihre Ankunft in dem Rosengarten ankündigte.

Kies knirschte unter ihren Schuhen. Sie erklomm die Treppen und streckte den Finger nach der Klingel aus, als sich die Tür augenblicklich öffnete.

Emilia, die erwartet hatte, dass ein menschlicher Bediensteter ihr die Tür öffnen würde, blieb auf der Schwelle stehen und starrte auf den Gargoyle, der in der Tür stand. Es war ein Drache, nicht größer als ein Beistelltisch. Sein steinernes Gesicht war so lebendig, dass es Falten warf, als seine neutrale Miene grimmige Züge annahm. „Was glotzt du so?" Er flatterte aufgeregt mit den Steinflügeln. Seine Aussprache erinnerte an die eines Kleinkindes.

Emilia biss sich fest auf die Innenseite ihrer Wangen, um nicht loszukichern. Der Gargoyle wirkte so niedlich, dass sie ihn nicht ernst nehmen konnte. Dabei war es alles andere als klug, so ein Wesen zu verärgern. Zwar hatte sie nur von Roxannes Erzählungen und aus Büchern von ihnen erfahren, aber dennoch wusste sie, dass Gargoyles launische Kreaturen waren. Nicht Herr über ihre Wut und mit einer übermenschlichen Stärke gesegnet, würden diese Wesen Chaos über Stanhope bringen, wäre da nicht ihre unerschütterliche Loyalität gegenüber ihren Meistern.

Bei diesem Gedanken rümpfte Emilia die Nase. Ihr wäre es zuwider, so ein Wesen für ihre Zwecke zu benutzen und als Türöffner anzustellen.

„Gigi, wir sind nett zu unseren Gästen", hallte Sophies Stimme vom Absatz der Treppe hinab, die sich von zwei Seiten um einen lächerlich riesigen Kronleuchter wand.

Als hätte sie mit ihren Worten einen Zauber über den Gargoyle gelegt, verbeugte dieser sich mit einer unnatürlichen Bewegung. Geführt von einer unsichtbaren Kraft streckte er widerwillig den Arm aus, um Emilia ins Innere des Hauses zu bitten. „Ich stehe zu Diensten", spuckte er. Mit gerunzelter Stirn und geblähten Drachennüstern blickte er zu ihr auf. Das Licht des Kronleuchters spiegelte sich in den Augen aus Onyx.

„I-ich brauche deine Dienste nicht", sagte Emilia. Ihr Magen hatte sich zu einer kleinen Kugel zusammengezogen. Am liebsten hätte sie den Gargoyle von seinem Dienst befreit und ihn in die Nacht flattern sehen.

Mit einem leisen Brummen schloss Gigi die Tür hinter ihr, machte noch einmal eine kurze Verbeugung und tippelte mit den kurzen Beinen in Richtung der zweiflügeligen Tür, die sich zu Emilias Rechten befand.

„Gigi", sagte Sophie und lehnte sich auf das Geländer. Ein Lächeln lag auf ihren Lippen, die Augen funkelten. „Bring uns doch ein Glas Wasser und ich brauche noch etwas getrockneten Bärlauch."

Gigi blieb stehen und nickte, wie es ein Diener tat. „Ja, Herrin", sagte er mit blecherner Stimme. Er wandte sich um.

„Ich bin sicher, dass Sophie sich diese Sachen auch selbst holen kann." Emilia verschränkte die Arme und setzte ein breites Lächeln auf. „Es hat dich ja kein Lähmzauber erfasst, oder?"

Sophie richtete sich zur vollen Größe auf. Mit der Hand auf dem Geländer aus Mahagoniholz, schritt sie die Stufen hinab. Jede Bewegung verkündete die stumme Botschaft, dass das hier ihr Reich war. Mit nackten Füßen trat sie auf den teuren Teppich. Der Stoff ihres Seidenbademantels flatterte hinter ihr her. „Walsh, du hörst nie auf, nervig zu sein, oder?" Vor einigen Tagen noch hätte Sophie diese Worte mit leidenschaftlicher Abneigung gesprochen. Doch heute funkelte Wärme in ihren karamellfarbenen Augen, während der Anflug eines Lächelns in ihren Mundwinkeln zuckte.

„Und du hörst nie auf, exzentrisch und extravagant zu sein, Hall."

„So bin ich. Komm." Sie rauschte mit flatterndem Bademantel an Gigi vorbei und öffnete die Türen zu einem Salon, in dem ein Kaminfeuer prasselte. Der Sims war voll von Rahmen, in denen überwiegend Fotos von Sophie in beinahe jedem Alter steckten.

Emilia ließ es sich nicht nehmen, sich an den Chesterfield-Sesseln vorbeizuschieben, um die Fotos zu betrachten. „Du warst ja richtig süß." Mit einem Grinsen wandte sie sich zu ihr um.

Sophie legte den Kopf schief, sodass ihr schwarzes Haar wie der Stoff ihres Bademantels über ihre Schulter fiel. „Ja, die guten alten Zeiten, nicht", sagte sie, wobei Emilia nicht entging, dass das Gold in ihren Augen plötzlich seinen Glanz verloren hatte.

Bevor Emilia antworten konnte, wirbelte sie herum und trat durch eine Tür in die große Küche. Über einer Kochinsel baumelten Pfannen und andere Küchenutensilien.

Sophie nahm zwei Gläser heraus, füllte sie mit einem Schnipsen mit Wasser, ehe sie sich ranmachte, die Kräuter zu suchen. Offenbar kannte sie sich nicht in der Küche aus.

„Bist du glücklich?", fragte Emilia.

Sophie hielt inne. Emilia sah, dass ihre Finger sich um den Griff einer Schublade krampften, ehe sie sich entspannte und mit einem strahlenden Lächeln zu ihr umwandte. „Wie kommst du darauf?" Sie gluckste. „Natürlich bin ich glücklich. Ich bin eine Hexe."

Es fiel Emilia inzwischen nicht mehr schwer, Sophie zu durchschauen. Sie legte den Kopf schief. „Musstest du schon ein Opfer bringen?"

Nun brach ein großes Stück aus Sophies Fassade. Ihr Lächeln verschwand. Sie schluckte. „Ja", sagte sie so leise, als wollte sie nicht, dass es jemand außer Emilia hörte.

Emilia kam näher und stützte sich mit den Ellenbogen auf die Kochinsel. „D-darf ich fragen wen?"

Sophie senkte den Blick und nestelte an der Kordel ihrer Shorts. Sie presste ein gequältes Lachen aus ihrer Kehle. „Ach, es war niemand ... also kein Mensch." Das Licht verriet die Tränen in ihren Augen. „Ich ... ich musste damals meinen Hund opfern. Tequila hieß er." Ihr Lächeln zitterte, ehe es in sich zusammenfiel wie ein Haus nach einem Erdrutsch. Eine einsame Träne kullerte über Sophies Wange. Schnell wischte sie sie fort und lächelte umso breiter. „Für viele sind es nur Tiere, aber ... aber wenn deine Eltern sich ihrer Arbeit verschreiben und du mit Gargoyles aufwächst, dann kann ein Hund eine Familie sein."

Emilias Kehle wurde eng. Zögerlich trat sie auf Sophie zu und schlang ihr einen Arm um die Schulter. Noch nie hatte sie Sophie so zerbrechlich gesehen. Auf Emilia hatte sie gewirkt, als wäre sie aus Stein wie die Gargoyles, mit denen sie aufgewachsen war. Bis zu diesem Moment, in dem sie merkte, dass sie genauso zerbrechlich war wie Emilia. Nun verstand sie, warum Sophie so war. Sie hatte eine Mauer um sich herum errichtet, damit der Teufel ihr nie wieder etwas aus Fleisch und Blut nehmen konnte, das ihr so viel bedeutete.

„Unser Fluch ist nicht das Opfer, das wir bringen müssen, Em", sagte Sophie und sah ihr fest in die Augen. „Unser Fluch ist diese Distanz, die wir wahren müssen, um unser Umfeld zu beschützen. Unser Fluch ist es, dass wir niemals nach der Liebe greifen dürfen, weil sie zerbricht, sobald wir sie berühren."

Emilia zog Sophie in ihre Arme. Sie weinte. Emilia hörte es nicht. Vielmehr spürte sie, wie der flüssige Schmerz ihre Kleidung durchnässte. Und es gab keine Worte, um ihn zu lindern. Keinen Zauber, um den Fluch zu brechen.

Nach einigen Minuten des Schweigens löste Sophie sich. Sie blinzelte und setzte wieder ein Lächeln auf. „Aber ich bin glücklich." Sie nickte, als wollte sie sich selbst davon überzeugen. „Der Zirkel sorgt dafür, dass wir nicht allein sind. Ethan ist mein bester Freund, auch, wenn wir uns nicht immer einig sind."

„Aber das gibt dem Zirkel doch nicht das Recht, uns gegen unseren Willen zu verloben. Du kannst dem widersprechen. Die Ältesten sind bereit, die Regeln zu ändern. Wir dürfen abstimmen."

Sophie hob eine Braue. „Der Zirkel weiß, was am besten für uns ist."

„Nein, du weißt am besten, was für dich am besten ist!" Emilia fiel es schwer, ihre Wut zu zügeln. „Niemand hat das Recht, über dich zu entscheiden. Niemand hat das Recht, dich in eine Beziehung zu zwingen, in der du nicht glücklich bist. Du entscheidest das, du allein."

„Der Zirkel macht es schon seit Jahrhunderten. Ich weiß, dass viele junge Hexen und Hexer durch dich den Mut gefunden haben, ihre Stimmen zu erheben, aber die älteren unter uns sind in der Überzahl." Sie lachte trocken. „Es sind uralte Regeln und Traditionen. Die durchbricht man nicht mit einer nett klingenden Rede."

„Vielleicht nicht mit einer Rede, aber mit Unnachgiebigkeit." Emilia verschränkte die Arme.

Sophie seufzte und warf die Hände in die Luft. „Okay, ich weiß, dass ich dich nicht vom Gegenteil überzeugen kann. Dafür bist du auch nicht hier, oder?"

Emilia wollte etwas entgegnen, wurde aber von Gigi unterbrochen, der gerade in die Küche watschelte. Er verzog das Gesicht in ihre Richtung. Wahrscheinlich sollte es ein Lächeln sein, wobei es allerdings mehr wirkte, als fletschte er die Zähne. Zielstrebig lief er auf eine Schublade zu, öffnete sie und reichte Sophie den getrockneten Bärlauch.

„Ah", rief sie aus. „Danke, Gigi." Mit einer unbeholfenen Geste tätschelte sie ihm den Kopf.

Gigi schnaubte durch die Nüstern. Auch wenn er aus Stein war, hieß es nicht, dass er sich nicht nach Wärme verzehrte.

Emilia lächelte.

Sophie sah auf und rollte genervt mit den Augen. „Denk jetzt nicht, du hättest mich missioniert, du Nervensäge", stöhnte sie, ehe sie Emilia mit sich riss.

Sie schwebte die Treppen hinauf. Währenddessen konnte Emilia den Blick nicht von dem Kronleuchter abwenden. Das Licht brach sich in den Tausenden Glasperlen und funkelte durch den Raum. Plötzlich erfasste sie eine Neugierde, nein, eine Gier, die jeden Winkel dieses Anwesens erkunden wollte.

Während sie Sophie einem langen Korridor folgte, betrachtete sie all die Gemälde an den Wänden. Männer wie Frauen waren porträtiert worden. Dabei wirkten sie, als säßen sie auf einem elektrischen Stuhl, ohne es sich anmerken lassen zu wollen.

Zwei Gargoyles flatterten geschäftig umher, während sie Rahmen, Lampen und Vasen abstaubten.

„Wer sind diese Leute?", fragte Emilia und verlangsamte ihre Schritte.

Sophie blieb stehen. Seufzend steckte sie sich eine Strähne hinter die Ohren. „Das sind die Vorfahren der Halls." Sie zog Emilia ein Stück weiter und blieb vor dem wohl größten Gemälde stehen, das in den prächtigsten Goldstuck gerahmt war. „Hier, das ist Rosalia Hall." Sophie sah in Emilias ahnungsloses Gesicht. Als sie begriff, dass Emilia keine sonderliche Reaktion zeigte, hob sie die Brauen. „Sag mir nicht, du hast keine Ahnung, wer sie ist?"

Emilia hob langsam die Schultern, während sie die Luft zwischen den Lippen entweichen ließ. „Deine Ur-Ur-Ur-Ur ... Ur-Großoma?"

Sophie klappte die Kinnlade herunter. „Nicht nur, du Dummerchen." Sie stemmte die Fäuste in die Hüften und legte den Kopf schief. „Weißt du nichts über die Gründer des Zirkels?"

Emilia überlegte kurz, konnte sich aber nicht entsinnen, dass ihre Eltern oder Roxanne jemals diese Geschichte erzählt hatten. Sie schüttelte den Kopf.

„Bei den Kräutern meiner Oma, dass du so etwas als Hexe des Zirkels nicht weißt", tadelte Sophie und nickte in Richtung einer von drei Türen, die sich am Ende des Korridors befanden. Sie durchschritten einen weiteren Flur und kamen an mehreren Türen vorbei.

Emilia hatte alle Mühe, den Drang zu unterdrücken, jede einzelne zu öffnen. Aber dafür blieb keine Zeit. Abrupt hielt Sophie vor einer der Türen inne und führte sie in ihr Zimmer.

Emilia klappte der Mund auf. Ihr eigenes Zimmer hätte wahrscheinlich drei oder vier Mal in Sophies gepasst. In der Mitte befand sich ein großes Himmelbett, das mit bordeauxrotem Stoff bezogen war. Links von Emilia befand sich ein Schminktisch, auf dem allerdings nicht nur Make-up stand, sondern auch verschiedene, wahrscheinlich selbst hergestellte, Salben und Tinkturen. Perlenketten hingen über dem Spiegel und klapperten gegen das Glas. Die Vorhänge blähten sich mit der Brise auf und draußen erklang ein Windspiel. Der Duft von nassem Laub vermischte sich mit Sophies vertrautem Geruch, der Emilia an Flieder erinnerte.

In einer Ecke rechts von Emilia stand ein Bücherregal. Wie ihres war es vollgestopft, doch nicht mit Liebesromanen und Fantasiewelten. Sophie schien voll und ganz in ihrer Rolle als Hexe aufzugehen, was Emilia ein heißes Gefühl von Neid in der Magengrube bescherte. Warum konnte sie sich nicht so sehr für ihre Geschichte, Magie und Wesen interessieren?

Sophie trat auf das Regal zu und blickte Emilia über ihre Schulter hinweg an. „So viel zum Thema ‚Ich sollte öfter meine Nase in ein Buch stecken‘“, sagte sie, ehe sie nach einem dicken Folianten griff, dessen Seiten gewellt und vergilbt waren.

Sie schnaufte etwas, als das Gewicht des Wälzers ihre Arme hinunterriss. Sie ließ ihn aufs Bett fallen, ehe sie das Buch behutsam aufschlug. „Die Geschichte der Hexen unterscheidet sich stark von der der Hexen aus Büchern und Märchen.“ Sie lachte abfällig. „Die Menschen glaubten immer, dass Hexen den Teufel anbeten und von ihm ihre Kräfte erhalten, aber das stimmt nicht.“ Sie sah in Emilias Augen und deutete mit dem Finger auf eine Seite, auf der ein Mond in all seinen Phasen abgebildet war. „Wir sind Kinder der Nacht, ja, aber noch genauer sind wir die Kinder des Mondes.“

Emilia runzelte die Stirn. Gleichzeitig wollte sie sich dafür ohrfeigen, dass sie nie hinterfragt hatte, woher ihre Kräfte stammten.

Sophie blätterte eine weitere Seite um. Sie zeigte ein Bild, das vor Jahrhunderten gemalt worden sein musste, aber dennoch so detailliert, dass es auf dem ersten Blick wie eine Fotografie wirkte. Es zeigte drei Hexen, gekleidet in schwarze, lange, hochgeknöpfte Kleider. Sie trugen Ketten mit verschiedenen Symbolen. Auf ihren Köpfen trugen sie diademähnlichen Kopfschmuck. Ihre Gesichtszüge waren glatt und starr, aber hübsch. Besonders das Gesicht der mittleren Hexe, die etwas vor den anderen stand.

Emilia erkannte augenblicklich Sophies Augen und das schwarze Haar. „Das ist deine Ur-Ur-Ur-Ur…"

„Ja, meine Keine-Ahnung-wie-viele-Urs-Großmutter." Sie lächelte stolz. „Und das." Sie deutete auf die Frau, die so wirkte, als versteckte sie sich hinter Rosalia Hall. „Das ist deine Keine-Ahung-wie-viele-Urs-Großmutter."

Emilia stockte der Atem. „Was?" Sie blinzelte und konnte nicht glauben, dass eine ihrer Vorfahren tatsächlich eine Mitbegründerin des Zirkels war. Ihre Eltern und auch Roxanne hatten niemals ein Wort darüber verloren. Allgemein hatten sie nicht viel über die Vergangenheit gesprochen. Aber nun, da Emilia die Wahrheit offenbart wurde, sah sie es. Das rote Haar, die Sommersprossen und die blauen Augen, die offenbar wie ein Fluch über die Generationen an Frauen weitergegeben wurden. Und dennoch wirkte diese Hexe fremd auf Emilia. „Warum haben meine Eltern mir nie von ihr erzählt?", fragte sie, erwartete jedoch keine Antwort von Sophie.

Aber diese schien eine zu haben: „Soweit ich weiß, waren deine Eltern und auch Roxanne dem Zirkel nicht immer so treu ergeben."

Emilia runzelte die Stirn. „Wie meinst du das?"

Sophie zuckte mit den Schultern. „Sie haben sich zwar den Regeln gebeugt, aber sie haben sie immer kritisiert, auf eine andere Lösung gepocht, auf einen Wandel." Sophie lächelte milde. „Du bist ihnen also nicht sehr unähnlich, deinen Eltern. Nur bist du die erste

Hexe, die so mutig ist und dem Zirkel wirklich die Stirn bietet."

Emilia war sich nicht ganz sicher, ob es sich nur um eine Lichtreflexion handelte, aber es schien, als funkelte Neid in Sophies Augen.

„Auf jeden Fall", fuhr sie fort, bevor sie sich weiter in diesem Thema vertieften. „Sind diese drei Frauen die Begründerinnen des Zirkels. Sie haben alles getan, um ihn zu schützen, und haben als erster Zirkel in England festgelegt, dass die Existenz von Hexen geheimzuhalten ist."

Emilias Hals wurde trocken. Sie kannte den Grund. „Wegen den Verbrennungen?"

Sophies Gesichtszüge wurden ernst, sodass sich eine kleine Falte in ihrer makellosen Haut bildete wie ein Haarriss im Gesicht einer Porzellanpuppe. „Auch. Aber auch, weil viele Menschen, die den Hexen vielleicht nicht so böse gesinnt waren, ihre Kräfte ausnutzten. Sie wünschten sich Reichtum und all diesen ganzen materiellen Scheiß, mit dem sie die Leere in ihren Leben zu füllen versuchten." Sophie entging nicht der ungläubige Blick, den Emilia ihr zuwarf. „Ich weiß, dass ich in so einem Anwesen wohne mit so viel Reichtum, dass ich mir die nächsten Jahre keine Sorgen machen muss. Aber glaube mir, es ist auch verdammt einsam. Nicht zuletzt, weil Menschen Vorurteile uns gegenüber pflegen."

Wie Säure brannte das schlechte Gewissen in Emilias Kehle. „Es tut mir leid, wenn ich jemals –"

Sophie schüttelte den Kopf. „Nein, Walsh, du warst nie eine von ihnen." Sie lächelte traurig. „Du hattest allen Grund, uns zu hassen. Ich war gemein, besonders zu Oliver." Sie senkte den Blick und presste die Lippen zu einer schmalen Linie zusammen. „Ich habe all meinen Frust an ihm ausgelassen, das war nicht fair. Deswegen entschuldige ich mich."

„Es freut mich, dass du das so siehst. Aber du solltest dich eher bei Oliver entschuldigen."

„Ich weiß."

Schweigen legte sich zwischen die beiden Mädchen, das so unangenehm juckte wie Juckpulversalbe. „Aber das erklärt nicht, wie und woher wir die Kräfte beziehen, also, wie sind unsere Kräfte entstanden?", fragte Emilia, um die Stille zu unterbrechen.

Sophies Augen glänzten. „Das ist meine Lieblingsgeschichte." Sie blätterte einige Seiten zurück. „Der Ursprung unserer Kraft liegt noch viel weiter zurück. Die Legende besagt, dass es zwei Männer und zwei Frauen waren, die sich nach magischen Kräften sehnten. Damals beteten sie den Mond an. Sie brachten ihm Opfer dar und besangen ihn. Eines Nachts erschien ihnen ein Geist, eine Göttin, die ihnen ihre magischen Kräfte überließ. Bei Vollmond würden die Kräfte am mächtigsten und bei Neumond am schwächsten sein. Sie bat die vier darum, verantwortungsvoll damit umzugehen und Gutes mit ihnen zu vollbringen. Und so gaben diese vier ihre magischen Gaben von Generation zu Generation weiter, bis die ersten Zirkel entstanden."

„Deswegen greift uns der Teufel in der Neumondnacht an, weil wir dann am verwundbarsten sind."

„Ja. Aber am stärksten sind wir im Oktober."

„Warum eigentlich?"

Sophie atmete tief ein, wobei sie die Augen schloss. „Findest du nicht auch, dass der Oktober einfach nur ein magischer Monat ist?"

Emilia lachte. „Da hast du recht."

Sophie grinste, ehe ihr Gesicht wieder ernstere Züge annahm. Sie klappte das Buch zu. „So, dafür sind wir aber nicht hier. Ich kann mich nicht daran erinnern, dich eingeladen zu haben, damit wir so was wie Freundinnen werden." Schwungvoll wandte sie sich um und verließ mit Emilia zusammen das Zimmer. Dabei stupste sie sie mit der Hüfte an. „Wobei ich zugeben muss, dass ich anfange, dich zu mögen, Walsh."

„Geht mir auch so, Hall", gab Emilia zurück und schmunzelte. Sie ließ sich von Sophie zu einer weiteren Tür führen, die so etwas wie eine geheime Treppe offenbarte.

„Zu deiner Information: Ich zaubere nicht in meinem Zimmer. Ich kann diese ganzen verbliebenen Energien danach nicht ausstehen. Deswegen habe ich meinen eigenen Raum auf dem Dachboden", erzählte sie, während sie die nackten Steintreppen erklommen.

Es führte auch eine Treppe nach unten. Emilia starrte kurz in das dunkle Loch, das ins Nichts zu führen schien. Sie spürte die Kälte und drückende Stille, die von dort aus nach oben strömte.

Oben angekommen erwartete sie der Duft von Kräutern wie Rosmarin, Lavendel und Safran. Sie hatte nicht gewusst, was sie sich vorstellen sollte, als Sophie sagte, sie zauberte oben, aber sie hätte nicht gedacht, dass sie nun in ein Paradies für jeden Magiebegeisterten stolpern würde.

Von den Decken hingen Bündel getrockneter Kräuter und Pflanzen, deren Düfte sich in der Wärme, die unter dem Dach herrschte, zu einer Faust vereinten. Diese schlug Emilia unmittelbar ins Gesicht, sodass sie ihren Sinnen einige Sekunden geben musste, um sich zu entspannen, während sie den Raum besah.

Rote Samttücher spannten sich wie Hängematten über die Decke und schwangen in der Brise, die durch das geöffnete Fenster am Ende des Zimmers kroch. Von dort aus konnte Emilia in den prächtigen Garten der Halls blicken.

Aber Augen hatte Emilia nur für den Kreis aus weißen Kerzen, in dessen Mitte ein altes, schweres Buch auf einem Samtkissen ruhte. Auf die vergilbten Seiten hatte

Sophie die Kräuterbündel gelegt, die sie für das Ritual brauchten.

Die Faszination blieb jedoch bei dem Buch. Mit hemmungsloser Neugier trat Emilia über die Kerzen hinweg und kniete sich nieder. Vorsichtig schob sie die Kräuter beiseite und blätterte darin herum. Dieses Buch war älter als das älteste in Roxannes Sammlung, und es beinhaltete Zauber, die Emilia noch nie untergekommen waren, zum Teil in einer fremden Sprache geschrieben.

Sie erhob sich. „Was ... wie?"

Sophie legte den Kopf schief, ein zufriedenes Lächeln auf den Lippen. „So viel zum Thema: Du stehst im gesamten Wissen des Zirkels, wenn du in der Buchhandlung bist." Sie sagte es ohne Vorwurf in der Stimme mitschwingen zu lassen. Vielmehr feixte sie, wobei sie Emilia unablässig beobachtete, als studierte sie jeden ihrer Gesichtszüge.

Nun standen sich die beiden Mädchen gegenüber. Kein Tresen zwischen ihnen und auch keine Vorurteile mehr. Emilia lächelte. „Es tut mir leid, was ich zu dir gesagt habe."

Sophie hob die Schultern. „Mir tut es ebenfalls leid. Ist ja nicht so, als hätte ich dich nicht provoziert." Sie stupste ihr mit dem Ellenbogen in die Seite. „Komm, bevor meine Eltern wieder da sind."

Wie kochendes Blei brodelte die Nervosität in Emilia. Sie saß Sophie gegenüber auf einem der Samtkissen und beobachtete sie dabei, wie sie die Arme weit über den Kopf streckte, während sie tief ein- und ausatmete. Sie wiederholte diese Bewegung, glitt mit ausgestreckten Händen nach vorn und kam wieder hoch, die Luft zwischen den Lippen auspustend.

„Ähm ... soll ich da irgendwie mitmachen?"

Sophie, die in ihrer eigenen Welt zu sein schien, reagierte zunächst nicht. Dann öffnete sie ein Auge. „Hm, was?"

„Soll ich mitmachen? Gehört das zum Ritus?"

„O nein", sagte sie und lachte. „Nein, ich mache Entspannungsübungen, dann klappt der Zauber besser."

Emilia hob die Brauen. „Ach ja?"

Sophie streckte sich noch einmal, die Augen geschlossen. „Ernsthaft, Walsh, du würdest dich als Mensch besser machen, als als Hexe." Sie öffnete die Lider. „Besonders der innere Zustand der Hexe entscheidet über Erfolg oder Misserfolg eines Zaubers. Je entspannter, desto effizienter."

„Vielleicht haben meine Zauber deswegen nicht funktioniert", murmelte Emilia mehr zu sich selbst, als zu Sophie.

„Nein, das hatte nichts mit der Ausführung deiner Zauber zu tun." Sophie legte den Kopf schief und öffnete den Mund.

Doch Emilia kam ihr zuvor. „Die Magie der Liebe ist stärker, ich weiß, ich weiß."

Sophie lächelte zufrieden.

„Aber wenn das so ist, sollte dieser Zauber dann nicht auch scheitern?"

„Nein", sagte Sophie und legte die Hände auf ihre Beine, die sie im Schneidersitz verhakt hatte. „Ich entferne deine Gefühle, ich arbeite nicht gegen sie an. Es ist quasi so, als würde ich sie extrahieren."

Nervosität erfasste Emilia. In diesem Moment wurde ihr schmerzlich bewusst, welchen Schritt sie zu gehen bereit war. „Was passiert dann?"

Sophie rutschte mit dem Hintern auf ihrem Kissen umher, wahrscheinlich, um es sich bequemer zu machen. Sie wirkte plötzlich so erwachsen mit den zarten Falten auf ihrer Stirn. „Nun, sie werden erst einmal außerhalb deines Körpers weiterexistieren. Sie gehören zu dir und werden zurückwollen. Aber da wir das nicht zulassen dürfen, werde ich sie in ein Gefäß sperren, wo sie langsam ..." Sie blickte nachdenklich zur Decke.

„Verpuffen? Verschwinden?"

Sophie sah sie wieder an. „Verenden ist wohl das richtige Wort dafür. Sie verenden ohne ihren Wirt."

Wirt. Emilia schnaubte, da sich dieser Begriff für sie anhörte, als handelte es sich um einen Parasiten. Doch wenn sie länger darüber nachdachte, kam sie zu der Erkenntnis, dass – vor allem die Liebe – ein Parasit war. Die Gefühle, die sie für Ryan empfand, hatten sie nur in Schwierigkeiten gebracht. Und was wollte sie schon mit negativen Gefühlen wie Neid, Eifersucht, Angst, Wut? All diese Empfindungen, die das Schlechte in dem Menschen hervorholten. Ganz zu schweigen von dem Schmerz, der sie begleitete, seitdem sie Ryan von sich hatte stoßen müssen. Keine Empfindungen wie Freude, Belustigung oder Verliebtsein würden je wieder wie ein elektrischer Impuls durch ihren Körper strömen, würden sie nie wieder lebendig fühlen lassen. Der Preis war hoch. Aber wenn das die einzige Möglichkeit war, um Ryan und Tara zu retten, dann würde sie ihn zahlen.

„Bist du bereit? Oder sollte ich besser sagen, bist du sicher, dass du das machen willst?" Sophie sah sie an. Die Falten auf ihrer Stirn gewannen an Tiefe.

Emilia blinzelte. „Ja", sagte sie heiser. „Ja, ich will es machen."

Sophie nickte, den Blick gesenkt, sodass Emilia sehen konnte, wie sich ihre schwarzen Wimpern um ihre Lider fächerten. „Also", sagte sie und zog das Buch zu sich. „Das Ritual sieht vor, dass ich einen Trank aus Kräutern, Öl und Weihwasser mische." Sie nahm die Kräuter, zwei Flaschen mit einer öligen und einer klaren Flüssigkeit. In einem großen Steinmörser zerrieb sie die Kräuter, ehe sie nach und nach die Flüssigkeiten hinzufügte. Dabei murmelte sie einen Singsang in einer

Sprache, die Emilia noch nie gehört hatte. Sie klang dem Latein sehr ähnlich, doch sie vermochte nicht zu erkennen, was sie sagte. Im Schein der flackernden Kerzen wirkte Sophie wie eine richtige Hexe aus all den Erzählungen der Menschen.

Nachdem Sophie geendet und Emilia den Trank gereicht hatte, war es vollkommen still, sodass Emilia glaubte, man könnte ihr Herz rasen hören. Nur das gelegentliche Knarren der Dielen unter ihnen und das Seufzen des in die Jahre gekommenen Hauses waren zu vernehmen. Inzwischen war die Sonne untergegangen und die Vögel waren verstummt.

Emilia schluckte schwer, nahm den Mörser entgegen und benetzte die Lippen mit dem nach Bärlauch riechenden Trank.

„Ganz austrinken", sagte Sophie, ehe sie zu summen begann. „Herr des Schattens, Herrin des Lichts, kommt herbei in unseren Kreis. Nehmt Kummer, Freude, Schmerz und Liebe für einen hohen Preis."

Mit dem letzten Wort und dem letzten Schluck, den Emilia tat, pfiff plötzlich ein eisiger Wind durch den Raum. Die Kerzen erloschen, sodass sich vollkommene Dunkelheit auf Emilia und Sophie legte.

Ein Seufzen ertönte, gefolgt von rasselndem Atem, der Emilia heiß in den Nacken blies.

Sie fuhr zusammen, wollte herumwirbeln, wurde jedoch von Sophie aufgehalten, die ihre Hände ergriff.

Emilia konnte nur blasse Züge ihres Gesichts wahrnehmen. „Schau nur mich an", sagte sie.

Emilia nickte. Gebannt horchte sie in die drückende Stille. Sogar das Haus schien den Atem anzuhalten, ebenso wie Sophie und Emilia.

„Wer stört unsere Ruhe?" Die Stimme klang wie das Brechen eines massiven Stamms, vibrierte über den Boden und erschütterte Emilias Mark. Sie krampfte die Hände fester um Sophies Finger.

„Herrin des Lichts, Herr des Schattens", hauchte sie. „Wir bitten um die Erlaubnis, die Gefühle dieser Hexe zu entfernen."

„Warum sollte so ein junges Mädchen so einen schmerzvollen Prozess über sich ergehen lassen wollen?", fragte eine erhabene Frauenstimme direkt an E-milias rechtem Ohr.

„Sie will ihre große Liebe retten."

Die Frauenstimme gab ein verzücktes Summen von sich. „Wie überaus tapfer." Sie seufzte. „Das eigene Herz hinausreißen, die Liebe aus dem Fleisch schneiden, alles aufgeben, um jemanden zu retten. Edel, überaus edel."

Obwohl Emilia wusste, dass sie nicht hinsehen sollte, konnte sie ihre Augen nicht kontrollieren. Sie stahlen sich in die Winkel, um einen Blick auf die Herrin des Lichts zu erhaschen.

Ein bläuliches Licht, schwach wie der Mond, formte ein zartes Gesicht. Die Herrin des Lichts erhaschte ihren Blick. Blitzschnell verschwand die Schönheit und machte Platz für eine erzürnte Fratze.

Emilia zuckte zusammen und schloss die Lider. Ihr Herz raste.

„Töricht", sagte der Herr des Schattens. „Wieso sollten wir das genehmigen?"

„Es ist dringend", stieß Emilia hervor. Sie öffnete die Augen wieder, sah jedoch geradeaus, während die beiden Geister am Rande ihres Sichtfeldes schwebten. „Ich will sein Leben verschonen."

„Das ist so rührend", schwärmte die Herrin des Lichts.

„Und dafür willst du ein Leben in Leere führen?", bohrte der Herr des Schattens. „Du willst nie wieder lachen? Nie wieder Freude oder Zuneigung empfinden? Du würdest diesen Menschen nicht mehr lieben, ist dir das klar? Du wirst nie wieder lieben."

Es fühlte sich an, als verwandelte sich Emilias Innerstes zu Stein. Sie schluckte hart. Es war ein großes Opfer. Und auch, wenn Ryans und Taras Leben davon abhingen, traf sie diese Entscheidung nicht leichtfertig.

Doch dann dachte sie daran, dass sie auch nie wieder Angst, Wut oder Schmerz empfinden würde, was ihr – im Anbetracht dieser Situation – tröstlich vorkam. Aber waren es nicht auch genau diese Empfindungen, die dafür sorgten, dass man sich lebendig fühlte? Die dafür sorgten, dass man leidenschaftlicher liebte, hemmungsloser lachte, intensiver lebte?

Hin und her gerissen von einer Welle der Gefühle, die über sie hinwegrollte und sie wie den Sand unter ihr herumwirbelte, biss sie sich auf die Unterlippe. Kurz schloss sie die Augen und sah Ryan vor sich. Mit dem schiefen Schmunzeln auf seinen Lippen. Ihr Herz klopfte außerhalb des gewohnten Takts. Ein warmes Gefühl strömte in ihre Eingeweide. Diese Intuition, diese Gewissheit, dass man die richtige Entscheidung traf. „Es ist entschieden", sagte Emilia mit brüchiger Stimme.

„Sieh nur, wie töricht Liebe macht", knurrte der Herr des Schattens.

„Nein", sagte die Herrin des Lichts sanft und strich mit einem kalten Windhauch um Emilias Gesicht. „Liebe macht stark und mutig. Liebe trifft selbstlose Entscheidungen. Ich erlaube es."

Emilia presste die angehaltene Luft erleichtert aus ihren Lungen.

„Herr des Schattens", fragte Sophie.

Kurzes Schweigen erfüllte die Kälte des Raumes, ehe er mit einem Knurren antwortete: „Ich gestatte es."

„Aber sei dir bewusst, dass es schmerzhaft wird, Emilia Walsh", flüsterte die Herrin des Lichts in ihr Ohr. Ihre kalten Finger bohrten sich in ihr Kinn und zwangen Emilia, dem Geist ins Gesicht zu sehen.

Emilia erstarrte zu Stein, als sie in dieses schöne Gesicht sah, vom Mondlicht gemalt. Der Stoff ihres Kleides bauschte sich um sie herum auf, die Haare schwebten, als befände sie sich unter Wasser. Sie lächelte und presste die Lippen auf Emilias. „Mit diesem Kuss löse ich deine Gefühle, damit sie extrahiert werden können." Dann schwebte sie ein Stück zurück, ergriff die Hand des Herrn des Schattens, der sich eine Kapuze ins Gesicht gezogen hatte.

Sie verbeugten sich zum Abschied, ehe sie sich wie dünner Nebeldunst auflösten.

Der eisige Windzug rauschte an den Mädchen vorbei aus dem Zimmer. Die Kerzen flammten wieder auf und tauchten den Raum in Licht, sodass die Schatten wieder an den Wänden tanzten und die Wärme zurückkehrte. Alles, was blieb, war die Stille.

Stille, die Emilia schlagartig mit einem spitzen Schmerzensschrei zerriss. Sie stürzte vorwärts zu Boden, fing sich mit den Händen auf den maroden Brettern ab und versuchte zu atmen. Doch der Schmerz, der ihr Innerstes versengte, nahm ihr sämtliche Luft.

Es fühlte sich an, als bearbeitete jemand ihre Organe mit einem Lötkolben. Ihr Herz, ihre Leber, ihren Magen. Als würde jemand sie ausbrennen.

Sie stieß einen weiteren Schmerzensschrei aus und krümmte sich in Embryohaltung zusammen.

Sophie sprang auf. Tränen glänzten in ihren Augen. Fahrig tätschelten ihre Hände über Emilias Körper. Sie versuchte, ihr zu helfen, doch sie schien nicht zu wissen wie. Dann stürzte sie sich auf ihr Buch.

Mit zitternden Fingern fuhr sie die Zeilen entlang.

Emilia hielt sich den Bauch. Das Brennen trieb ihr die Tränen aus den Augen. Sie atmete rasselnd ein. „Mach, dass es aufhört", presste sie hervor.

Sophie fuhr sich durch das Haar, dann über ihre verweinten Augen. Ihr Atem ging stoßweise. „Ich ... wir können jetzt nicht umkehren." Sie sah zu Emilia, die sich vor Schmerz über den Boden kugelte. „Hier steht, ich muss jetzt deine Gefühle extrahieren." Sie krabbelte auf Emilia zu, packte sie, damit sie still liegen blieb, und legte eine Hand auf ihre Stirn, die andere auf ihren steinharten Bauch.

Emilia verkrampfte sich immer mehr. Das Feuer in ihr war so unerträglich heiß, dass sie Sterne vor ihren Augen tanzen sah.

Die Decke wankte. Schweißperlen traten auf ihre Stirn. „Worauf wartest du?", schrie sie und biss sich fest auf die Lippe.

Sophie blinzelte, sammelte sich, ehe sie die Augen schloss. „Gefühle, Organe des Seelenlebens, ich befehle euch, aus dieser Hexe zu treten. Leer sollt ihr diesen Körper verlassen und nichts von euch zurücklassen." Mit jedem Satz wurde Sophies Stimme fester und durchdringender.

Emilia hörte es nicht nur. Sie spürte es auch, denn der Schmerz schwoll nun an, sodass sie glaubte, innerlich in Flammen zu stehen. Sie kreischte, bis ihr Hals rau wurde.

„Liebe, Wut, Leidenschaft, Trauer, Freude, Eifersucht, lasst ab von dieser Hexe und begebt euch auf die Flucht. Verlasst diesen Körper jetzt sofort und sucht euch einen anderen Ort."

Der Schmerz sprudelte wie eine heiße Quelle in Emilias Kehle. Sie gurgelte, rang nach Atem, während ihre Finger sich in den Holzboden krallten. Wie eine Besessene schlug sie mit dem Kopf von links nach rechts.

Sophie verstärkte den Druck auf ihren Körper. „Halte durch, Emilia, du hast es gleich geschafft." Ihre Stimme brach und wurde von einem weiteren, heiseren Schrei erstickt, den Emilia hervorstieß.

„Mach, dass es aufhört", wimmerte sie und bäumte sich auf. „Bitte!" Sie schrie und weinte wie ein kleines

Kind. „Es tut so weh!" Emilia rollte sich ein weiteres Mal zusammen.

„Alle Emotionen und Gefühle, verlasst diese Seele, verlasst diese Hülle. Hinterlasst Leere und Stille und kommt nicht mehr zurück, weder Böses noch Glück." Sophie stöhnte. Der Zauber schien ihr jegliche Kraft zu kosten. Mit zitternden Händen hielt sie ein offenes Einmachglas in die Höhe.

In Emilia regte sich etwas. Es fühlte sich an, als bohrte sich eine eiskalte Hand durch ihre Bauchdecke. Emilia glaubte, ihr Rückgrat bräche entzwei. Mit einem Ruck und einem Schmerz, der ihr ein letztes heiseres Stöhnen entlockte, riss sie ihr ein Stück ihrer Seele aus dem Leib.

Mit einem Schlag waren die Schmerzen verschwunden. Zurück blieben nur die rasenden Herzschläge der Mädchen, ebenso wie das Geräusch ihrer schnellen Atmung.

Drei gleißende Lichtkugeln schossen aus Emilias Brust. Wie Glühwürmchen fing Sophie sie ein und schraubte den Deckel auf das Glas.

Die Emotionen summten wie Bienen in ihrem Gefängnis, flogen gegen das Glas, auf der Suche nach einem Ausgang, einem Weg zurück zu Emilia.

Diese war inzwischen von Schweiß getränkt. Ihr Leib zitterte. Mit letzter Kraft blickte sie zu Sophie empor. Sie saß da, wankend im Schneidersitz, die Arme hingen schlaff herunter. Sie verdrehte die Augen, ehe sie mit einem Poltern zu Boden kippte.

Emilia empfand nichts. Keine Sorge, keinen Schock, keine Angst. Müde, sie war müde. Die Schwärze und die Stille umhüllte sie, tröstlich und erstickend zugleich. Ihre Lider flatterten wie die Flügel eines Vogels während des letzten zuckenden Flügelschlags.

Kapitel 12

Emilia erwachte ohne eine Ahnung, wie lange sie bewusstlos gewesen war. Sie blinzelte und starrte an die Decke, an der die Kerzen ihr Schattenspiel vollführten. Emilia schaute dabei zu, verweilte im Schweigen des Hauses.

Ihr Herz schlug ruhig in der Brust. Ihre Atmung war gleichmäßig. In ihrem Inneren regte sich nichts.

Dabei wusste Emilia, dass sie so viel empfinden sollte, besonders, weil Sophie noch nicht aus ihrer Bewusstlosigkeit erwacht war. Angestrengt horchte sie in sich hinein. Aber es blieb still in ihr.

Sie erhob sich und beugte sich über Sophie. Ihr Haar lag um sie herum gefächert. So musste Dornröschen ausgesehen haben, dachte Emilia, während sie vorsichtig Sophies Wange tätschelte.

„Sophie", flüsterte sie.

Aber Sophie regte sich nicht. Emilia wusste, dass sie jetzt Sorge oder sogar Angst empfinden sollte. Aber sie blieb ruhig, still. Gleichzeitig schüttelte sie ihre Freundin etwas fester an den Schultern, sodass der Kopf hin und her wackelte. „Sophie", rief sie nun lauter, aber ohne jeglichen Anflug von Panik.

Als erwachte sie zu neuem Leben, schnappte Sophie nach Luft und riss die Augen auf. Schweigend durchdrang sie Emilia mit ihrem Blick. Weder fragte sie, ob es funktioniert hatte, noch ob es Emilia gut ging. Die Antwort schien in Emilias Augen zu liegen.

Keuchend erhob sie sich und half dann auch Emilia auf die Beine. „Gehts dir gut?", fragte Emilia und klopfte sich den Staub von der Jeans.

„Ja", murmelte Sophie. „Ich bin nur müde." Sie beugte sich über das Buch, dessen Seiten durch den Wind flatterten.

„Ich helfe dir", sagte Emilia und begann, die Kissen wegzuräumen.

Währenddessen verweilte Sophie über den aufgeschlagenen Seiten des Buches. Als Emilia sich zu ihr umwandte, glaubte sie, Sophie wäre so eingeschlafen. Sie rührte sich nicht, schien kaum zu atmen.

„Sophie?", fragte Emilia und fasste ihr an die Schulter.

Augenblicklich fuhr Sophie zusammen. Noch bevor Emilia einen Blick auf die Seite werfen konnte, die sie angestarrt hatte, schlug sie das Buch mit einem Knall zu. Staub wirbelte vom Boden auf und kratzte in Emilias Kehle.

„Sorry", murmelte Sophie und ließ sich von Emilia auf die Beine helfen. „Ich war nur vertieft in meine Gedanken." Sie schwankte etwas. „Ich fühle mich, als hätte man mir all meine Kräfte genommen."

Emilia half ihr ins Bett. Dankbar kuschelte sie sich in die Kissen, schloss jedoch nicht die Augen, sondern sah Emilia direkt an. „Willst du das Glas mitnehmen, falls du es dir anders überlegst, bevor deine Gefühle ..." Sie brach ab, wobei Emilia nicht wusste, ob es ihrer Kraftlosigkeit geschuldet war oder der Angst davor, es auszusprechen.

„Nein", sagte sie. „Nein, ich will sie nicht zurück, wenn das bedeutet, dass Ryan oder Tara sterben werden." Emilia schluckte, rechnete damit, auf einen Widerstand zu stoßen, den sie sonst immer gespürt hatte, doch da war nichts. Sie sprach klar, ohne Emotionen und so fühlte sie sich auch. Klar.

Sophie nickte kurz. „Ich bewundere deine Selbstlosigkeit. Das tue ich wirklich. Ich habe es immer bewundert, wie du dich für andere eingesetzt hast, ohne zu zögern." Sie seufzte. „Aber das hier ... Du hast einen enorm hohen Preis gezahlt. Ich will nicht, dass dich das zerbricht."

Emilia, die weder das Gefühl hatte zu zerbrechen noch beflügelt zu sein, lächelte. Es war kein Lächeln, das aus einer Emotion heraus entstand, vielmehr aus Gewohnheit. „Was ich mich frage, ist, warum du mir so plötzlich helfen wolltest und warum du dich jetzt sorgst?"

Sophie lachte matt. „Du denkst wohl immer noch, ich bin ein Monster ohne Gefühle, was? Ich mag dich, Emilia. Früher vielleicht nicht, aber tief in mir habe ich immer Respekt für dich empfunden. Vielleicht war ich so hässlich, weil ich so neidisch auf dich war."

Emilia schnaubte. „Wieso solltest du neidisch auf mich sein?" Sie ließ den Blick durch das riesige Zimmer schweifen. „Du hast Eltern, führst ein sorgloses Leben, bist hübsch und hast Freunde. Klar, du bist mit einem Idioten wie Ethan zusammen, ich verstehe schon."

Sophie lachte und schlug sich sofort die Hand vor den Mund, als müsste sie fürchten, dafür bestraft zu werden.

Emilia stimmte nicht in das Lachen mit ein und sah Sophie einfach nur an. „Aber jetzt mal ehrlich. Du könntest ihm den Laufpass geben, wenn du wolltest. Trotzdem verstehe ich nicht, was an mir beneidenswert sein sollte. Ich bin wie ich bin."

Sophie verzog die Mundwinkel zu einem hohlen Lächeln. „Das ist es wahrscheinlich. Du bist wie du bist. Du bist du, mit all deinen Schwächen, Stärken und Prinzipien. Du bist nie davon abgewichen, stehst sogar dafür ein und verbiegst dich nicht." Sophies Augen leuchteten. „Das ist wohl das Beneidenswerte an dir."

Emilia war sich sicher, dass wenn sie Emotionen gehabt hätte, sie nun traurig gewesen wäre. Doch sie zuckte nur mit den Schultern. „Das ist nicht ganz richtig", sagte sie und wandte sich dann um. Ein letztes Mal blickte sie über ihre Schulter zu Sophie, die drohte, den Kampf gegen ihre Augenlider zu verlieren. „Danke, Sophie, dass du mir geholfen hast. Ich danke dir in meinem Namen und im Namen von Tara und Ryan."

„Schon okay, Walsh, wir werden sehen ..." Bevor sie den Satz beendet hatte, war sie eingeschlafen.

Emilia verließ auf leisen Sohlen das Zimmer, schlich den Flur hinab und fand sich auf dem Treppenabsatz mit Blick auf den Kronleuchter wieder, froh, dass das Labyrinth des Hauses sie nicht verschlungen hatte.

Emilia schritt die lange Treppe hinab. Unten erwartete der Gargoyle Gigi sie. „Kann ich noch etwas für Sie tun, Emilia?", fragte er. Sein neugieriger Blick entging ihr nicht. Wahrscheinlich hatte er die Schreie gehört und fragte sich, was die beiden Mädchen oben getrieben hatten.

„Nein, danke, Gigi. Sophie schläft. Ich gehe jetzt nach Hause."

Gigi nickte, machte eine tiefe Verbeugung und flatterte dann an ihr vorbei.

Emilia verließ das Haus der Hall-Familie. Draußen wurde sie von der kühlen Luft begrüßt. Sie trug den Geruch feuchten Laubs und die Klarheit der Nacht mit sich. Der Himmel war wolkenlos, sodass unzählige Sterne auf Emilia hinabblickten und funkelten.

Sie blieb auf der Schwelle stehen und atmete einige Male tief ein, füllte ihre Lungen mit der Frische dieser Herbstnacht und horchte noch einmal nach. Normalerweise fühlte sie sich dabei immer leicht und unbeschwert. Doch jetzt spürte sie nichts außer den Sauerstoff, der in ihrer Brust zirkulierte, bevor sie ihn ausstieß und Wölkchen in den Himmel sandte. Sie war weder leicht noch schwer. Sie war einfach da.

Ihre Augen sahen hinauf zum Mond, der nur noch eine schmale Sichel am Himmel darstellte. Morgen war es soweit. Morgen würde sie dem Teufel gegenübertreten. Morgen würde er ein Opfer verlangen und sie hoffte inständig, dass die Aufgabe ihrer Gefühle dafür sorgte, dass es weder Ryan noch Tara waren.

Es entging Emilia nicht, dass sie es merkwürdig fand, dass diese Gedanken sie keineswegs ängstigten. Sie streiften durch ihren Kopf und Emilia ließ sie gehen. Weder hielt sie daran fest noch spielte sie Horrorszenarien durch. Diese Tatsache machte sie neugierig. Was würde geschehen, wenn sie Ryan gegenüberstand?

Sie vergrub die Hände in den Jackentaschen, schritt die Auffahrt hinab und lauschte den Steinchen, die unter ihren Schuhen knirschten. Bevor sie nach Hause ging, würde sie einen kleinen Umweg machen.

Sie spazierte durch die verlassenen Straßen Stanhopes. Niemand kam ihr entgegen. In den alten Häusern mit den buckligen Dächern brannte hier und da noch Licht. Ansonsten herrschte Stille.

Im schwachen Schein der Straßenlaterne erkannte Emilia Katzen, die sich in die Dunkelheit flüchteten, wenn sie sie kommen sahen. Ihre Augen funkelten wie Smaragde und waren der einzige Hinweis auf ihre Existenz in den Schatten.

Auch wenn Stanhope eine kleine Stadt war, in der nie etwas geschah – abgesehen von der Tatsache, dass der Teufel jedes Jahr aus der Erde kroch – hatte Emilia immer einen Anflug von Angst verspürt, wenn sie spät nachts allein unterwegs gewesen war. Doch nun spürte sie nichts außer der Kälte auf ihrer Haut. Sie lauschte den nächtlichen Geräuschen. Hunde, die in der Ferne bellten, das Rascheln von Tieren, die durch Gebüsche hüpften und krabbelten. Der Wind, der durch die verwinkelten Straßen Stanhopes pfiff, sich in Gassen fing und heulte, als hätte er etwas zu beklagen.

Emilias Füße trugen sie die Straße hinauf, vorbei an den unzähligen Reihenhäusern. Wie die Katzen wich sie den Lichtflecken aus, die von Laternen und Fenstern auf den Boden geworfen wurden. Sie hatte das Gefühl, mit der Dunkelheit zu verschmelzen.

Als sie dann vor dem Haus von Ryans Eltern stand und in die obere Etage blickte, rechnete sie damit, dass ihr Herz schwer werden oder sich zusammenziehen würde. Aber in ihr regte sich nichts. Und wäre dieses Nichts jetzt nicht da, dann würde sie diese Leere ängstigen, würde ihre Gedanken durcheinanderwirbeln, während sie sich fragte, warum da nichts war. Aber es blieb dabei. Es blieb bei dem großen Nichts in ihr.

Emilia schob die Hände in die Jackentasche und trat einige Schritte zurück, sodass sie im Licht der Straßenlaterne, auf der anderen Seite des Hauses, stand. Sie verharrte dort, ohne das Bedürfnis, nach Hause zurückzukehren. Ursprünglich hatte sie nur testen wollen, ob sich in ihr wirklich nichts regte, wenn sie vor seinem Haus stünde. Aber etwas in ihr wollte dort verharren und dem Kauz lauschen, der durch den Wald hinter Ryans Garten schrie.

Sie beobachtete jedes Fenster, als plötzlich das Licht in einem Raum des oberen Stockwerks angeknipst wurde. Hätte Emilia jetzt noch ihre Gefühle, hätte sie sich wahrscheinlich aus dem Staub gemacht oder im Schatten versteckt. Doch sie blieb ruhig und erblickte Ryans Silhouette. Sie erkannte, dass er sie noch nicht gesehen hatte.

Er bückte sich, kam wieder hoch, ehe er stocksteif stehen blieb. Emilia konnte seine Augen nicht sehen, aber seinen Blick spüren. Sie hielt ihm stand, während sie einfach an Ort und Stelle verweilte. Kurz spielte sie mit dem Gedanken zu gehen. Aber das würde feige wirken. Feige war sie nicht. Nicht mehr. Vielleicht wirkte sie nun, als wollte sie mit ihm sprechen, wobei sie keine Notwendigkeit verspürte. Nicht mehr. Sie fühlte gar nichts. Sie war einfach da. Sie war einfach Emilia. Oder war die gemeinsam mit ihren Gefühlen im Glas verschwunden?

Emilia hatte keine Zeit, philosophisch auf diese Frage in ihrem Kopf einzugehen. Ryan schien aus dem Raum gegangen zu sein. Wenige Sekunden später öffnete sich die Haustür und er trat in die Herbstnacht.

Während er mit ausladenden Schritten die Auffahrt hinabeilte, als fürchtete er, Emilia könnte jede Sekunde verschwinden, erwartete sie das vertraute Kribbeln, das Beben der Vorfreude, das Pochen ihres Herzens.

Aber weder ihre Atmung beschleunigte sich noch ihr Herzschlag. Emilia blieb ruhig, die Hände in die Jackentasche geschoben und beobachtete Ryan, der über die Straße joggte, ehe er mit einem beträchtlichen Abstand vor ihr stehen blieb.

In seinem Gesicht erkannte sie keine Freude, keine Hoffnung. Seine Falten zeugten von Wut und Empörung. Gleichzeitig glimmte in seinen Augen Verwirrung.

Während er die Arme verschränkte, ließ er den Blick kurz die Straße hoch- und runterschweifen, ehe er das Wort ergriff: „Was machst du hier?" Seine sonst weiche Stimme war so kalt wie der Wind, der zwischen ihnen hindurchfegte.

Emilia blinzelte. „Ich weiß es nicht", sagte sie, während sie dachte: *Ich sollte verletzt sein. Ich sollte bestürzt sein. Ich sollte voller Schmerz sein.*

Ryan hob die Brauen, ehe er abfällig lachte. „Willst du mich verarschen?" Er löste seine Arme. „Willst du mich provozieren? Warum quälst du mich noch weiter?"

„Nein. Ich will dich weder quälen noch verarschen."

„Was willst du dann?" Er schrie es in die Stille der Nacht, zuckte jedoch augenblicklich zurück. Noch nie war er so aus der Haut gefahren.

Emilia öffnete den Mund, um zu antworten, schloss ihn dann aber wieder. Was sollte sie ihm sagen? *„Ich* *habe meine Gefühle extrahieren lassen und wollte mal sehen, was passiert, wenn ich vor deinem Haus stehe?"*

„Du hast echt Nerven, weißt du das?" Das Licht der Straßenlaterne reflektierte etwas in Ryans Augen, das auf Emilia wirkte wie ein Funken, der das Pulverfass in die Luft gehen ließ. „Du flirtest über Monate mit mir, dann kommen wir uns näher. Du sorgst dafür, dass ich mich in dich verliebe, und dann erfahre ich, dass du mit Oliver zusammen bist?" Er warf die Hände in die Luft, ehe er sich durch das Gesicht rieb. „Und ich mache mich auch noch für dich zum Affen! Ich war dein Hampelmann, nichts weiter! Du hast mich hüpfen lassen, wann immer du Lust hattest." Er schüttelte den Kopf, wobei Emilia nicht ganz einschätzen konnte, ob seine Wut nun ihr oder ihm selbst galt. Währenddessen lief er vor ihr auf und ab. Die Hände vergrub er in den Haaren. „Ich hätte wirklich alles für dich getan, Emilia. Wirklich alles. Ich meine es ernst. Und ich bereue nichts von dem, was ich für dich getan habe. Aber ich bin jetzt nicht mehr dein Dorftrottel. Niemals hätte ich so von dir gedacht. Ich wusste, du hattest ein Geheimnis, aber dass es dieses sein würde, das hätte ich nicht gedacht. Ich war überzeugt, dass du ein reines, gutes Herz hast. Ich habe dir zu Füßen gelegen und du bist über mich drüber gelaufen. Warum?" Die Worte sprudelten aus ihm hervor. Wut vermischte sich mit Verzweiflung und ließ seine Stimme brechen. Tränen glänzten in seinen Augen. Er trat auf sie zu, die zitternden Hände nach ihrem Gesicht ausgestreckt. Dann zuckte er wieder zurück. Er atmete tief durch und starrte in den Himmel. „Weißt du, ich habe wirklich gedacht, dass Geheimnisse einer Beziehung nichts anhaben können. Ich habe wirklich geglaubt, dass es wichtig ist, dem Menschen, den man liebt, seine Geheimnisse bewahren zu lassen. Dass es nicht darauf ankommt, welche man hat, sondern welche Art Mensch man wirklich ist." Er schüttelte den Kopf, die Lippen aufeinandergepresst. Enttäuschung glänzte in seinen Augen. „Aber ich habe mich geirrt. Nein." Er hob eine Hand. „Nein, das ist nicht ganz richtig. Ich habe gelernt, dass es gefährlich wird, wenn der Mensch selbst das größte Geheimnis ist. Und das bist du, Emilia. Du bist ein Geheimnis, und du willst nicht gelüftet werden. Das ist okay. Ich musste es nur auf die schmerzhafte Weise lernen. Ich mag dich noch immer." Seine Gesichtszüge verkrampften, als wollte ein Teil in ihm diese Wahrheit verbergen. „Nein, ich liebe dich noch immer, wegen dem, was du bist. Aber das, was du verbirgst, hat uns kaputtgemacht." Er keuchte. „I-ich will es auch nicht mehr wissen. Ich will dich nicht aufbrechen. Aber eine Sache will ich hören." Er hob den Finger und kam einen weiteren Schritt näher, sodass zwischen ihnen nur noch wenige Zentimeter lagen. Er beugte sich zu ihr hinab. Sein Blick bohrte sich in ihre leeren Augen. „Ich will wissen, warum? Warum hast du so mit mir gespielt?"

„Ich habe nicht mit dir gespielt."

Ryan schnaubte. Sein Gesicht verzog sich zu einer wütenden Maske. Er überwand die letzten Zentimeter. Nicht in leidenschaftlicher oder sehnsüchtiger Absicht. Er war außer sich vor Zorn. „Gib es zu! Gib es zu, dass du mich nur benutzt hast."

Emilia wich nicht zurück und sah ihm fest in die Augen. Weder hatte sie Angst noch spürte sie jegliche Art von Schmerz. Dabei wusste sie, sie wäre zerbrochen. „Ich habe nicht mit dir gespielt und ich habe dich nie benutzt", sagte sie ruhig.

Ihre Gelassenheit fachte den Zorn in seinen Augen weiter an. Ein Schrei entlud ihn und verhallte beantwortet vom Kauz im Wald.

Emilia ließ sich nicht beirren. „Meine Gefühle für dich waren immer aufrichtig, Ryan, das meine ich ernst. Und ich bin auch nicht mit Oliver zusammen. Du weißt, dass Oliver schwul ist. Ich bin nicht mit ihm zusammen. Ethan hat es gesagt, um dich zu verletzen."

Ryan war nun ganz nah vor ihrem Gesicht. Er schnaubte. „Ich weiß nicht mehr, was ich glauben soll." Seine Hände packten ihre Oberarme. Fest, aber nicht so, dass es sie schmerzte. Sie konnte noch immer die verbliebene Sanftheit in all seiner Wut spüren. „Sag mir warum."

Emilia blickte tief in seine Augen. In ihnen konnte sie ihr Spiegelbild erkennen. Sie blickte durch sie in ein Gesicht, das auf sie vollkommen fremd wirkte. Es war blass und leblos. Das Gesicht eines Menschen, der nicht mehr existierte. „Ich war immer aufrichtig zu dir, sofern es mir möglich war. Noch nie in meinem Leben habe ich so für jemanden empfunden. Ich habe dich geliebt und … ich … glaube, dass ich es immer noch tue, denn wenn ich es nicht tun würde, dann wäre ich nicht so, wie ich jetzt bin. Du wirst niemals verstehen, warum ich getan habe, was ich tat. Ich kenne den Grund, und es war niemals die Absicht, dir wehzutun." Sie holte Luft. „Ryan, ich … hätte mir gewünscht, mehr Zeit mit dir zu haben oder dich als einen anderen Menschen getroffen zu haben. Aber so, wie es jetzt ist, ist es besser. Für dich. Nicht für mich. Aber für dich."

Ryan blinzelte irritiert. Seine Augen schienen etwas in den ihren zu suchen. Vergeblich. Als seine Wut verrauchte, glitten seine Hände von ihren Oberarmen über ihren Hals hinauf zu ihrem Gesicht. Mit den Daumen strich er sanft über ihre Wange. Seine Haut war warm, sein Blick weich. „Woher willst du wissen, was das Beste für mich ist? Ich will nur dich", raunte er. „Was ist nur geschehen?" Stöhnend, als schmerzte ihn etwas, lehnte er die Stirn an ihre.

Emilia umfasste seine Handgelenke. Nicht in der Absicht, ihn von sich zu stoßen. Sie hielt ihn fest. Warum auch immer sie das tat. Jedoch spürte sie nichts dabei, während Ryans Schmerz in einem Schluchzer gipfelte. „Ryan, es gibt Dinge, die du nicht verstehst. Aber das ist nicht wichtig." Unbeholfen zog sie ihn in ihre Umarmung. „Es wird alles gut. Das verspreche ich dir." Sie blickte in den Himmel. Die Sterne wirkten stumpf. „Und damit dir nichts geschieht, ist es das Beste, wenn das zwischen uns so bleibt, wie es ist."

Ryan löste sich aus ihrer Umarmung. Seine Wimpern glänzten feucht. Wieder nahm er ihr Gesicht in seine Hände und verengte die Augen zu Schlitzen. „Was ist mit dir geschehen?"

„Was meinst du?"

Er schüttelte langsam den Kopf. „Es ist, als wärst du nicht mehr da. Deine Augen ..."

Emilia lächelte. „Tu einfach so, als wäre ich niemals da gewesen." Sie tippte auf die Stelle seiner Brust, unter der sein Herz schlug. Dann versuchte sie, sich zu lösen.

Aber Ryan hielt sie fest. Eine Hand schob sich in ihren Nacken, die andere schlang er um ihre Taille, um sie gegen seinen muskulösen Körper zu pressen. „Das kann ich nicht", raunte er auf ihre Lippen, ehe er seine mit ihren verschmelzen ließ.

Emilia wartete auf das Kribbeln, das sich wie ein warmer Regenschauer über sie ergießen würde. Sie wartete auf das Stolpern ihres Herzens. Auf das Flattern in ihrer Brust, die Hitze, die sich explosionsartig in ihr verbreiten sollte.

Aber da war nichts. Da waren nur Ryan und sie. Da war nur sein Duft, der sich mit dem tatsächlichen Duft des Waldes vermischte und so intensiv war, dass sie glaubte, er würde sie ein Leben lang verfolgen. Da war nur die Stille der Nacht und die Stille zweier Liebender. Da war nur das warme, weiche Gefühl seiner Lippen auf ihren, Leidenschaft, die auf vollkommene Leere traf, als küsste ein Mensch aus Fleisch und Blut eine Statue aus Kälte und Stein.

Und dennoch war da noch so viel. Da waren all diese Worte, die gesagt worden waren, die gesagt werden wollten und die letztendlich niemals gesagt werden würden. Da waren all diese Gefühle, die auf nichts trafen und einen hohlen Nachklang fanden. Da waren Wut und Schmerz, Verlangen und Sehnsucht. Und doch in all dem Nichts, das in Emilia herrschte, sodass sie glaubte, nicht existent zu sein, fand sie doch ein Stück von sich. Einen tröstlichen, kümmerlichen Rest. Eine Scherbe, ein Splitter, der in Ryans Herzen steckte und so viel Schmerz verursachte.

Es schien Emilia nicht, als küsste sie Ryan. Vielmehr trank sie all seinen Kummer, den er in den Kuss legte. Sie trank all seine Sehnsucht, trank seine Liebe, seine Verzweiflung, seine Wut, mit der er sie noch immer festhielt. Er füllte sie mit all diesen Dingen, bis sie glaubte überzulaufen, bis sie glaubte, tatsächlich wieder etwas zu fühlen, nur um zu dem Schluss zu kommen, dass da nichts war, als sie sich wieder voneinander lösten.

Ryan sah sie voller Hoffnung an, schien in ihre Augen einzutauchen und nach der Perle im Meer zu suchen. Offenbar suchte er nach einer Regung, nach dem Leuchten, das er in Emilia immer ausgelöst hatte.

Aber das Licht war erloschen. Emilia blinzelte. „Es ist besser so", sagte sie noch einmal, ließ die Hand aus seiner gleiten und wandte sich dann zum Gehen um. Sie blickte noch einmal über die Schulter.

Tränen schwammen in seinen Augen. Langsam ließ er den Blick sinken. Jegliche Kraft schien aus seinen Muskeln zu weichen. Er ließ die Schultern hängen und seufzte hörbar. Aber er sagte nichts, sah sie nicht an und ließ sie gehen.

Wie ferngesteuert trat Emilia den Heimweg an, lief die Straße hinab und blieb noch einmal stehen, bevor sie abbog. Ryan stand noch immer da, sein Gesicht badete im Licht der Laterne.

In diesem Moment wünschte Emilia sich, er wüsste um die Gefahr, die ihn bedrohte, damit er sie verstand, damit er einen Abschluss fand und nach vorn blicken konnte. Aber das konnte er nicht, weshalb er sie nun ein letztes Mal anblickte und zögerlich die Hand hob.

Emilia hoffte, dass dies kein Lebewohl war, sondern ein Wiedersehen. Sie hoffte, dass der Zauber Wirkung zeigte und sie weder ihn noch Tara opfern müsste.

Zu Hause erwartete Roxanne sie Tee trinkend in der dunklen Küche. Nur eine kleine Lampe am Fenster leuchtete. „Wo warst du so lange? Schon wieder?"

„Bei Sophie", antwortete Emilia und nahm ein großes Stück vom Kuchen, der so herrlich duftete. Seit Tagen hatte sie kaum etwas gegessen, da ihre Gefühle ihr wie ein Stein im Magen gelegen hatten. Nun verspürte sie wieder richtig Appetit.

Roxanne hob überrascht die Brauen. Dabei wusste Emilia nicht, ob sie das tat, weil die Stimmung zwischen ihnen entspannt war, weil sie bei Sophie gewesen war oder weil sie sich nun große Gabeln des Kuchens in den Mund schaufelte. In ihrem gewohnten Misstrauen, das sie normalerweise nur gegenüber den Jungs pflegte, wenn sie fürchtete, dass sie etwas aussheckten, musterte sie Emilia. „Ist alles okay bei dir?" Sie lehnte sich etwas vor und versuchte, einen Blick auf Emilias Augen zu erhaschen.

Emilia setzte die beste Projektion eines Lächelns auf, die sie darbieten konnte. Sie wollte nicht, dass Roxanne ihr auf die Spur kam. „Ja, mir geht es gut."

Offenbar ging der Schuss nach hinten los. Denn Roxanne blinzelte noch verwirrter und misstrauischer als zuvor. „Etwas ist anders an dir“, sagte sie, immer noch betont vorsichtig. „Tagelang isst du nichts und bist total fertig wegen diesem Jungen, und jetzt stopfst du Kuchen in dich rein.“ Sie machte eine kurze Pause. „Und du triffst dich mit Sophie?“ Ihre Augen scannten jeden Zentimeter von Emilias Gesicht ab. „Was habt ihr angestellt?“

Emilia lachte, als fände sie diese Vermutungen lustig und krauste die Stirn. Es kostete sie mehr Kraft als erwartet, so zu tun, als hätte sie Emotionen. Wahrscheinlich wäre es realistischer gewesen, weiterhin die traurige Emilia zu spielen. „Wir haben gar nichts angestellt“, sagte sie. Dabei rutschte ihre Stimme zwei Oktaven zu hoch.

Roxanne lehnte sich zurück und schlug sich auf den Oberschenkel. „Da verwandel mich doch einer in eine Katze und nenn mich Kitty.“ Sie schnaubte und hob eine Braue. „Soll ich deinen Bruder holen und dir etwas von dem Wahrheitstrank geben oder erzählst du es mir freiwillig?“

Emilia seufzte resigniert und schob den leeren Teller von sich. „Na schön. Ich war bei Sophie und habe mir einen gefühlsneutralisierenden Trank brauen lassen“, log sie.

Roxanne schwieg geschlagene zwei Minuten, während sie Emilia einfach nur anstarrte. Sie schien zu überlegen, ob sie ihr glauben sollte oder nicht. Vielleicht überlegte sie aber auch, ob sie Emilia nur anschreien oder auch mit der flachen Hand auf den Hinterkopf schlagen sollte. „Einen gefühlsneutralisierenden Trank?“, wiederholte sie.

Emilia nickte. Sie war sich sicher, dass Roxanne weniger über diese Art Trank ausrasten würde, als über die Tatsache, dass Emilia sich sämtliche Gefühle hatte entfernen lassen.

Roxanne legte den Kopf in den Nacken und rieb sich mit den Händen das Gesicht. „Warum?", fragte sie und atmete tief aus.

Emilia zuckte mit den Schultern. „Weil ich mit Ryan und Tara brechen musste, war ich so ... traurig und ich wollte mich nicht mehr so fühlen." Sie bemühte sich, dem bohrenden Blick ihrer Tante standzuhalten.

Roxanne stützte den Kopf auf Daumen und Zeigefinger ab. Ihre Miene blieb misstrauisch. „Merkwürdig. Ich kann mich nicht daran erinnern, dass es so einen Trank gibt."

Emilia blieb ruhig. Natürlich, denn sie verspürte auch keinerlei Angst oder den Drang, sich übermäßig verteidigen zu müssen. Es war beinahe so, als wäre es ihr egal. Dennoch wollte sie nicht, dass Roxanne etwas davon wusste. Sie würde es rückgängig machen wollen. „Du kannst Jason fragen. Er weiß es bestimmt."

Roxanne kniff die Augen zusammen, öffnete den Mund, um zu antworten, als Jason in die Küche trat. „Ich weiß alles, Schwesterherz."

Wenn sie noch Emotionen in sich getragen hätte, wäre sie zusammengezuckt. Emilia wandte sich zu ihm um und sah ihm direkt in die Augen. Nun war er es, der kaum merklich zurückzuckte.

„Gibt es einen Zauber oder Trank, der die Gefühle neutralisiert, Jason?", fragte Roxanne.

Jason runzelte die Stirn. „Einen Zauber, der –"

„Die Gefühle neutralisiert", beendete Emilia den Satz und sah ihn eindringlich an.

Jason schaltete sofort. „Ach so", stammelte er. „Ja, klar. Man nimmt ein bisschen ... Rübensaft und Lavendelöl und ... so." Er setzte sein gewinnendes Lächeln auf.

Roxanne schien fürs Erste überzeugt. Sie blickte von Jason zu Emilia und beugte sich vor. „Ich weiß, dass es eine sehr schwere Zeit für dich ist, Emilia. Denk daran, dass wir eine Familie sind. Du kannst immer mit uns reden und wir sind für dich da. Der Zirkel bleibt bestehen. Für immer."

Emilia nickte und ließ sich von Roxanne umarmen. „So, und jetzt geht ins Bett." Mit einem sorgenvolleren Blick fügte sie hinzu: „Morgen ist ein wichtiger Tag."

Jason folgte Emilia auf dem Fuß nach oben. Sie betrat ihr Zimmer, wollte die Tür hinter sich schließen, doch Jason schob sich durch den Spalt hinein. Zorn flackerte in seinen Augen. „Was hast du gemacht?", blaffte er mit gedämpfter Stimme, sobald er die Tür hinter sich ins Schloss gedrückt und hastig einen Verstummungszauber über das Zimmer gelegt hatte.

Emilia setzte sich auf ihr Bett und bemerkte, dass Adelaide verschwunden war. Kurz vergewisserte sie sich, dass sie nicht auf dem Fensterbrett saß, darauf wartend, hineingelassen zu werden. Aber auch da saß sie nicht.

„Hallo, ich rede mit dir!", stieß Jason hervor und schob sich in ihr Blickfeld. Er deutete auf ihre Augen. „Was – hast – du – gemacht? Und warum zum Teufel lässt du mich über irgendeinen bescheuerten Zaubertrank lügen? Was ist das für ein dämlicher Name! Dass sie dir das überhaupt eine Sekunde abgekauft hat."

„Ich glaube nicht, dass sie mir das ganz abgekauft hat", antwortete Emilia ruhig.

Jason musterte sie voller Argwohn. „Was ist los mit dir?" Seine Hand umfasste ihr Kinn, sodass sie ihn ansehen musste. „Ich sehe es deutlich in deinen Augen. Entweder bist du nicht, wer du zu sein scheinst, oder du stehst unter irgendeinem Zauber."

„Ich stehe unter keinem Zauber. Aber ich bin auch nicht mehr die, die ich mal war."

„Hast du ein Kreuzworträtsel verschluckt? Erzähl mir jetzt, was passiert ist!" Jason klatschte in die Hände, als wollte er Emilia damit aufwecken.

Sie zuckte nicht einmal mit den Wimpern. „Ich glaube, es ist besser, wenn ich dir nicht erzähle, was passiert ist."

Jason kniff die Augen zusammen. Kurz rieb er sich nachdenklich das Kinn, dann beugte er sich nah zu Emilia hin. „Weißt du noch, als du damals einen Frosch als Haustier hattest? Wie hieß er noch mal? Freddie? Du hast ihn geliebt, das weiß ich. Du hast ihn so sehr geliebt wie manche Mädchen in diesem Alter Barbies lieben." Er holte Luft, als fiele es ihm schwer, darüber zu reden. „Ich ... du weißt, ich ... habe schon immer gern experimentiert. Und an dem Tag, an dem Freddie verschwunden ist, da ist er nicht abgehauen, wie ich es gesagt habe." Nun blickte er beschämt zu Boden, während Emilia ihm aufmerksam zuhörte, ohne das Geringste zu empfinden. „Na ja, ich wollte unbedingt diesen Zauber ausprobieren und habe ihn ... in die Luft gejagt." Er schluckte, wich etwas zurück, als fürchtete er, einen Tsunami ausgelöst zu haben.

Aber in Emilia regte sich nicht einmal ein Lüftchen. Sie sah ihn einfach an, sehr wohl wissend, dass sie diesen Frosch geliebt hatte und dass sie, wenn sie etwas empfinden könnte, Jason nun auf der Stelle einen Fluch auf den Hals gejagt hätte.

Jason leckte sich über die Lippe und kam wieder näher. „Okay, das war gelogen."

Emilia blinzelte.

„Ich habe ihn dringend für einen meiner Zaubertränke gebraucht und gekocht. Tut mir leid."

Emilia wollte wütend sein. Aber da rumorte nichts in ihrem Inneren. Also saß sie einfach da, die Hände in ihrem Schoß ruhend.

„Fuck." Jason lachte ein freudloses Lachen und vergrub die Hände in den Haaren. „Du wirkst wie eine scheiß Puppe, die zum Leben erwacht ist." Er hob einen Zeigefinger. „Aber ich weiß jetzt, was du gemacht hast."

Er schnellte vor und boxte seiner Schwester auf den Arm.

„Aua", sagte Emilia. Körperlichen Schmerz empfand sie. Ein natürliches Gefühl wie Hunger oder den Drang, auf die Toilette zu müssen. Aber Wut oder Empörung blieben aus und damit auch der Wille, zurückzuschlagen.

„Ich glaub es nicht", flüsterte Jason langsam und sah Emilia tief in die Augen. „Du hast tatsächlich deine Gefühle entfernen lassen."

Emilia seufzte resigniert. „Ja." Die alte Emilia wäre nun in einen Redeschwall verfallen, um sich zu verteidigen.

„Hast du nicht mehr alle Kräuter im Kräutergarten?" Jason schüttelte sie durch, als könnte er damit die Gefühle zurückholen. „Wer hat dir diesen Scheiß eingeredet? Wo sind deine Gefühle jetzt?"

Emilia legte den Kopf schief und wand sich aus Jasons Griff. „Sophie hat mir geholfen, und sie bleiben, wo sie sind", sagte Emilia mit fester Stimme.

„Was?" Tränen schwammen in Jasons Augen. „Was hast du gemacht? Ist dir überhaupt klar, was das zu bedeuten hat?" Hastig blinzelte er. „Das ist, als hätte man dir die Seele aus dem Leib gerissen. Der Kern, der dich zu der macht, die du bist. Du bist leer. Es ist, als wärst du tot. Ein Zombie."

„Ja", sagte Emilia und glaubte, beinahe so etwas wie Trauer darüber zu empfinden.

Jason strich zärtlich das Haar hinter ihr Ohr und blickte sie voller Verzweiflung an. „Ist er das wirklich wert, Emilia? Ist er es wirklich wert, dass du niemals wieder leben wirst?"

„Wenn es bedeutet, dass er weiterleben wird, dann ja."

„Was ist, wenn es nicht funktioniert?"

Emilia erschauderte nicht vor diesem Gedanken. Sie selbst hatte ihn nun schon mehrmals gedacht. Ohne

Angst. „Dann fühle ich wenigstens nicht den Schmerz. Win-Win, würde ich sagen.“

Jason stieß die Luft aus und ließ den Kopf hängen. „Was hast du getan?“ Er vergrub das Gesicht in den Händen.

„Etwas, das ich tun musste, um Menschen zu retten, die ich liebe. Aber nicht nur deswegen, sondern auch, weil sie unschuldig sind. Sie haben es nicht verdient.“

Jason nickte langsam. „Ich akzeptiere es“, sagte er nach längerem Schweigen. „Ich heiße es nicht gut, aber ich akzeptiere es. Du bist alt genug, um deine eigenen Entscheidungen zu treffen.“

Emilia nickte. „Danke.“

Jason zwang sich ein Lächeln auf, aber Emilia sah, wie sehr es ihn schmerzte. Und es hätte sie geschmerzt. Wieder hatte sie jemandem wehgetan. Aber nun war es ihr gleichgültig.

Langsam und etwas gekrümmt, als hätte ihn etwas gebrochen, schlich er zur Tür. „Gute Nacht, Schwesterherz, ich liebe dich.“

Emilia wandte sich um und sah in seine glänzenden Augen. „Ich dich auch.“ Die Worte kamen aus ihr heraus. Sie waren ehrlich gemeint und klangen doch so falsch und unwahr.

Jason versuchte, es sich nicht anmerken zu lassen, doch es zerriss ihn. Er presste die Lippen aufeinander, wandte den Blick ab, ehe er hastig das Zimmer verließ.

Und somit hinterließ er Stille, das Einzige, das den Raum erfüllte. Denn Emilia schien nicht mehr wirklich Teil dieser Welt zu sein. Sie war nun Teil der Stille, Teil der Leere, die in ihr herrschte.

Sie kuschelte sich unter die Decke. In dieser Nacht schlief sie so gut, wie sie schon lange nicht mehr geschlafen hatte.

Kapitel 13

„Emilia?" Roxanne steckte den Kopf durch die Tür, nachdem sie geklopft hatte.

Emilia lag auf dem Bett und starrte an die Decke, wie sie es die letzten Stunden getan hatte. Ohne jede Empfindung. Ohne Angst. Ohne Schmerz. Obwohl ihre Gedanken nur um Ryan kreisten. „Hm?"

„Es ist soweit." Roxannes Stirn war in tiefe Falten gelegt.

Emilia hob den Oberkörper, blickte auf den Wecker. Offenbar hatte sie auch das Zeitgefühl verloren. Fast 20 Uhr. „Okay", antwortete sie und rutschte aus dem Bett.

Roxanne öffnete die Tür ein weiteres Stück. Jason stand hinter ihr. Er sah sie mit einer Mischung aus Sorge und Wut an. Sie glimmte in der Dunkelheit seiner Augen. Die Arme hatte er vor der Brust verschränkt. Sein Kiefer mahlte angespannt, sodass die Sehnen hervortraten.

„G-geht es dir gut? Also den Umständen entsprechend?", fragte Roxanne und strich nachdenklich über den Stoff des Gewandes, das an Emilias Schrank hing.

Emilia nahm es vom Haken. Sie nickte. „Ja, mir gehts gut."

Roxanne sah sie verdutzt an. Blinzelnd öffnete sie den Mund, während Jason sich mit einer Hand durch das Gesicht fuhr und den Kopf schüttelte. Ihre schauspielerischen Leistungen waren schon vorher nicht die besten gewesen, doch ohne Emotionen schien sie wie ein Roboter in Anbetracht der Situation.

Hastig versuchte sie sich in einem niedergeschlagenen Ausdruck. „Ich ... ich habe natürlich Angst", sagte sie schnell. „Es ... ich –"

Roxanne kam näher, zog Emilia in ihre Umarmung und drückte sie fest. „Du armes Ding bist total fertig."

Jason riss überrascht die Augen auf. Anscheinend glaubte Roxanne, Emilias verändertes Verhalten war das Resultat ihrer Nervosität. „Ja", krächzte diese.

Roxanne löste sich aus der Umarmung und zwang sich zu einem aufmunternden Lächeln, während sie E- milias Oberarme rieb. „Du wirst schon sehen. Es wird alles wieder gut."

Am liebsten hätte Emilia geschnaubt. Doch sie sagte einfach gar nichts und warf sich den schwarzen Stoff über das weiße Kleid, das sie trug.

Roxanne hatte ihr erklärt, dass der weiße Stoff für die Reinheit des Zirkels und seiner Mitglieder stand. Dafür, dass sie sich dem Guten verschrieben hatten. Der schwarze Stoff symbolisierte die Trauer und die Einheit des Zirkels als Familie.

Emilia warf sich die Kapuze über, um sich Jasons bohrenden Blicken zu entziehen und ihre unbekümmerte Miene zu verbergen.

„Ich möchte dir noch etwas geben", sagte Roxanne und holte einen Ring hervor. Es war ein klobiges Schmuckstück mit einem Rosenquarz eingefasst. „Den habe ich deiner Mutter bei ihrer Weihe geschenkt und sie trug ihn bei ihrer ersten Opfernacht."

Emilia sah auf. Sie erblickte den Schmerz in Jasons und Roxannes Augen. Und sie wusste, dass da auch Schmerz in ihr hätte sein sollen. Aber so sehr sie sich bemühte, sie fühlte nichts. Keine Rührung. Keine Trauer darüber, dass nicht ihre Mutter es war, die ihr Trost spendete, sondern Roxanne.

Sie wollte es spüren. Sie wollte weinen. Mit angehaltener Luft versuchte sie, die Tränen hervorzupressen. Aber es fühlte sich an, als versuchte sie, sich an etwas zu erinnern, einen Namen oder ein Lied, das ihr aber nicht einfallen wollte.

Emilia schluckte und nahm den Ring entgegen, um ihn sich auf den Finger zu schieben. Er passte, als wäre es ihr eigener. „Wen hat sie opfern müssen?"

Roxanne lächelte hohl. „Na ja, sie hat sich – trotz, dass sie den Zirkel kritisierte – immer an die Regeln gehalten, nicht so wie ich." Sie fuhr sich durch das rostbraune Haar, das in Wellen über ihre Schulter fiel. „Sie ... sie hatte eine alte Dame opfern müssen, die sie immer in meinem Laden getroffen hatte. Natürlich versucht der Zirkel, Menschenopfer zu vermeiden, aber manchmal funktioniert es nicht."

Emilia nickte und betrachtete den Ring an ihrem Finger. „Nicht so schwer, also", sagte Emilia und wenn sie Gefühle gehabt hätte, hätte sie schwören können so etwas wie Verbitterung und Neid in ihrer Stimme gehört zu haben.

Roxanne blinzelte sie erschrocken an. „Emilia –"

„Kommt, die anderen warten schon unten", sprang Jason dazwischen und zerrte Emilia mit sich. „Könntest du dich bitte etwas weniger wie ein Roboter verhalten? Roxanne flippt aus, wenn sie es herausfindet, dass du –"

„Ist schon gut", sagte Emilia und eiste sich aus seinem Griff.

Roxanne schloss zu den beiden auf. Ihre Augen zu Schlitzen verengt. Sie roch etwas, doch sie blieb stumm und deutete mit einem Nicken zu Emilia, dass sie ihr folgen sollte.

Gefolgt von Jason schritt sie hinter Roxanne die Treppen hinab. Langsam, anmutig.

Emilia blickte hinab in den Eingangsbereich, der nunmehr einem Meer aus schwarzen Kapuzengestalten glich. Die Gespräche verebbten im Flüstern, ehe sich die blassen Gesichter Emilia zuwandten. Die Blicke der ältesten unter ihnen trotzten vor Stolz, während in den anderen nur Trauer und Schmerz zu lesen war. Emilia war nichts von beidem. Weder stolz noch traurig.

Und irgendwie war sie mehr als froh darüber. Denn wenn das hier nicht funktionierte, dann führte sie Ryan gerade auf die Schlachtbank.

Auf der untersten Stufe blieb sie stehen und wandte sich Jason zu. Er zog seine Kapuze vom Kopf, sodass sein Haar zu allen Seiten abstand. Ein mattes Lächeln umspielte seine Lippen, während er Emilias Hand nahm und ihren Ärmel hochschob. Dann holte er einen Gegenstand hervor, der aussah wie ein Stift. Er drückte ihn in die Haut ihres Unterarms und malte mit kohleähnlicher Tinte eine Schutzrune auf ihre Haut. Es war eine Rune, die sie noch nie gesehen hatte. Fragend blickte sie auf.

„Diese Rune ist die Schutzrune der Familie Walsh. Sie soll dich auf dem Weg zur Opferstätte beschützen." Seine Augen glänzten. „Unsere Ahnen haben diese Runen im Zuge der Hexenverbrennungen entwickelt, um die Hexe oder den Hexer, der das Opfer geben musste, zu schützen, damit der Pakt eingehalten werden konnte. Oft wurden Hexen überraschend von den Menschen überfallen. So haben sie sichergestellt, dass der Pakt dennoch gewährleistet werden konnte, um den Teufel zu befriedigen." Nun blickte er zu den Zirkelmitgliedern auf. „Jede Familie hat eine eigene Rune. Zusammen bilden sie einen so starken Schutz, dass dir beinahe nichts etwas anhaben kann. In ein paar Tagen verblassen sie und der Zauber lässt nach."

Emilia wandte sich von Jason ab, der sie mit einem traurigen Lächeln entließ. Die schwarze Menge teilte sich und bildete einen schmalen Durchgang. Kurz bevor Emilia ihren Gang antrat, lehnte Jason sich nah an ihr Ohr. „Ich hoffe, ich bete, dass dein Plan funktioniert. Ich hoffe, dass er es wert ist, dass du dein ganzes Sein für ihn aufgibst." Eindringlich sah er sie an.

Emilia erwiderte seinen Blick, nickte und trat von der letzten Stufe. Zaubersprüche schwängerten die Luft, geflüstert voller Ehrfurcht mit der Absicht, Emilia so gut es ging beizustehen, zu beschützen, zu wappnen, für das, was ihr bevorstand.

Immer wieder stoppte sie, um sich Runen auf den Arm schreiben zu lassen. Briannas, Ethans und Jacobs Eltern machten den Anfang. Und so glitten die Hände verschiedener Hexen und Hexer über ihre Arme, ihre Schultern, den Rücken. Sie konnte das Schluchzen hören, das aus Roxannes Kehle brach. Der Schmerz, der sich wie eine erdrückende Decke in der Atmosphäre ausbreitete, schien jedem die Luft zu rauben, außer Emilia.

Als Nächstes trat Oliver an Emilias Seite. Die Falten auf seiner Stirn erzählten von der Anspannung. „Es tut mir leid, dass ich dir in letzter Zeit kein guter Freund gewesen bin", flüsterte er und sah ehrlich beschämt aus. „Und das in einer Zeit, in der du mich am meisten gebraucht hast. Ich war so …"

„Ist schon okay, Oli."

Oliver schob seine Brille auf die Nase. Dann zog er sie in eine feste Umarmung, um nahe an ihrem Ohr zu sein. „Sag mal, bist du gar nicht nervös?" Die Augen hinter seiner Brille wuchsen auf doppelte Größe an. „Es könnte doch sein, dass –" Als er Emilias leeren Blick bemerkte, schnappte er nach Luft. „Was hast du gemacht?", wisperte er so leise, dass es keiner der umstehenden Hexen, die ihre Schutzzauber murmelten, bemerkte.

„Ich habe nichts gemacht", flüsterte Emilia. „Nur meine Gefühle extrahieren lassen."

Oliver klappte der Mund auf. „Bist du vollkommen übergeschnappt? Hast du eine Ahnung, was hätte schiefgehen können?" Er blinzelte. „Wer hat dir dabei überhaupt geholfen?"

Emilia zuckte mit den Schultern. Was hätte sein können, interessierte sie nicht mehr wirklich. „Sophie."

Oliver malte seine Schutzrune auf Emilias Arm, wobei er etwas zu fest drückte. Sie zuckte etwas zurück. „Tschuldige", murmelte er, ehe er den Mund zu einer schmalen Linie formte. Er schien bestürzt. „W-Wieso Sophie?"

Emilia musterte ihn, konnte jedoch nicht befriedigend auf seine Emotionen eingehen. „Sie hat mir ihre Hilfe angeboten und ich habe sie gebraucht."

„Und wir sind jetzt die besten Freundinnen", sagte Sophie und schob sich etwas zwischen die beiden. „Hört auf so zu tuscheln, ihr erregt ja die ganze Aufmerksamkeit."

Oliver schluckte hart und schüttelte den Kopf, als versuchte er, sich aus einem Albtraum zu wecken. „Wirklich?"

„Nein", sagte Emilia, während Sophie zeitgleich „Ja" sagte.

Sogar für Emilia schien die Situation nun so skurril, dass sie Sophie einen argwöhnischen Blick zuwarf. Inzwischen hatten sich einige neugierige Blicke auf die drei geheftet. „Wir haben uns vertragen", sagte sie dann. „Und sie und die anderen werden dich in Zukunft in Ruhe lassen. Nicht wahr?"

Sophie nickte ernst. „Versprochen", sagte sie, ehe sie Oliver die Hand reichte. „Es tut mir leid, dass wir dich immer so schikaniert haben."

Zaghaft nahm Oliver die Hand und schüttelte sie. Beinahe schien es so, als fiel eine tonnenschwere Last von seinen Schultern. Seine verkniffene Haltung lockerte sich etwas. Aber Emilia wusste, dass der Weg zur Heilung noch lang war. Dennoch wartete sie auf das euphorische Gefühl der Freude, aber es blieb aus. Nicht ein Funken zündete in ihrem Inneren. Sophie drängte Oliver vollständig zurück. Dabei knickte ihr

Oberkörper seitlich ein. Sophie sog zischend die Luft ein, ihr Gesicht verzog sich vor Schmerz.

„Alles okay?" Emilia musterte sie.

Blinzelnd nahm Sophie ihren Arm, um eine Rune zu malen. „Ja, natürlich." Ein strahlendes Lächeln fächerte sich über ihre Lippen. Dann wurde ihr Gesicht wieder ernst. „Noch sind deine Gefühle in ihren Gläsern", wisperte sie. „Wenn es funktioniert hat, hast du vielleicht noch Zeit, sie wieder zu befreien."

Emilia seufzte. Vielmehr aus Gewohnheit, als vor Schwermut. „Vielleicht."

Sophies Blick verdüsterte sich. Emilia sah die Frage auf ihren Lippen zucken. Aber sie schwieg und nickte lediglich.

Emilia löste sich von ihr und sah Sophie nach, die sich mit steifen Bewegungen zu den anderen stellte. Dabei hielt sie sich die Seite. Nachdenklich zog Emilia die Brauen zusammen, hatte aber keine Zeit, weiter darüber nachzudenken, denn sie wurde weiter den Gang entlang geschoben. Mehr und mehr Runen zierten ihren Arm, während sie auf das Ende des Ganges zusteuerte, an dem Esmeralda auf sie wartete, mit einem breiten Lächeln auf den Lippen, das ihr Gesicht noch runzeliger erscheinen ließ. In ihren zitternden Händen hielt sie eine Krone aus dunklem Eisen. Sie erinnerte an die Dornenkrone Jesu, nur dass eine Spitze höher als die anderen emporragte, was sie mehr wie die Krone einer Königin wirken ließ.

Intuitiv ließ Emilia sich vor Esmeralda auf die Knie sinken und senkte den Kopf, der von ihrer Kapuze verhüllt war.

„Mein liebes Kind", begann Esmeralda mit brüchiger Stimme. „Diese Krone soll nicht nur die Bürde reflektieren, die dir durch den jahrhundertealten Pakt auferlegt wurde, sondern auch die Erhabenheit dieser Ehre." Inzwischen war es vollkommen still geworden. „Mit deinem Opfer, welches das auch immer sein mag, wirst du die Welt retten und jedes Lebewesen, das sie bevölkert. Dein Opfer erlöst die Menschen, schützt sie vor den Qualen der Hölle, die heute Nacht drohen, durch die Erde zu brechen." Emilia blickte auf und sah, dass Esmeralda nun jeden der Hexen ansah. „Es ist unsere heilige Pflicht, die wir an unsere Kinder und ihre Kinder weitergeben werden. Möge sich jeder seiner Verantwortung bewusst sein." Zustimmendes Gemurmel brach aus, ehe es sofort wieder verstummte. Esmeralda sah zu Emilia hinab. Ihre trüben Augen glänzten im Schein der Kerzen. „Emilia, bist du bereit, den Schatz deines Herzens zu opfern?"

Emilia zögerte, nicht, weil sie sich weigerte, sondern weil sie sich in Esmeraldas bohrenden Blick verloren hatte. „Ja", sagte sie dann laut.

Esmeralda lächelte nicht, nickte nur und setzte Emilia die Krone auf. Sie wog schwer auf ihrem Kopf, sodass sie etwas wankte, als sie sich wieder erhob. Jason stützte sie mit einer Hand unter ihrem Arm.

Emilia ließ den Blick über die in Kapuzen verhüllten Gestalten wandern. Sie erkannte Sophie, die ihr zunickte und wie die anderen klatschte. Überraschenderweise suchte Emilia vergeblich nach Ethan in Sophies Nähe. Sie fand ihn schließlich an der anderen Seite des Raumes. Den kalten Blick wie einen Speer auf sie gerichtet. Fragend sah Emilia wieder zu Sophie, die nur die Schultern hochzog, ehe sie sich in einem angespannten Lächeln versuchte. Ihr Blick verriet die Nervosität, die Emilia plagen sollte: Würde ihr Plan aufgehen oder würden sie versagen?

Langsam verebbte das Klatschen. „Dann lasst uns gehen und den Pakt ein weiteres Mal erfüllen." Esmeralda bildete mit Dolores und Pauline den Anfang der Prozession, die sich nun langsam in Zweierreihen bildete und sich andächtig aus Roxannes Haus bewegte.

Oliver hakte sich bei Emilia ein. Er sah sie durch seine großen Augen an. „Diesen Weg wirst du nicht alleine gehen, auch wenn es dir jetzt mehr oder weniger egal ist, weil du ... du weißt schon."

Emilia zwang sich ein dankbares Lächeln auf, das sich so schief und deplatziert in Anbetracht ihrer Situation anfühlte, dass sie es wieder ersterben ließ. Dennoch tätschelte sie Olivers Hand. „Es bedeutet mir viel. Es ist mir nicht egal."

Sie folgten dem Zug, der sich langsam durch die Tür schlängelte. Die kühle Nachtluft schlug ihnen entgegen. Emilia blickte zum Mond auf, der nur noch ein feiner Silberkreis am Himmel war. Erst jetzt fiel ihr auf, dass sie heute die Magie nicht mehr so intensiv spürte wie die Tage zuvor.

Sie atmete tief ein und aus, während sie ein Stoßgebet zum Mond oder zu dem Wesen, das im Himmel wohnte, hinaufsandte. „Bitte, verschont Ryan, verschont Tara."

Dann schritt sie die Stufen hinab in den Vorgarten. Roxanne hatte am Nachmittag die Kürbisse geknebelt, nachdem sie sich zum wiederholten Male aus dem Lähmzauber befreit und Esmeralda in den Fuß gebissen hatten. Nun wackelten sie auf den Stufen umher und murrten unverständliche Flüche in die Stofftücher, die mit Panzertape vor ihre Münder geklebt worden waren.

„Ich habe es getan", flüsterte Oliver nach einigen Sekunden des Schweigens. „Ich habe meinen Eltern gesagt, dass ich schwul bin."

Emilia wollte lächeln, sie hätte sich für ihn gefreut. „Das ist schön", sagte sie lediglich.

„Ja." Er blickte in den Himmel. „Ich weiß, dass du dich freust ... Auf deine jetzt eigene Art und Weise." Er lächelte traurig. „Und ich habe ihnen gesagt, dass ich deiner Meinung bin. Also was die Verlobung angeht. Ich glaube, sie haben verstanden. Zwar sind sie immer noch komisch und nicht gut auf dich zu sprechen, aber ..." Olivers Augen wurden groß. „Tschuldige ... ich wollte nur ... Ich wollte nicht –"

Emilia nickte, den Blick auf den Trauermarsch vor ihr geheftet, der sich nun in Richtung Friedhof fortsetzte. „Ist schon okay, Oli. Es lenkt mich etwas ab. Auch, wenn ich nichts empfinde, kann ich an nichts anderes denken."

Oliver runzelte die Stirn. „Ich hoffe, euer Plan geht auf. Ich habe ihn echt gern ... und Tara auch."

„Ich weiß", sagte Emilia, als sie vor dem Friedhofstor standen und zögerten. Sie beide warfen sich einen Blick zu, der sagte: „Wenn wir diese Schwelle jetzt überschreiten, dann gibt es kein Zurück."

Dabei war es nicht diese Schwelle und es gab auch kein Zurück. Weder hier noch jenseits des Friedhofstores. Nach Halt suchend verschränkten sie die Finger, dann traten sie in die dicke Nebelsuppe, ein Gemisch aus tatsächlichem Nebel und den ruhelosen Seelen, die zwischen all den Grabsteinen umherwanderten.

Manchmal folgten ihnen ein oder mehrere Geister, summten vor sich hin oder stöhnten. Einige berührten Emilia und jagten eisige Schauer über ihren Rücken. Ihre Rufe verloren sich zwischen den Gemäuern, die den Friedhof säumten.

Schweigend folgte der Trauermarsch dem ungeraden Weg zur Wiese, die sich vor dem Waldrand erstreckte. Nur das Jaulen des Windes, das sich mit den Klagelauten der Geister vermischte, war zu hören. Das Licht der Kerzen, die die Hexen und Hexer um Oliver und Emilia herum trugen, warf Schatten über die Grabmäler.

Es schien, als beugte sich die Eiche mit ihren krummen Fingern zu ihnen hinab. In dieser so dunklen Nacht wirkte alles noch bedrohlicher.

Die Prozession trat durch das Gatter und marschierte in Richtung Wald. Ein schauriges Bild, wie sich die verhüllten Gestalten über die Wiese bewegten, ehe die Bäume ihr blasses Kerzenlicht nach und nach verschlangen.

Als Emilia die Bank passierte, auf der sie letzte Woche noch mit Ryan gesessen hatte, blieb sie für den Bruchteil einer Sekunde stehen. Sie konnte sich sehen und ihn. In einer anderen Welt, in der es keinen Pakt gab, keine Regeln. Eine Welt, in der Emilia Gefühle hatte, die vor Glück überkochten, als Ryan ihr Gesicht in die Hände nahm, um sie zu küssen.

Beinahe glaubte sie, ihr Herz klopfen zu spüren. Aber es schlug weiter, als könnte nichts in der Welt ihm etwas anhaben. Ruhig. Rhythmisch.

Oliver zog sie sanft mit sich. Zusammen tauchten sie in die Schwärze des Waldes. Hier herrschte ein Zwielicht aus Stille und Lärm.

Der Wind spielte mit den Blättern, ließ die Baumkronen über ihnen knarren. In der Ferne schrie ein Kauz, halb erstickt von der Dichte des Waldes. Die Schritte der Zirkelmitglieder raschelten über dem Boden, Äste brachen, Zweige knackten.

Das wenige Kerzenlicht flackerte, ließ die Bäume noch höher und die Dunkelheit hinter dem Licht noch bedrohlicher wirken. Oliver klammerte sich mit schweißnassen Fingern an Emilia. Sie folgte stillschweigend Roxanne und Jason vor ihnen.

Je tiefer sie in den Wald eindrangen, desto näher rückten die Bäume, als versuchten sie, Emilia zu erdrücken. Einige Male stolperte sie über eine Wurzel. Dabei schreckte sie ein Kaninchen auf. Es raste davon.

Plötzlich stürzte eine Eule vom Baum und packte das kleine Tier. Es gab ein panisches Quieken von sich, ehe die Eule es verstummen ließ.

„Ich werde mich niemals daran gewöhnen“, wimmerte Oliver, der sich immer wieder umsah, als lauerte der Teufel hinter dem nächsten Baum.

Eine Krähe sang ihr schiefes Lied in der Ferne und ließ ihn ein weiteres Mal zusammenfahren.

„Wir sind gleich da“, sagte Jason, der etwas langsamer gegangen war, um Emilia näher zu sein.

Sie stapften durch dichter werdendes Unterholz, ehe sie auf eine Lichtung stolperten.

Diese wurde nun von Hexen und Hexern und ihren Lichtern geflutet.

Emilia beobachtete vom Rand aus, wie sie auf eine längliche Erhebung der Erde zusteuerten, um die sie dann die Kerzen auf den Boden legten, um sich hinter sie zu stellen.

Roxanne reichte nun Emilia eine Kerze, die – im Gegensatz zu den anderen – festlich geschmückt war mit Blattgold und Asche. Mit einer Handbewegung über den Docht entfachte sie die Flamme. Der Schein betonte Roxannes Sorgenfalten. „Egal was passiert, Emilia, wir sind da. Vergiss nicht, dass wir alle hier sind für dich. Eine Familie. Du bist nicht allein mit dieser Bürde und denke daran, was auf dem Spiel steht.“ Eindringlich sah sie Emilia an. Dabei schien sie etwas in ihren Augen zu suchen. Vergeblich. Sie holte tief Luft. „Ich hoffe so sehr, dass dein Plan, deine Gefühle zu extrahieren, funktioniert.“ Im flackernden Kerzenlicht erblickte Emilia unsäglichen Schmerz, der in Roxanne wohnte. „Ich will nicht, dass du dasselbe durchmachen musst wie ich.“

„Woher weißt du –“

„Ich ziehe dich nun schon einige Jahre groß. Ich kenne dich, jede kleine Falte in deinem Gesicht, jede Mimik, jeden Anflug von Wut oder eines Tränenausbruchs. Aber deine Augen sind ... leer. Es zerreißt mich

–" Sie schluchzte und verbarg das Gesicht in den Händen. „Ich habe versagt."

„Du hast nicht versagt", hielt Emilia dagegen.

Aber ihre Tante schüttelte heftig den Kopf. „Nein, nein. Meine Aufgabe, meine Pflicht war es, euch zu beschützen. Ich habe es mir zur Pflicht gemacht, dass euch dreien niemals dieser Schmerz ereilt, der mich damals getroffen hat."

„Tante Rox", sagte Emilia und legte eine Hand auf ihre Schulter. „Auch wenn es nicht funktionieren sollte, ich werde nichts fühlen."

Roxanne wischte sich mit zitternden Fingern die Tränen vom Gesicht. „Ich weiß noch nicht, was schlimmer ist." Sie zwang sich ein Lächeln auf, strich Emilia sanft über die Wange, ehe sie sich abwandte und sich zu den anderen im Kreis stellte.

Nun war Emilia die Letzte, die den Kreis vervollständigen musste. Langsam, beinahe ehrfürchtig lief sie über den getrockneten Moosboden, der ihre Schritte dämpfte. Die Zweige, die unter ihrem Gewicht brachen, waren das einzige Geräusch, das an ihre Ohren drang. Der Zirkel und der gesamte Wald schienen die Luft anzuhalten, darauf wartend, dass Emilia den magischen Kreis komplettierte.

Mit jedem Schritt schlug Emilias Herz lauter in ihrer Brust, sodass sie glaubte, man könnte es auf der gesamten Lichtung hören. Es war noch immer ruhig. Aber mit jedem Schritt klang es wie ein Donnerschlag.

Unter den Blicken des Zirkels trat Emilia in den Kreis. Als sie vor der Narbe der Welt stand, erkannte sie das Loch, den Riss, der mitten in diesem Wald klaffte, im Herzen der verschlafenen Stadt Stanhope. Eine Ader, aus der das Böse kroch.

Heute war es an Emilia, den Pakt zu erfüllen. Welches Opfer würde der Teufel verlangen? Emilia atmete tief ein und aus. Dann bückte sie sich langsam, um die Kerze abzustellen.

Emilia spürte die Vibration, die wie ein kurzes Beben, ein elektrisches Zucken durch die Erde schoss. Kaum hatte die Kerze den Boden berührt, schossen die Flammen jeder einzelnen in die Höhe.

Für einen Moment war die Lichtung taghell. Emilia konnte in jedes von den Kapuzen verhüllten Gesichtern blicken. Sie sah Angst, Faszination, Mut und Zuversicht.

Und alles hing nun von Emilia ab. Gebannt starrte sie auf den Krater, der sich nun bewegte, als würde die Erde atmen. Schweres, rasselndes Atmen, das die Atmosphäre mit heißer stickiger Luft verpestete. Sie schmeckte nach Asche und Blut. Ein Krachen ertönte wie das Brechen eines riesigen Knochens.

Zeitgleich begann Esmeralda zu singen. Es war eine alte Sprache, die Emilia nicht verstand. Sie klang schief und gleichzeitig rhythmisch. Bedrohlich und zugleich vertraut. Unheilvoll und hoffnungsbringend.

Mit Esmeralda stimmten die anderen Ältesten im Kanon ein, als gingen sie so sicher, dass nicht eine Sekunde des Gesangs unterbrochen wurde. Zwei Hexer trommelten im Takt des Liedes, während das Kerzenlicht über die Lichtung tanzte.

Emilias Blick glitt hinauf zum Himmel. Grünes Licht, wie man es von den Nordlichtern kannte, schimmerte über dem Wald. Die silbernen Linien des Mondes schienen zu glühen.

Ein weiteres Krachen ertönte. Heiße Luft stieg aus der aufgebrochenen Erde empor.

Der Gesang wurde lauter. Mehr und mehr Hexen und Hexer stiegen ein, bis die Stimmen den gesamten Wald erfüllten, getragen vom Wind.

Emilia sah zu Roxanne, die unablässig die Augen auf sie gerichtet hatte. Sie konnte die Angst in jeder Regung ihres Gesichts erkennen. Auch Jason war nervös. Er trat auf der Stelle, versuchte, sich krampfhaft auf den Gesang zu konzentrieren, während dieser an Fahrt aufnahm.

Esmeralda gab den Takt vor. Sie wurde schneller, lauter. Die Trommeln folgten ihr. Es ergab ein Zusammenspiel aus Rhythmus und Disharmonie, die Emilia beinahe in eine Art Trance versetzten.

Bis ein Knurren das Lied für einen Moment übertönte. Emilia blickte wieder auf die Narbe. Sie pulsierte.

Eine Klaue überzogen von einer teerartigen Flüssigkeit reckte sich aus dem Riss und bohrte sich in den Waldboden.

Emilia verhakte die Finger ineinander. Auch wenn sie keine Angst empfand, so starrte sie dennoch ungläubig auf die Kreatur, die sich nun aus der Erde erhob. Stinkend, knurrend und furchteinflößend.

Esmeralda wechselte das Lied. Sie schrie beinahe, als wollte sie den Teufel verscheuchen. Die anderen Hexen stimmten mit ein, die Hexer trommelten in einem rasenden Tempo, sodass es Emilias Herzschlag hätte ersetzen können.

Unbeeindruckt von all den magischen Zaubergesängen erhob sich der Teufel. Er war riesig, schätzungsweise drei Meter, sodass er ohne Probleme Blätter von den Wipfeln pflücken konnte.

Seine Gestalt war hager, bucklig wie die eines gebrechlichen Menschen. Mit den Armen stemmte er sich aus der Narbe. Er schnaubte seinen heißen Atem in Emilias Gesicht und kam mit seinem näher an sie heran.

Seine Augen öffneten sich. Mit ihrer Schwärze und dem golden glühenden Ring um die Pupille erinnerten sie Emilia an den Neumond.

Unter seiner Nase spannte sich ein Lächeln. Das Grinsen eines Monsters mit spitzen Zähnen und einem

fauligen Atem. „Emilia“, sagte er mit einer heiseren
Stimme und so tief, dass sie in Emilias Körper vibrierte.
„Ich habe dich erwartet.“

Kapitel 14

„Hört auf mit eurem Geleier", bellte der Teufel und wirbelte in Richtung Esmeralda, die nicht einmal mit der Wimper zuckte.

Unbeeindruckt setzte sie ihren Gesang fort, während die anderen es ihr gleich taten.

Wie ein Hund rannte der Teufel einmal im Kreis, knurrte, schnappte, fauchte. Vergeblich.

Dann stürzte er auf Emilia zu. Er galoppierte mit schweren Schritten, dass sie glaubte, die Erde würde brechen wie eine Eisfläche. Ein lautes Brüllen ließ Emilia zurückstolpern.

In letzter Sekunde hielt Oliver sie auf, indem er seine Hand in ihren Rücken stemmte, während er krampfhaft seine Position zu bewahren versuchte. „Wir dürfen – den Kreis – nicht unterbrechen", presste er hervor und ließ Emilia los, als sie wieder fest auf beiden Beinen stand.

Sie blickte dem Teufel ins Gesicht. Er verengte die Augen zu Schlitzen. „Ich rieche keine Furcht", zischte er. „Wo ist deine Angst?" Er leckte sich mit einer gespaltenen Zunge über die nicht vorhandenen Lippen. „Deine schmackhafte Panik vor dem, was gleich kommen wird." Er baute sich vor ihr auf und riss mit einer Klaue ihre Kapuze vom Kopf. Dann nahm er die Krone und verwendete sie als Zahnstocher, ehe er sie über die Lichtung in einen Baum warf.

Mit geblähten Nüstern schnupperte er in der Luft. „Ich rieche nichts von dir, Emilia. Was ist dein Geheimnis?" Mit einem gluckernden Geräusch, das wie das Knurren seines Magens klang, kam er ganz nah. Der Geruch nach Schwefel ließ Emilia würgen. „Hast du, was ich verlange, Hexe?"

Emilia antwortete nicht.

Der Teufel reckte das spitze Kinn. „Lass mich in dein Herz sehen." Er sagte es mit einer sadistischen Vorfreude. Seine Augen glänzten, während er einen Arm hob. Eine ausgestreckte Klaue bewegte er auf ihre Brust zu. Langsam und mit genüsslichem Zischeln bohrte er die Spitze in ihr Fleisch.

Emilias Knie knickten ein. Sie schrie auf vor Schmerz, der durch ihre fehlenden Emotionen noch roher zu sein schien. Ihr Schädel dröhnte.

Der Teufel lachte amüsiert. Ein wahnwitziges Glucksen, während er den Kopf in den Nacken legte, als saugte er jede Sekunde in sich auf.

Dann verfiel er in einen Lachanfall. Er japste nach Luft. „Du", sagte er und löste den Finger aus ihrer Brust.

Keuchend atmete Emilia auf, wobei sie fast nach vorn stürzte, hätte Oliver sie nicht ein weiteres Mal aufgefangen.

„Du, du, du", sagte der Teufel, wie man es kleinen Kindern sagte, wenn sie etwas Dummes angestellt hatten. Die Wut brodelte in seiner Stimme. „Du hast versucht, mich hinters Licht zu führen!" Die Worte zischelten zwischen knirschenden Zähnen hervor.

Ihr Haar flatterte. Aber dieses Mal blieb Emilia standhaft. Würde sie nun noch etwas empfinden, würde ihr Herz wahrscheinlich aus ihrer Brust springen.

Wieder lachte der Teufel. „Es beleidigt mich, dass du denkst, du hättest eine Chance." Wütend blickte er auf Emilia hinab. „Nein, wir spielen fair." Er schnipste und zwischen seinen spitzen Klauen erschien ein Glas, in dem leuchtende Kugeln umherflatterten.

Emilias Gefühle.

Sophie starrte zu Emilia. Ihre Augen weit aufgerissen. An ihrem Mund konnte Emilia erkennen, dass ihr Gesang stockte, was ihr einen schmerzhaften Seitenhieb von ihrem Vater einhandelte. Eine einsame Träne, die im Kerzenschein glänzte, kullerte ihre Wange hinab. Mit ihrem Blick bat sie Emilia um Verzeihung.

„Ich mag es nicht, wenn man versucht, mich für dumm zu verkaufen." Er sah auf Emilia hinab. „Abgesehen davon: Hast du wirklich geglaubt, dass du nicht mehr liebst, nur weil du deine Gefühle extrahierst?" Er kam wieder näher und grinste breit. „Du hast die ganze Zeit an ihn gedacht, nicht wahr? Die ganze Zeit war er in deinem kleinen Köpfchen." Er bohrte die Klaue in ihre Stirn. Warmes Blut rann an ihrer Nase hinab. „Aber bevor ich den Schatz deines Herzens hierherhole –" Mit einem kaum erwähnenswerten Kraftaufwand ließ der Teufel das Glas zerspringen und setzte Emilias Gefühle frei. „Sollst du wieder fühlen. Du sollst es spüren, wenn ich dir das Herz herausreiße."

Ihre Emotionen schwirrten zunächst umher wie Irrlichter, verloren zwischen den Beinen der anderen Hexen. Dann schwebten sie zielstrebig auf Emilia zu.

Das Bedürfnis, die Flucht zu ergreifen, erfasste sie, aber sie unterdrückte den Drang und blieb an Ort und Stelle stehen, sah dabei zu, wie ihr Seelenleben zurück zu ihr fand.

Die Kugeln erleuchteten ihr Gesicht. Für den Bruchteil einer Sekunde trafen sich Emilias und Sophies Blicke. Sie hatten verloren.

Blitzschnell schoss das Licht durch ihre Brust. Die Wucht schleuderte Emilia zu Boden. Sie schnappte nach Luft, als atmete sie das erste Mal in ihrem Leben.

Wie eine Monsterwelle stürmten sämtliche Emotionen auf sie ein, umspülten ihr Herz, das raste, als hätte Emilia einen Stromschlag bekommen.

Ihre Gefühle fluteten ihren Kopf, bis die Gedanken überzulaufen drohten. Tausende Erinnerungsfetzen, Sorgen, Ängste schrien auf sie ein.

Keuchend presste sie sich die Hände auf die Ohren. Sie spürte, wie sich ihre Seele regenerierte, das Leben wieder in sich aufnahm und damit all den Schmerz und die Angst, die sie ausgesperrt hatte.

Emilia schrie auf. In ihrem Inneren brannte heiße Lava. Tränen rannen über ihre Wangen. Sie krümmte sich, bäumte sich auf, rollte sich über den Waldboden.

Es fühlte sich an, als droschen Tausende Stimmen auf sie ein, schrien, jammerten, jaulten, während etwas ihr Innerstes in Stücke riss, um es dann mit heißem Kleber zusammenzusetzen. Es sollte aufhören. „Aufhören!", kreischte Emilia und setzte sich auf. Ihr Haar fiel ihr ins Gesicht.

Flehend sah sie zu Jason, der losstürmen wollte, jedoch von Roxanne aufgehalten wurde. „Wir dürfen den Kreis nicht unterbrechen", schrie sie und starrte Emilia an. „Emmi, bitte, Schatz, du musst zurück in den Kreis kommen. Ich weiß, es ist zu viel, aber bitte ..." Tränen schimmerten in ihren Augen. „Bitte."

Emilia stöhnte auf, bohrte die Hände in den Waldboden und stemmte sich auf die Beine. Wackelig stand sie da, ihren Blick auf den Teufel gerichtet, der das Spektakel voller Genuss beobachtete. „Herrlich. Die Extraktion ist schmerzhaft, aber nichts ist so schmerzhaft wie Tausende Emotionen, die gleichzeitig auf dich einstürmen, nicht wahr?" Er leckte sich über die spitzen Zähne und atmete tief durch seine Nüstern ein. „Ich spüre deinen Schmerz und rieche deine Angst. So ein Leckerbissen."

Emilia wankte zurück auf ihren Platz. Sie schnappte nach Luft und versuchte, den brodelnden Schmerz über ihr Versagen im Zaum zu halten. Ihre Hände hatte sie zu bebenden Fäusten geballt, denn zwischen all der Angst, die ihre Glieder beben ließ, brach die Wut hervor.

Der Teufel schien es zu spüren und kicherte zischend. „Du bist wütend, kleine Hexe." Er neigte den Kopf hin und her und ließ die Gelenke knacken. Dann kam er näher, um zärtlich über ihre Wange zu fahren. „Sei nicht wütend auf mich. Sei lieber wütend auf diesen schwachen Zirkel, der es seit Jahrhunderten nicht schafft, mich endgültig in diesem Loch zu versenken." Er blies ihr den heißen Atem ins Gesicht. „Stattdessen nehme ich mir jedes Jahr aufs Neue einen Schatz von euch, bade in eurem Schmerz. Willst du wissen, was ich mit deinem Schatz machen werde?"

Emilia schnaubte auf, dann versammelte sie all ihren Speichel im Mund und spuckte dem Teufel ins Gesicht.

Er brüllte laut auf. Mit einer Klaue holte er aus, um sie mit voller Wucht zu schlagen, prallte jedoch gegen den Schutzbann des Zirkels. Er taumelte zurück, schüttelte sich und besann sich dann eines Besseren. „Mal sehen, wie dir zumute ist, wenn ich das Opfer in unsere Mitte hole."

Emilias Muskeln bebten. Tränen rannen über ihre Wangen. Es zerriss sie, dass sie sich den Schmerz der Extraktion wieder herbeiwünschte.

Sie sah dabei zu, wie der Teufel die Finger bewegte wie ein Puppenspieler. Dabei murmelte er in einer dunklen Sprache.

Schauer jagten über Emilias Rücken. Die Panik hatte sie fest im Griff und sie gipfelte in ihrem Höhepunkt, als es hinter ihr im Laub raschelte.

Äste knackten, Zweige brachen. Einige Sekunden später stolperte Ryan auf die Lichtung. Seine Augen starrten ins Leere. Er schien in eine Art Trance versetzt zu sein.

Gerufen vom Teufel schlurfte er über die Lichtung, direkt auf Emilia zu.

Ihre Beine gaben nach, sie fiel zu Boden, schluchzend und wimmernd. „Bitte nicht", krächzte sie heiser. „Bitte."

Einige Hexen und Hexer weinten ebenfalls. Darunter auch Oliver. „Emilia." Er schniefte. „Bitte, du musst aufstehen."

Emilia schüttelte den Kopf. „Nein", flüsterte sie. „Ich kann nicht." Dabei begriff sie in diesem Moment, dass sie nicht das Aufstehen meinte, sondern ihre Aufgabe. Sie wusste nicht, ob sie es konnte. Alles in ihr sträubte sich, ihn zu opfern.

Mit verweinten Augen sah sie zu Oliver auf, dessen Gesicht ihren Schmerz widerspiegelte. „Du musst", wimmerte er, während er ihr die Hand hinhielt.

Widerwillig ergriff sie sie und ließ sich auf die Beine ziehen. Schluchzer erfassten sie.

„Ach ja, junge Liebe." Der Teufel kicherte und schlang einen langen Arm um Ryan, der noch immer wie in Trance schien. „Bin gespannt, was geschieht, wenn er aufwacht."

„Nein!", schrie Emilia. „Bitte, tu ihm das nicht an."

Der Teufel lachte. „Kleine Hexe, ich bin der Teufel. Es wäre nur halb so lustig, wenn ich dich nicht auch etwas quälen könnte. Ich verrate dir die Spielregeln." Er schritt auf sie zu und hob einen Finger. „Ich werde dir gleich fünf letzte Minuten mit Ryan geben. Ich werde eine Illusion um euch herum erschaffen. Du kannst sie nicht sehen, aber Ryan wird sich mit dir in deinem Zimmer befinden. Du kannst machen, was du willst. Verabschiede dich oder erkläre ihm alles oder ... ist mir egal. Aber am Ende wirst du dich entscheiden müssen." Er kniff die Augen zusammen. „Und ich bin schon ganz gespannt darauf, wie du dich entscheiden wirst." Die gespaltene Zunge schnellte zwischen seinen Zähnen hervor, während er sie angrinste. „Ich hatte schon lange nicht mehr so einen emotionalen Leckerbissen." Dann wandte er sich von Emilia ab, die nur noch zitternd und weinend dastand.

Der Teufel schob Ryan etwas näher zu ihr heran. Sie wimmerte. Seine Nähe brannte wie Feuer auf ihrer Haut. „Und Action", sagte der Teufel, schnippte mit dem Finger und ließ damit Ryan aus seiner Trance erwachen.

Er blinzelte, schüttelte den Kopf, als hätte er ihn sich angeschlagen. Dann erfassten seine Augen Emilia und er stockte. „Emilia?", sagte er heiser, ehe er sich umsah. Kurz taumelte er herum. „Wie komme ich hierher? Ich war doch gerade noch ... Wie bin ich ... Was ist hier los?"

Hastig wischte Emilia sich die Tränen aus dem Gesicht. Die Gefühle in ihr drohten, sie zu ersticken. Ihr Herz blähte sich auf, verzehrte sich nach Ryans Nähe, nach seinen Lippen, nach seinen Berührungen. „D-Du bist hierhergekommen, weißt du das nicht mehr?"

Ryan kniff die Augen zusammen. „Was? Ich ... nein, ich war bei Thomas. Wir haben ein bisschen was getrunken, aber –" Er trat auf Emilia zu. „Habe ich etwas zu dir gesagt? Ich muss etwas zu dir gesagt haben, wenn du mich schon in dein Zimmer raufholst. Was habe ich gesagt?"

Emilias Kehle schnürte sich zu. Wie angewurzelt blieb sie stehen, während ihr Blick Hilfe in den Gesichtern der anderen Zirkelmitglieder suchte.

Währenddessen stand der Teufel wie ein Regisseur am Bühnenrand, der im Spiel seiner Schauspieler vertieft war. Ein Puppentheater, von dem Ryan nichts um sich herum ahnte. Und so fühlte Emilia sich. Wie eine Puppe. Arme und Beine an Schnüre gezurrt, während der Teufel sie tanzen ließ, wie es ihm gefiel.

„Emilia?" Ryan stand nun nah vor ihr und rieb sich mit der Hand über das Gesicht. „Ist alles okay?"

Was sollte Emilia ihm nun sagen? Sollte sie ihm die Wahrheit offenbaren? Sollte sie ihm eröffnen, dass sein Leben in ihrer Hand lag? Sollte sie ihm erklären, dass sie ihn nicht opfern wollte? Was sollte sie ihm sagen?

„Ich“, presste sie hervor. „Ich wollte dir etwas sagen.“

Ryan hob die Brauen. Er nahm ihr Gesicht in seine Hände, zärtlich und doch bestimmt, als Emilia kurz vor seiner Berührung zurückzuckte. „Was willst du mir sagen? Ich dachte, du hättest schon alles gesagt?“

„Ich ... ich wollte dir sagen, dass alles eine Lüge war.“ Tränen brachen aus ihr hervor. „Ich wollte dich beschützen und habe dich deswegen von mir gestoßen.“

„Wovor wolltest du mich beschützen?“ Ryans Hände glitten von ihren Wangen, über ihren Hals in ihren Nacken.

In Emilia tat sich ein Riss auf. Ihre Seele spaltete sich. Seine Nähe schmerzte sie so sehr, während sie in diesem Moment nichts anderes wollte. „Vor meinem Geheimnis“, presste Emilia hervor.

Ryan küsste zärtlich ihre Stirn und zog sie an sich. Emilia tauchte in die Wärme seiner Umarmung. Sie spürte seine starken Arme, wie sie sich um sie schlangen und sie davor bewahrten auseinanderzubrechen. „Schhh“, machte er. „Ist schon gut.“

Haltsuchend klammerte Emilia sich an ihn. Ihre Finger krallten sich in seinen Pullover, der seinen herben Duft verströmte. Sie vergrub das Gesicht an seiner Brust und wimmerte. All ihre Wut wollte sie herausschreien, doch diesen Gefallen würde sie dem Teufel nicht tun.

Sie löste sich aus der Umarmung, legte ihren Kopf in den Nacken, um Ryan in die Augen sehen zu können. Seine braunen Augen, die voller Erleichterung glänzten. „Ich liebe dich“, sagte sie.

Ryan lächelte sein schiefes Lächeln, das sie so vermisst hatte. Er legte die Stirn an ihre. „Und ich liebe dich.“ Seine Hände glitten wieder an ihre Wangen. Zärtlich strich sein Daumen über ihre Haut, während er voller Sehnsucht seine Lippen auf ihre presste.

Wie eine Ertrinkende an einem Stück Treibholz schlang sie ihre Arme um seinen Hals, während sie dennoch in all ihrem Schmerz unterging. Sie genoss jede Sekunde, in der ihre Lippen miteinander verschmolzen waren, ehe sie sich voneinander lösten.

Ryan lächelte, als der Teufel über seine Schulter auf Emilia niederblickte. „Und, Emilia? Wie entscheidest du dich?"

Emilia japste nach Luft. Tränen fluteten ihre Wangen. Nein, sie wollte Ryan nicht opfern. Sie konnte ihn nicht opfern. Sie wollte an seiner Seite sein.

In Emilia wuchs die Wut. Das würde sie nicht zulassen. Ryan hätte es nicht getan. Ryan hatte ihr gesagt, dass er sich niemals gegen sie stellen konnte, dass er sich für sie gegen die ganze Welt stellen würde.

Aber ...

Aber was war das für ein Leben, wenn die gesamte Menschheit vom Teufel versklavt auf der Erde wanderte? Wenn nur noch Leid, Pest und Qualen ihrer aller Leben bestimmte? Wäre sie dann trotzdem glücklich?

Emilia schloss die Augen. In ihrem Inneren tobte ein Sturm, der sie zerfetzte. Wenn er abklingen würde, würde sie nie wieder so sein wie zuvor. Das wusste sie.

Unaufhörlich quollen Tränen zwischen ihren geschlossenen Lidern hervor. „Was ist denn los, Em?", fragte Ryan sanft und wischte ihre Tränen fort. „Wir sind jetzt hier. Uns kann nichts mehr anhaben."

Emilia öffnete die Augen und lächelte. Sie blickte in sein hübsches Gesicht. „Ich weiß. Es tut mir leid, Ryan."

Er runzelte die Stirn. „Was tut dir leid?"

Emilia trat einen Schritt zurück. Sie bekam keine Luft mehr. Ryan wollte nach ihr greifen, doch der Teufel hielt ihn am Kragen fest, zerrte ihn mit sich und grinste Emilia breit an. „Der Pakt bleibt bestehen. Bis nächstes Jahr, Hexen von Stanhope."

Kapitel 15

Emilia wusste nicht, wie sie nach der Opferung nach Hause gekommen war. Sie war in einer Dunkelheit gefangen gewesen. Einer Rage aus Trauer und Wut. Sie war nicht ohnmächtig geworden, doch erst jetzt erlangte sie ihr Bewusstsein zurück, als erwachte sie aus einem Filmriss.

Jetzt fand sie sich im Chaos wieder. Ein Sturm aus Geschirr, Besteck und Scherben toste um sie herum.

Ihre Magie brach unkontrolliert hervor. Sie spürte, wie sie in den Fingerspitzen brannte, durch ihre Adern pulsierte und wie ein Kopfschmerz hinter ihrer Stirn pochte.

Ohne die Kontrolle darüber zu haben, zerstörte sie alles um sich herum. Mit einem Krachen brach der Tisch entzwei, die Stühle zersplitterten binnen Sekunden durch eine simple Handbewegung.

Emilia war gefangen in ihrem Zorn und in dem Schmerz, der in ihrem Inneren wie ebendieser Sturm wütete. Sie wollte diese Ungerechtigkeit rächen, wollte die Kraft, die in ihr aufwallte, aus ihrem Körper spülen.

Mit dem Finger auf die Spüle gerichtet, ließ sie eine Wasserfontäne aus dem Waschbecken schießen. Ein weiterer Blick und die letzten Schranktüren flogen auf.

Klappernd wirbelten Töpfe durch die Luft und zerschmetterten Lampen.

Schemenhaft erkannte Emilia Jason und Tante Rox. Mit hektischen Bewegungen versuchten sie, den Sturm unter Kontrolle zu bringen.

„Emilia." Roxannes Stimme bahnte sich einen Weg durch das Tosen des Sturmes und das Krachen und Scheppern um Emilia herum.

„Ich weiß, es ist überwältigend“, brüllte Jason gegen den Sturm an und wich einer wirbelnden Pfanne aus. „Aber wenn du dich jetzt nicht unter Kontrolle kriegst, dann wirst du noch jemanden verletzen! Ich weiß, dass du das nicht willst, Emilia.“

Seine Worte drangen nur schwach an Emilias Ohr. Obwohl Jason immer einen Weg fand, wie er sie beruhigen und trösten konnte, blieb ihm dieser verwehrt.

Emilia war außer sich. Die Magie sprudelte aus ihr heraus wie aus explodierenden Sektflaschen.

Nicht einmal Adelaide vermochte zu ihr vorzudringen. Immer wieder musste sie angesichts des Sturms abdrehen und sich flatternd in Sicherheit bringen.

Heiße Tränen rannen über Emilias Wangen. Der Gedanke an Ryan, den sie gerade dem Teufel geopfert hatte, steckte wie ein Messer in ihrer Brust. Mit jedem Schmerz, der über sie hinwegrollte, schwoll der Sturm an.

Jason und Roxanne schrien, stolperten zurück in den Eingangsbereich, raus aus der Küche. Nun riss der Sturm Bilder und Dekoration von Wänden und Kommoden. Schubladen und Türen klapperten, die Lampen schwangen an der Decke, drohten, jede Sekunde zu Boden zu stürzen oder in den Sog des Sturms hineingerissen zu werden.

Emilia schrie, sodass es Roxanne fast von den Füßen geholt hätte, wenn Jason sie nicht aufgefangen und zurückgezogen hätte.

„Emilia, du musst dagegen ankämpfen!“, schrie sie heiser.

„Was würde Mom sagen, wenn sie hier wäre?“

Wie der Kopf einer Schlange schnellte Emilias Blick in Richtung Jason. Sie konnte die Angst in seinen Augen sehen und die Anstrengung, die es ihn kostete, ihren Sturm nicht das ganze Haus bis auf die Grundmauern niederreißen zu lassen.

„Was würde sie dir jetzt sagen, wenn sie noch hier wäre?", fragte er und mühte sich ein Lächeln ab.

Es war kaum spürbar, aber der Sturm verlor an Kraft. Für den Bruchteil einer Sekunde ließ Emilia die Hände sinken. Tränen ließen ihre Sicht verschwimmen. Emilia blinzelte, schnappte nach Luft. „Auch das wird vergehen", sagte sie monoton.

Jason nickte. „Ja, auch das wird vergehen. Ich weiß, es fühlt sich gerade nicht danach an, aber es wird vergehen."

„Schätzchen, es wird dich nicht glücklicher machen, wenn du uns jetzt unter dem Haus begräbst, bitte." Roxanne blinzelte ebenfalls Tränen fort. Zitternd streckte sie eine Hand nach ihr aus. „Bitte, lass uns für dich da sein."

Emilia blickte von Roxanne zu Jason. Mit jeder Sekunde verlor der Sturm an Kraft – mit ihm auch Emilia, bis sie endgültig die Hände sinken ließ.

Abrupt ließ der Wind nach. Augenblicklich fielen die Geschosse zu Boden. Porzellan und Glas, das bis dahin noch nicht zerbrochen war, ergoss sich nun klirrend über den Holzboden.

Jason und Roxanne waren vollkommen außer Atem. Schweiß glänzte auf ihrer Haut. Ohne zu zögern, stürzten sie zu Emilia, die in dieser Sekunde auf die Knie fiel. Schluchzend krallte sie sich in den Umhang ihres Bruders, der sie fest an sich zog. Den anderen Arm schlang sie um Roxanne. Sie weinten, wenn auch nicht aus den gleichen Gründen, aber sie teilten den Schmerz, sodass Emilia für kurze Zeit glaubte, dass es tatsächlich irgendwann vorbeigehen würde.

„O mein Gott", stieß eine vertraute Stimme aus. Emilia öffnete ihre schweren Lider.

Sophie stand in der Tür. Mit einem Arm hielt sie sich die Seite, während sie fassungslos auf das Chaos starrte, das sich vor ihr erstreckte. Dann wanderte ihr

Blick zu Emilia. Ihre Augen wurden feucht, glänzten im schummrigen Licht.

Zögerlich trat sie auf die drei zu. „Emilia", krächzte sie. „Es tut mir so leid –" Sie brach ab und stöhnte, als eine falsche Bewegung sie seitlich einknicken ließ.

Jason und Roxanne lösten sich.

„Ist etwas geschehen?", fragte Roxanne. Angst flackerte in ihrem Blick.

Jason rappelte sich auf, um Sophie zu stützen, da der Schmerz in ihrem Oberkörper anscheinend nicht nachließ und sie langsam in die Knie zwang.

Sophie schüttelte den Kopf. Ihr Gesicht war schmerzverzerrt. Es dauerte einige Sekunden und zwei tiefe Atemzüge, bis sie antworten konnte. „Nein, nein, ich wollte nur Emilia beistehen." Sie sah Emilia eindringlich an.

„Danke", flüsterte diese, ließ sich von Roxanne aufhelfen und trat über die Scherben auf ihre neue Freundin zu. „Ich bin dir sehr dankbar für alles, was du für mich getan hast."

Sophie lächelte traurig. „Dafür brauchst du dich nicht zu bedanken." Sie beugte sich langsam zu ihr vor, um sie zu umarmen. Zögerlich erwiderte Emilia die Umarmung, darauf bedacht, dass sie ihr nicht noch mehr Schmerzen zufügte. „Da ist etwas, was du dir ansehen solltest."

Emilia sah sie fragend an. Adelaide, die den Anflug von Wut in ihr zu spüren schien, setzte sich auf ihre Schulter. Zärtlich spielte sie mit ihrem Haar. „Ich glaube nicht, dass das ein passender Zeitpunkt ist", antwortete Emilia ruhig. War sie nun übergeschnappt? Sah sie denn nicht, dass sie trauerte und was diese Trauer angerichtet hatte?

„Ich weiß, ich wäre auch niemals hierhergekommen, wenn es nicht *wirklich* wichtig wäre." Kurz schien ihr Blick über Emilias Schulter zu Roxanne zu gleiten, was sie dazu veranlasste, noch leiser zu sprechen. „Komm bitte mit zu mir. Ich muss dir etwas zeigen."

Emilia blickte kurz über ihre Schulter zu Roxanne, die bereits misstrauisch die Augen zu Schlitzen verengt hatte, dann sah sie zu Jason, der sie fragend ansah. „Wäre es okay, wenn ich –"

Roxanne stemmte die Hände in die Hüften. „Was hat das zu bedeuten?"

Bevor Emilia antworten konnte, trat Sophie vor. „Es tut mir wirklich leid, dass ich störe, aber es könnte Emilia helfen, ihre Trauer zu bewältigen."

Resigniert ließ Roxanne die Schultern hängen. Sie seufzte. „Na schön."

Sophie taumelte über die Trümmer aus dem Haus, gefolgt von Emilia.

„Ich komme mit", sagte Jason und schloss hastig zu ihnen auf.

Emilia wandte sich zu ihrem großen Bruder um, um ihm zu widersprechen, doch seine ernste Miene verriet ihr, dass er es nicht zulassen würde. „Ihr beide habt schon genug Scheiß angestellt."

Sophie klappte die Kinnlade herunter. Mit den Händen in die Hüften gestemmt, wollte sie etwas entgegnen, doch ihre Geste zwang sie in die Knie vor Schmerz. Sie stöhnte, taumelte.

„Na toll und ich darf wieder das Chaos beseitigen", zischte Roxanne, ehe sie mit einem Fingerschnippen Scherben in die Luft fliegen ließ.

Emilia, Jason und Sophie spazierten durch Stanhope. Adelaide schwebte über ihren Köpfen. Inzwischen schien sogar jeder Halloween-Begeisterte zuhause zu sein. Kaum ein Licht brannte in den Häusern, auf die sie nun hinabschauen konnten.

Emilias Blick blieb an Ryans Elternhaus hängen. Von hier aus konnte sie sogar sein Zimmerfenster sehen. Es war dunkel.

Ihre Kehle schnürte sich zu. Es kostete sie alle Kraft, nicht unter Tränen zusammenzubrechen und vor Schmerz aufzuschreien.

Widerwillig riss sie den Blick los und richtete ihn nun auf das Anwesen der Halls.

Das Tor ragte bedrohlich über ihr auf. Heute Nacht hatten die Halls Fackeln aufgestellt, die die Auffahrt bis zur Tür beleuchteten.

Sophie eilte voran und öffnete leise die zweiflügelige Tür.

Im Gegensatz zum letzten Mal erwartete Emilia kein Gargoyle. Nicht einmal das gleißende Licht empfing sie. Nur Stille.

„Nicht schlecht, Hall", sagte Jason und zog anerkennend die Mundwinkel herunter, während er sich hinter Emilia durch die Tür schob.

Sophie, die noch immer sichtbar unter Schmerzen litt, war es an der Nasenspitze anzusehen, dass sie alles andere als erfreut darüber war, dass Jason hier war.

Sie sah zu Emilia, dann zu ihm. „Du kannst hier warten."

Jason schob die Hände in die Hosentaschen. „Ja, nein", sagte er mit einem frechen Grinsen. „Ihr beide habt mir schon zu viel ausgeheckt. Was kommt als Nächstes?"

Sophie verdrehte die Augen. „Keine Sorge, sie wird in ganzen Stücken wieder runterkommen."

Jason kam noch einen Schritt auf Sophie zu, sodass sie ihren Kopf in den Nacken legen musste, um ihm ins Gesicht sehen zu können. „Ja? Auch mit ihren Gefühlen? Ihrer Seele?"

Sophie lief rot an. Dennoch reckte sie das Kinn vor. Doch bevor sie etwas entgegnen konnte, funkte Emilia dazwischen. „Ist schon okay, ich habe keine

Geheimnisse vor ihm." Dann drückte sie ihre Schulter. „Er wird uns nicht verraten. Und er wird sich aus der Sache raushalten." Sie warf Jason einen kurzen Blick zu.

Sophie zögerte, trat auf der Stelle. „Na schön", sagte sie mit einem misstrauischen Blick in Richtung Jason. „Seid leise, meine Eltern schlafen." Sie schlich die Treppe empor.

Emilia folgte ihr, Jason im Schlepptau. Sie gingen den Weg, der hinauf zu dem Dachboden führte, wo Sophie ihre Zauberei auslebte. Trotz Emilias Kraftlosigkeit, die ihre Lider schwer machten, und der drückenden Trauer in ihr, war sie neugierig. Was würde Sophie ihr zeigen?

Es schien ihr wie eine Ewigkeit, in der sie die enge Treppe zum Dachboden erklommen. Oben angekommen entglitt Jason ein Laut des Staunens. „Ein eigener Raum nur für Magie?"

Sophie nickte.

„All die Energien", murmelte Jason, wobei er kurz die Augen schloss, als wollte er sie alle auf einmal erfassen.

Der Raum war wie elektrisch aufgeladen. Das lag aber nicht nur an den Zaubern, die Sophie in der Vergangenheit gewirkt hatte, sondern auch an einem Zauber, den sie in dieser Sekunde wirkte. Ein mächtiger noch dazu.

Die Härchen auf Emilias Arm und im Nacken stellten sich auf. „Was hast du gemacht?", fragte sie, wobei ihre Stimme durch die Kraftlosigkeit wie ein Flüstern klang.

Sophie biss sich auf die Unterlippe, wobei sie wieder zu Jason blickte. Dann schloss sie die Augen und atmete tief ein. „Ich glaube, es ist besser, wenn ich es euch zeige." Sie blieb stehen und rang mit den Fingern. Ihr Blick war gesenkt. „Aber egal, was ihr tut, flippt bitte nicht aus." Sie sah Emilia und Jason nacheinander eindringlich an, als wollte sie so sichergehen, dass sie ihr Wort hielten.

Emilia war sich sicher, dass sie nichts mehr erschüttern konnte und dass sie nicht die Kraft haben würde, wenn es doch so wäre.

Müde blinzelte sie Sophie an. Diese schien es als Einverständnis zu verstehen, atmete noch einmal tief ein und aus und führte Jason und Emilia hinter einen weinroten Vorhang, der seicht in der Brise flatterte.

Was Emilia dahinter erblickte, ließ ihr Herz so schwer werden, dass sie augenblicklich auf die Knie fiel. Gerade noch stützte sie sich mit den Händen auf dem Holzboden ab. Doch innerlich fiel sie noch immer. Sie fiel und hörte nicht auf zu fallen.

Sie schluchzte erstickt auf, ehe sie eine zitternde Hand auf die Lippen presste. Nur widerwillig hob sie den Blick auf den Körper, der vor ihr lag. Leblos. Blass. Kalt.

Es zerriss sie, Ryan so daliegen zu sehen. Seine Brust hob und senkte sich nicht, wie sie es so oft beobachtet hatte. Seine Lider zuckten nicht und auf seinen Lippen lag kein verschmitztes Grinsen.

„Was hast du –", brach es aus Emilia hervor, während sie näher an Ryans leere Hülle heranrobbte. In ihr braute sich derselbe Sturm zusammen, der vor wenigen Minuten noch Roxannes Haus auf den Kopf gestellt hatte. Die Magie entflammte in ihren Fingern, die sie über dem Boden zur Faust ballte.

„Ich weiß nicht, was du dir dabei gedacht hast, Sophie, aber –" Jasons Stimme bebte vor Wut.

Doch Sophie unterbrach ihn. „Hört mir erst zu." Zitternd atmete sie ein. „Emilia, das, was du während deiner Zeremonie im Wald dem Teufel geopfert hast, war nicht Ryan."

„Was?", zischte Jason empört und machte einen Schritt auf Sophie zu.

Diese wich nicht zurück, während sie unentwegt E-
milia ansah. „Also im Grunde genommen schon." Sie
brach ab, als ihr offenbar die Worte ausgingen.

In Emilia vermischten sich der Schmerz und die Verwirrung zu einem giftigen Cocktail. Sie sah von Ryan
zu Sophie. „Was redest du da?"

„Was meinst du mit im Grunde genommen schon?
War er es oder war er es nicht? Und wer ist dann das?",
stieß Jason wutschnaubend hervor.

Sophie hob abwehrend die Hände. „Okay", keuchte
sie. „Es war Ryan."

Emilia versuchte zu atmen, doch etwas drückte ihr
die Kehle zu.

„Also – es war das exakte Ebenbild von Ryan, das du
dem Teufel geopfert hast."

„Was?" Jason starrte mit einer Mischung aus Fassungslosigkeit und Wut von Ryan zu Sophie. Hin und
her, während er – das wusste Emilia – nach einer Erklärung suchte.

So breitete sich eine unerträgliche Stille zwischen
den dreien aus.

Mit verweinten Augen blickte Emilia zu Sophie auf.
„Was hat das alles zu bedeuten?"

Bevor Sophie etwas sagen konnte, antwortete Jason,
dessen Blick sich irgendwo auf dem Dachboden verlor.
„Das bedeutet, dass sie den Teufel verarscht hat."

Emilia presste die Hände an den Kopf. Die Magie
wallte erneut in ihr auf. Stöhnend versuchte sie, sie niederzukämpfen. „Sophie, bitte, erklär mir jetzt, was du
getan hast. Ich drehe sonst durch. Ist das Ryan?"

„Ja."

„Aber er ist tot?" Emilias Stimme brach. Tränen tropf-
ten von ihrer Nasenspitze, als sie Ryans Gesicht in die
Hände nahm. Sie erschrak vor der Kälte seiner Haut.

„Ja", antwortete Sophie. „Ich meine nein, nicht wirklich. Es ist eine Art Scheintot, in den ich ihn versetzt habe."

„Du hast einen Scheintot-Zauber angewandt?", fuhr Jason sie an und fuchtelte mit den Händen in der Luft. „Weißt du, wie gefährlich das ist?"

„Shhh", zischte Emilia und schob ihn an seinen Beinen zur Seite, damit sie Sophie ansehen konnte. „Ich verstehe immer noch nicht." Die Wut brannte in ihrer Brust. „Was – hast – du – gemacht?" Ein schmerzvoller Funken Hoffnung entfachte in Emilias Herzen. Es ängstigte sie. Gleichzeitig wollte sie dieses schwache Glühen bis auf den Tod verteidigen.

Sophie schluckte im Angesicht der Wut, die in Emilia loderte und die ohnehin magische Luft noch elektrischer auflud. „Ich habe den Scheintot-Zauber an Ryan angewandt und einen Klon von ihm erstellt. In der Nacht, in der wir deine Gefühle extrahierten, habe ich zufällig eine Seite mit dieser Methode gefunden. Es ist praktisch eine exakte Kopie von Ryan. Er spricht wie er, fühlt wie er, hat sein Gedächtnis."

„Aber es *ist* nicht Ryan ... oder war", sagte Jason.

Sophie blickte zu Boden. „Nein."

Nun lief Jason zwischen den Mädchen auf und ab. „Das ist ... Das ist einfach –" Er blieb stehen und blickte Sophie vorwurfsvoll an. „Ich finde nicht einmal Worte dafür!"

„Halt die Klappe", zischte Emilia. „Das heißt, Ryan ist hier und er ist nicht wirklich tot?" Das Glühen entfachte zu einem Feuer.

Sophie lächelte verhalten. „Ich kann ihn aufwecken."

„Nein." Jason stellte sich zwischen die beiden, die Arme ausgebreitet. Er schüttelte heftig den Kopf. „Hast du überhaupt eine Ahnung, was du angestellt hast? Das Extrahieren der Gefühle meiner Schwester ist ja ein Aprilscherz dagegen!"

Emilia sprang auf. „Kriegst du dich mal wieder ein? Sie wollte mir helfen! Um jeden Preis. Du solltest dich nicht so undankbar aufführen." Kurz stockte sie, dann blickte sie auf Sophies Oberkörper. „War das der Preis?"

„Undankbar", donnerte Jason. „Die Kacke ist am Dampfen!"

„Eine Rippe", antwortete Sophie, ohne auf Jason einzugehen, und hob ihr Shirt an. Ein Verband schlang sich um ihren Brustkorb. An beiden Seiten sickerte etwas Blut hervor.

Emilia runzelte die Stirn. „Für wen war die zweite Rippe?"

„Ich musste doch sichergehen, dass er sich nicht doch für Tara entscheiden würde."

„Also rennt ein weiterer Klon herum?" Jason fuhr sich mit den Händen durch das Gesicht.

Sophie ignorierte ihn weiter. „Ethan hat mir geholfen. Ryan allein hat fast meine gesamte Kraft gekostet. Er lässt den Klon nun verschwinden und weckt Tara auf."

Jason klatschte langsam in die Hände. „Wahnsinn. An alles gedacht."

„Jason", fauchte Emilia. Ihr Herz pochte wild in ihrer Brust. Sie wandte sich wieder zu Sophie. „Du hast zwei deiner Rippen entfernt, um die beiden zu retten? Um mich zu retten?"

Sophie senkte schnaubend den Blick, als wäre es ihr unangenehm. „Denk nicht, ich hätte es nur für dich oder deine Menschenfreunde getan." Emilia konnte sehen, wie krampfhaft Sophie ihre alte Maske aufzusetzen versuchte. „Niemand in diesem Zirkel kann ignorieren, was du losgetreten hast, Walsh." Sophie zog die Brauen zusammen, als sie zu bemerken schien, dass ihre Maske einen irreparablen Riss hatte. „Und ich kann es auch nicht mehr ignorieren." Sie sah Jason voller Entschlossenheit an. „Ja, ich habe an alles gedacht.

Das ist meine Art der Rebellion. Der Teufel kann mich mal."

Jason lehnte sich an die Fensterbank. „Nein, an eine Sache hast du nicht gedacht."

„Ach ja, Walsh?" Sophie trat vor, die Arme vor der Brust verschränkt, was ihr sichtlich Schmerzen bereitete. „Denkst du nicht, mir ist klar, dass das keine endgültige Lösung ist?"

Jason sah sie zähneknirschend an, erwiderte jedoch nichts.

„Es ist ein Spiel auf Zeit." Sophie sah Emilia entschuldigend an. „Der Teufel wird es merken."

„Und er wird scheiß sauer sein!", fügte Jason hinzu.

Sophie rollte mit den Augen, fokussierte sich aber weiter auf Emilia, die ihre Finger ineinander verhakte. Ihre Brust schrumpfte zusammen. „Wie viel Zeit?" Sie schluckte.

Sophie zuckte mit den Schultern. „Mindestens ein Jahr. Im Grunde genommen haben wir Ryan geopfert und der Pakt bleibt bestehen. Das waren die Worte des Teufels. Die sind bindend."

Jason vergrub die Finger in seinen Haaren. „Du hältst dich wohl für ganz schlau, was?" Jason atmete tief ein. „Er wird sich rächen."

„Das ist Zeit genug, um einen Weg zu finden, ihn endgültig zu verbannen", murmelte Emilia, als hätte sie Jason nicht gehört.

„Habt ihr zu viel Hexenkraut geschnüffelt? Was meint ihr, was unsere Ahnen versucht haben?" Jason trat auf Emilia zu.

Diese erhob sich nun, um ihrem Bruder die Stirn zu bieten. „Vielleicht gibt es einen Weg. Vielleicht haben sie etwas unversucht gelassen, etwas übersehen."

„Vielleicht ist mein Buch der Hexen von Stanhope der Schlüssel", warf Sophie ein.

Jason blickte die beiden Mädchen an, als wäre sie vollkommen übergeschnappt. „O entschuldige, dass ich euren Größenwahn im Keim ersticke. Ich meine, Generationen von talentierten, mächtigen Hexen und Hexern haben es nicht geschafft den Teufel zu besiegen, natürlich schafft ihr das dann."

„Gemeinsam mit dem Zirkel vielleicht schon", sagte Sophie. Sie sah zu Emilia. Beide trugen ein Lächeln der Hoffnung auf den Lippen.

Jason hingegen sah die beiden an, als hätten sie den Verstand verloren. „Der Zirkel wird außer sich sein."

„Wenn Sophie recht hat, dann haben wir gerade einen Aufschub von einem Jahr. Ein Jahr, in dem wir herausfinden können, wie wir den Riss schließen und den Teufel verbannen. Denk doch mal nach: Keine Regeln mehr, keine Opfer mehr!" Emilias Augen leuchteten in Anbetracht der Zuversicht, die in ihrer Brust keimte. Das war eine Chance, die sie nutzen mussten.

Jason hob einen Finger, öffnete den Mund, klappte ihn jedoch ungesagter Dinge wieder zu. „Ich kann echt nicht glauben, wie wahnsinnig ihr seid", murmelte er.

„Wahnsinn ist es, Dinge nicht zu verändern", sagte Emilia.

Sophie nickte und stellte sich an ihre Seite.

Seufzend ließ Jason die Schultern hängen. Emilia wusste, dass er ihr Recht gab, es aber nicht zugeben wollte.

Seine Ablehnung konnte Emilias Zuversicht und Hoffnung nicht ersticken. Sie wandte sich wieder Ryan zu, kauerte neben ihm und hielt seine kalte Hand. „Kannst du ihn aufwecken?", fragte sie mit Tränen in den Augen.

Sophie nickte zögerlich. Dann schloss sie die Augen. „Zwischen dem Zwielicht bist du gefangen, finde nun deinen Weg zurück ins Licht. Lasse die Dunkelheit hinter dich, finde zurück ins Licht."

Kaum hatten die Worte Sophies Lippen verlassen, kehrte Farbe und Wärme in Ryans Körper zurück. Emilia nahm all ihren Mut zusammen und ergriff seine Hand. Die Muskeln in seinen Fingern zuckten, seine Lider flatterten.

Emilias Puls raste unter ihrer Haut, während sie spürte, wie Ryans sich nur langsam beschleunigte. Jeder von ihnen schien die Luft anzuhalten, während Ryan erwachte.

Als schlüpfte er das erste Mal in seinen Körper, bewegte Ryan Hände, Beine, Füße. Noch war seine Atmung unregelmäßig, beinahe unbeholfen, ehe sie sich normalisierte. Tief atmete er ein und aus. Die Stirn legte sich in Falten.

Augenblicklich schlug Ryan die Augen auf.

Mit einem Mal fiel die Last der Wut und Trauer von Emilia ab. Zurück kehrte das Gefühl von Leichtigkeit und dem Kribbeln des Glücks in ihrer Brust. Ein Lächeln schlich sich auf ihre Lippen. Am liebsten hätte sie ihn an sich gezogen und geküsst. Doch dann wäre sie gegen eine unsichtbare Wand gerannt. Eine Mauer, die sie selbst zwischen ihr und Ryan errichtet hatte.

Deshalb blieb sie still sitzen, während sie sich mit rasendem Herzen an seine Hand klammerte.

Ryans Blick fiel zuerst auf Sophie, dann auf Jason, was ihn dazu veranlasste, sich sofort aufzusetzen. „Was zum Teufel?" Beinahe stieß er mit Emilia zusammen. Sprachlos sah er sie an, ehe er auf ihre Hand blickte, die seine hielt. Er zog sie nicht fort, während er sich mit der anderen über das Gesicht fuhr. „Wieso ... wieso bin ich hier? Was ist passiert?" Er zog seine Brauen zusammen. „Ich war doch auf dem Weg zu –"

„Thomas", beendete Sophie seinen Satz. „Hast wohl zu viel getrunken."

Emilia und Jason wie auch Ryan sahen sie fragend an.

Sophie verschränkte die Arme und hob die Schultern. „Du warst ziemlich blau und bist in unsere Halloween-Party gestolpert."

„Was?" Ryan sah betroffen über Jason, der sich in einem vorwurfsvollen Blick übte, zu Emilia, die wie auf Kommando nickte. „Fuck", stieß Ryan aus und biss sich auf die Unterlippe. „Ich kann mich an nichts erinnern." Noch einmal sah er auf Emilias Hand, die seine Finger umklammerte. „Habe ich etwas gesagt ... oder getan?"

Jason öffnete den Mund, hob tadelnd den Finger, doch noch bevor er etwas sagen konnte, stieß Sophie ihm in die Seite und zerrte ihn mit sich. „Wir lassen euch mal allein."

Jason protestierte flüsternd. Aber Sophie schob ihn erbarmungslos mit sich.

Damit breitete sich Stille zwischen Emilia und Ryan aus. Zwischen ihnen so viele ungesagte Worte, Lügen, Geheimnisse und Schmerz.

Das alles spiegelte sich in Ryans Blick wider. Zwar verschränkte er nun seine Finger mit ihren, doch das Misstrauen blieb.

Emilia war gefangen in einem Strudel aus rasender Sehnsucht und der Angst, Ryan könnte sie von sich stoßen.

„Also?" Ryan hob die Brauen, während er sich umsah. „Was ist passiert?"

In Emilias Magen steckte ein Brandeisen. Wieder musste sie ihn anlügen. Kurz schloss sie die Lider und atmete tief durch. Die Wahrheit würde er sowieso nicht glauben. „D-Du bist auf einmal hier aufgetaucht", sagte sie, ohne darüber nachzudenken. „Ziemlich betrunken."

„Scheiße", sagte Ryan und kniff sich in die Nasenwurzel, dann sah er zu Emilia. Sein Blick löste ein Flattern in ihrer Brust aus. „Habe ich was gesagt oder getan?"

Emilia zögerte kurz. „Nein, nein, du konntest kaum gehen und wir haben dich hier hingelegt und du bist direkt eingeschlafen."

Ryan atmete erleichtert aus. Dann verzog ein Lächeln seine vollen Lippen. Er hob ihre ineinander verschlungenen Hände. „Hast du etwas gesagt?"

Emilias Gesicht wurde heiß. Sie grinste. „Vielleicht", sagte sie.

Ryan schmunzelte. Er zog Emilia auf die Matratze. Vorsichtig, als wäre dieser Moment zerbrechlich, legte er eine Hand an ihre Wange. „Und sagst du es mir noch einmal?" Hoffnung funkelte in seinen Augen.

Emilia öffnete die Lippen, zögernd, ein Lächeln in den Mundwinkeln zuckend. „Nein", flüsterte sie.

Langsam ließ Ryan die Hand sinken. Emilia vergrub die Finger in seinem T-Shirt. „Aber ich kann es dir zeigen." Sie zog ihn zu sich.

Ihre Lippen prallten aufeinander und verschmolzen. Der Geschmack ihrer Tränen vermischte sich mit der Süße seines Kusses.

Sie bat ihn um Verzeihung. Mit stummer Leidenschaft, während sie sich haltsuchend an ihn klammerte.

Ryan verzieh ihr. Seine Hand glitt in Emilias Nacken, mit der anderen presste er sie an seinen muskulösen Körper.

Emilia verlor den Halt, sodass sie rücklings auf die Matratze fiel. Mit den Händen fing sich Ryan neben ihrem Kopf ab, löste sich von ihren Lippen. Sein Lächeln verschwand und die Angst kehrte in seine Augen zurück.

Zärtlich fuhr er mit dem Zeigefinger über Emilias Wange, bis zu ihrer Unterlippe. „Wie kommt es, dass du deine Meinung über uns geändert hast?"

Emilia schüttelte den Kopf. „Ich habe meine Meinung nicht geändert. Sie hat sich nie geändert. Nicht eine Sekunde."

Ryan lächelte nicht. Mit einem verlorenen Blick spielte er mit einer Haarsträhne, ehe seine Augen wieder auf ihre trafen. „Was hat sich dann geändert?"

„Einfach alles", sagte Emilia atemlos.

Ryans volle Lippen verzogen sich zu einem Schmunzeln. Er sagte nichts. Stattdessen war seine Antwort ein Kuss, der die Magie in Emilia in Wallung brachte. Ein Prickeln erfasste jede Faser ihres Körpers.

Die elektrisch aufgeladene Luft entlud sich. Funken regneten auf sie hinab.

Emilia schlang die Arme um Ryans Hals, hielt ihn fest und ließ sich mit ihm davontreiben. Ryan schien es ihr gleich zu tun. Er drückte sie an sich, als wollte er sichergehen, dass sie nicht mehr ging.

Ihr Herz raste gegen seine Brust. Sie war umgeben von seinem Duft, erfüllt von Hoffnung.

Nie wieder würde sie ihn loslassen müssen. Da war sie sich sicher. Dafür würde sie kämpfen.

Danksagung

Witches of Stanhope ist ein Herzensprojekt. Deshalb bin ich froh und dankbar, dass es ein liebevolles Zuhause beim dp Verlag gefunden hat.

Darüber hinaus möchte ich natürlich auch meiner Lektorin Lisa danken, die fleißig am Text gefeilt hat.

Vor allem möchte ich aber auch meiner Mama danken. Dafür, dass sie mir damals „Harry Potter" vorgelesen und mir die magische Welt offenbart hat. Das hat mir den Weg bis hier geebnet, mal sehen, wohin er mich noch führen wird.

Danke auch an meinen Freund, mein ständiger Unterstützer, und Jana, meinem Schreibbuddy. Ohne euch wäre es nicht dasselbe.